一目惚れと言われたのに実は囮（おとり）だと知った伯爵令嬢の三日間 3

千石かのん

Illustrator
八美☆わん

この作品はフィクションです。
実際の人物・団体・事件などに一切関係ありません。

一目惚れと言われたのに実は囮だと知った伯爵令嬢の三日間3

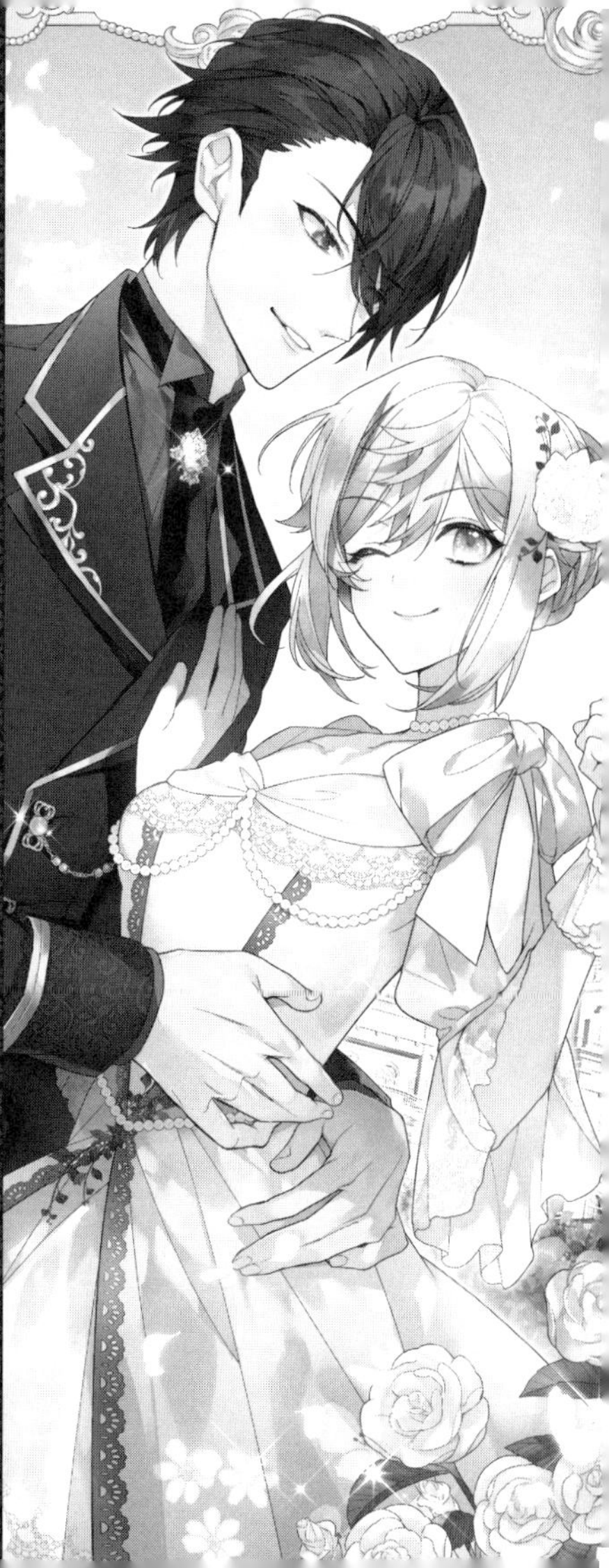

序章　波乱を乗せた馬車が来る

客車を引っ張る馬の蹄が、パカパカからカツカツに切り替わる。コーデリアはそれを感じ取ったかのようにぱっと目を開けた。

卒業したての寄宿学校から実家への行程はかなりある。半分以上、馬車に揺られながら寝ていた。客車の中はヴェルヴェットのカーテンが引かれて薄暗く、外の様子はわからない。そのカーテンの端にコーデリアはいそいそと手をかけ、勢いよく引き開けた。

眩しい光に射られ、きゅっと目を閉じる。それからそうっと目蓋を持ち上げた。

窓の向こう、立ち並ぶ家々のレンガ造りの屋根や壁の隙間から、秋空に聳えるレヴァニアス城の尖塔が見えた。

「うわ……」

ひさびさに見る王都のシンボルに、急にコーデリアの胸に懐かしさが込み上げてきた。続いて街中のにぎやかさに息を呑む。

たくさんの馬車が石畳の上を行き交い、通りには人が溢れている。それこそボンネットをかぶった貴婦人から荷車を引いた行商人まで。はしゃぐ子供に犬を連れたメイド。張り出したカフェの庇の下でカップを傾ける人達に、木箱を馬車に山と積み込む使用人。

明るい日差しの下、生き生きと動き回る人を見て、コーデリアは深い溜息を零した。

こんなに人がいるなんて……驚きだ。

それも無理ないのかもしれない。彼女は七歳からずっと、山間の王侯貴族の令嬢が通う学院で生活をしてきたのだ。

品行方正かつ、おしとやかに。社交界で望まれる立派な貴婦人となるよう教育を受けてきたコーデリアも、いよいよ十八歳。学院を卒業し、華々しく社交界デビューをするために実家に戻ってきたのだ。

森を抜け、街の様子を目の当たりにし、コーデリアは胸が躍るのを覚えた。今日は実家でパーティを開いてくれるそうだ。社交界へのお披露目の前に、身内や親戚、親しい人達を集めてのささやかなパーティだという。そこで自分が身につけた社交技術が役に立つのかはわからない。だが学院で学んだことを生かすいい機会だ。

それに。

ふと大昔から自分が片想い（かたおも）いをしている男性（ひと）の姿を思い浮かべ、コーデリアは熱くなった頬に手を当てた。彼と最後に会ったのは二年前に里帰りした時だった。

帰省を祝う身内のパーティに来ていた彼は、コーデリアが知らないうちに恋人ができ、そして別れていた。自分が全く知らなかった恋愛話に衝撃を受けたコーデリアだったが、ならば傷心の今こそチャンスだと声をかけた。誰もお相手がいないのならわたくしが結婚してあげてもよくてよ？　というところだ。

そんなコーデリアの発言に、彼は少し目を見張り、それから「君はまだ子供だ」と眉を下げてそう告げた。だがコーデリアはその瞬間理解したのだ。

やっぱりこの人しかいない、と。

コーデリアが生活してきた世界では、十六、七で一回りも二回りも年上の男性と結婚する者もいる。それは政略的なことからだったり、家の掟だったりと理由は様々だ。そんな中、男性側から、「君はまだ子供だから」と言われて断られるというのは、コーデリア的には驚きすぎて返す言葉が出ない発言だった。

この人はきちんと自分のことを理解してくれている……そう思った彼女はますます彼に心惹かれ、彼こそが自分が求める理想の男性だと確信した。

残念ながらそれ以降、彼とはタイミングが合わず会うことはできなかった。だがもう心配ない。今はもう彼に釣り合う年齢となり、高い塔に囚われていた姫君から脱却した。自由に世界を飛び回る白鳥となったのだ。

あとはもう、ひたすらに彼にアタックするのみだ。

うっとりと窓の外を流れていく景色を見つめながら、コーデリアはこれから起こる素敵な日々を妄想し目を閉じた。

まずは、自分の卒業を祝うパーティだ。そこに絶対に彼に来てもらう。

馬車に揺られながら、コーデリアは心の底から祈った。

(わたくし……今年こそ絶対にアンセル様と結婚してみせますわッ!)

1　王宮からの招待

「おはようございます、アンセル様」

「おはよう、グレイス」

東洋かぶれの嫁き遅れと揶揄され、風変わりな伯爵令嬢として社交界の壁の花を極めかかっていたグレイスは、今年の初夏に社交界一の優良花婿候補として名高かったオーデル公爵、アンセル・ラングドンに一目惚れをされ、すったもんだの三日間の果てに無事、結婚した。

あれから三か月。たった三か月。されど三か月。

その三か月の間にも何故かデザイン盗難事件に巻き込まれ、メイドとして潜入捜査をするという前代未聞な型破りをおかし、風変わりな伯爵令嬢から風変わりな公爵夫人へと変貌を遂げた彼女は、今日も食堂で、優雅に椅子に腰を下ろす夫・アンセルにほんの少しどきどきする。

本日彼女が着ているのは、爽やかなブルーのドレスで、裾が波型にカットされた一風変わったものだ。これはデザイン盗難事件の際に親しくなった宝石店店主のアマンダと絵が得意なシャーロットから「是非に！」と贈られたものである。

バッスルはなく、首元とデコルテ、肩が大きく露出し、更には濃い水色の大きなリボンを腰に結び、そこから落ちる裾が大波のような、滝のような、しぶきを上げる水の流れを表現している。

その揺れる裾を翻し、きびきびと食堂を移動するグレイスをにこにこ笑った夫のアンセルが目で追っている。

挨拶をした後、言葉を続けることもなく、じーっと彼女を見つめていたアンセルが、ほうっと溜息（ためいき）を吐（つ）いた。

行儀悪く、テーブルに肘を突いて指の甲に頬を乗せる。

「今日もわたしの妻は可愛（かわい）いね」

何気なく……本当に何気なく呟（つぶや）かれたその言葉。

カウンターから朝食を取り分けていたグレイスは、皿を持ったまますぐったそうに振り返った。

「アンセル様は……」

彼の様子を確かめるように視線を滑らせたグレイスは、ふと彼の手にある手紙に目を留めた。

「お仕事のお手紙ですか？」

そんな彼女の台詞（せりふ）に、アンセルの眉間にきゅっと一本皺（しわ）が寄った。

「いや……仕事というわけではないが……」

トマトソースのかかったオムレツとベーコン、ロールパン、トースト、ジャム、バターとキュウリやレタス、玉ねぎなんかの生野菜（サラダ）をこんもりと盛ったグレイスは、立ち上がったアンセルが引いてくれた椅子に腰を下ろす。隣に着席し、コーヒーカップを持ち上げる夫の顔は、やっぱり晴れない。

「何かあったのですか？」

ふうっと嫌そうに溜息を吐く夫の、普段より元気のない様子に、彼女はアンセルの乾いていて温かく、大きな手に頬を寄せ手を伸ばした。彼の眉間の皺に触れる。気付いたアンセルが小さく苦笑した。

「実は厄介な方の身内から集まりの連絡が来てね」

「公爵家のお身内ですか？」

やや身構えるグレイスの言葉に、アンセルは赤い封蝋の押された立派な封筒をひらひらさせる。そのまま頬杖を突き、嫌そうに呻いた。

「厄介な方の身内だよ」

はて？　と首を傾げるグレイスの手首を掴み、アンセルが薬指にキスを落とす。そのまま手をにぎした後、持っていた手紙を無言でグレイスに差し出した。受け取り、彼が掴んで離さない手もそのままに、器用に手紙を開いたグレイスは、その綺麗なグレーの瞳を真ん丸にした。

「これ、王宮からの招待状ではありませんか！」

ぎょっと目を見開き、グレイスは食い入るように手紙を見つめた。

高価な透かし彫りの入った用紙に、金色のインクでサインがされている。現国王のものだ。うひゃあああ、と淑女らしからぬ声がグレイスから漏れた。

内容は自分の姪が寄宿学校を卒業して戻ってきたので、そのお祝いパーティへの参加を促すもので、開催日は三日後とある。

厄介な方の身内、とは王族だったかと、グレイスはむくれた顔のアンセルに視線を遣った。

「確か、アンセル様のおばさまが王族に嫁がれたのですよね？」

「ああ、現王妃だな」

「え!?」

さらりと言われた台詞に、数秒後、そうだった！　と思い出す。社交界でアンセルがナンバーワンの花婿候補だった背景に「現国王の甥」という肩書があった。全く気にしていなかったし、大急ぎの結婚式だったせいで、招待状やお礼状の全てを義母である先代公爵夫人や義姉のレディ・メレディスが担当してくれた。そのため、王族側の親族については深く考えていなかったのだ。

「け、結婚式にはいらしてませんよね？」

必死に記憶の糸を辿りながら、青ざめたグレイスがあわあわしながらアンセルを振り仰ぐ。その彼女を甘い笑顔で見下ろしながら、アンセルは首を振った。

「わたしが全部断ったからな。ただ王妃からは手紙が来ていたな」

「読んでないんですけど!?」

ぎう、と夫の手を握り返し、くわっと目を見開いて詰め寄るグレイスに、アンセルが再び軽いキスを落とした。

「いいんだ。返答は全て母上に任せたから」

「よくないでしょ、普通！」

掴んだ手をぶんぶん振り回すグレイスを他所に、アンセルはふん、と短く鼻で笑った。

「あの連中に関わると碌なことがない。議会で陛下とやり合うだけで十分だ」

「……アンセル様は一体国王陛下と何を議論なさっているのですか」

むくれて明後日の方向を眺めていたアンセルが、その視線を再びグレイスに戻す。彼女のどこかに触っていないと落ち着かないのか、彼はグレイスの手を掴んだままだ。

「国境警備の件とか……関税の件とか……頭に花の咲いている連中の排除方法とか……」

「物騒ですね」

「だな」

ゆっくりと顔が近づいてきて、三度キスをされる。今度は先程よりも長くて甘いそれに、グレイスは手にした招待状を落としそうになった。

「だから」

もう、と可愛らしく睨みつける妻に我慢ができなかったのか、朝食の席だというのにグレイスの腕を引っ張って自分の膝の上に座らせる。

「正直結構顔を合わせているし、連中のプライベートに踏み込みたくないというのが正直な感想だ」

あ～、癒される、と首の辺りにぐりぐりと額を擦り寄せられ、甘えてくる夫を抱えながら、グレイスは手にした招待状に目を落とした。

「……この姪っ子さんというのは？」

「ん？　ああ、アンブローズ殿下の娘で、名前はコーデリア」

国王の弟の名前がさらりと出て、グレイスは眩暈がした。自分が王族の方とまみえたことがあるのは、デビュタントとして社交界に出る際に、宮廷へ挨拶に出向いた時くらいだ。そのシーズンにデビューするご令嬢達に紛れて、玉座に座る王と王妃に遠目から膝を折って最高礼を取っただけである。

その彼らとごく近く、親しくしているとは！

「公爵家の皆様は、やっぱり格が違うのですね」

グレイスが細い手を伸ばしてアンセルの頬に触れる。その温かく柔らかな掌に頬を擦り寄せながら、アンセルはじいっと妻を見つめた。

「わたしとしては王城の連中と付き合うよりも、君のご家族ともっと親しくなりたい」

「普通の貧乏伯爵家ですよ？」

くすくす笑いながら、アンセルの首筋に、今度はグレイスが頬を寄せる。ふわりと爽やかなヒノキの香りがして、うっとりと目を閉じる。残暑の高めな気温などものともせず、朝からいちゃいちゃしていると、今後のグレイスの予定を携えた侍女のミリィが食堂の入り口に姿を現した。

彼女は状況を一目で把握すると、腕まくりをしそうな勢いでつかつかと食堂を横切り、二人の隣に立った。

「お食事中申し訳ありません、奥様。ナザレ夫人との本日のお茶会用ドレスについてご相談が」

とてもいい笑顔で告げられたその一言に、「あ」とグレイスが目を見張った。そうだった。ナザレ伯爵夫人とは今日のお茶会で鳥のぬいぐるみについて語り合う予定で、ドレスを選んでほしいとミリィから頼まれていたのだ。

ちなみに伯爵夫人は先月開かれたマーケットで、グレイスの実家の領地から売り出されていた鳥のぬいぐるみを買ってくれた人だ。その一件から親しくなり、新しい鳥のぬいぐるみを作ろうと計画を立てているのである。

「とにかく、国王陛下からの招待を受けない、というのがトンデモナク不敬なことは私だってわかります！　ちゃんと参加するとお答えください」

きっぱりと告げて、未練がましく手を伸ばすアンセルから身体を引き離す。食事に集中し始めるグレイスを甲斐甲斐しく給仕しながら、ミリィはほかほか笑顔で嬉しそうに告げた。

「奥様も王城へと行かれるのなら、それこそ素敵なドレスを新調しなければいけませんね」

その一言に、「げ」とグレイスが公爵夫人らしからぬ様子で身を引き、反対にアンセルの表情がぱっと明るくなる。

「そうだな、グレイスが参加するのならわたしも行こう！　ミレニアム、彼女に似合い、尚且つ周囲を圧倒し、グレイスのグレイスらしさを存分に表現した素晴らしいドレスをすぐに手配してくれ」

「かしこまりました、公爵閣下（ユアグレイス）」

　膝を折ってお辞儀をするミリィとどんなのがいいかな、と楽しそうなアンセルを見ながら、グレイスは額に手を当てた。普段、グレイスを巡って意見が対立しがちな侍女と夫だが、こういう時だけ意見が一致するのは何故なのか。というか、グレイスを着飾らせて何が楽しいのか。

　溜息を呑（の）み込むように紅茶を流し込み、グレイスは持っていた招待状に視線を落とす。再度きちんと読んで、数度目を瞬（しばたた）くと、珍しくドレスの意匠で盛り上がる二人に水を差した。

「盛り上がっているところ悪いのですが……招待者に私の名前は載ってませんよ？」

「え？」

　ほら、と視線を落としていた招待状を掲げてみせると、受け取ったアンセルが、驚いたように目を見張った。

　確かに、そこにはオーデル公爵＝アンセル・ラングドンと姉、メレディス、弟ケイン、そして先代公爵夫人の名が記載されている。

　だが、アンセルの妻たるグレイスの名はない。

　穴が開くほど招待状を見つめた後、アンセルは判断した。

「問題ない」

「え？」

「君はわたしの伴侶だからな。名前のうちに含まれている」

「ええ!?」

そんなわけはないと、グレイスはひそかに思う。これだけハッキリと招待客の名前が記載されているのは、ひとえに王宮がパーティ会場だからだろう。身元が定かではない、オカシナ連中に入り込まれては困るということだ。

グレイスの名前がないのは登城を望まれていないからで、だが、この場でそれを声高に訴えてもアンセルは全く聞く耳を持たず、ミリィに至っては「奥様をつまはじきにするなんてあり得ません！」と断言する始末だ。

アンセルもミリィもとても乗り気だし、ここで自分が何を言ってもどうにもならないかと、珍しくグレイスは引き下がった。これから三日でどうやってドレスを新調するのか、きっと法外な値段なんだろうなと、そんなことを考えて。

そうして迎えた王宮への登城日。

やはりグレイスは入り口で入城を拒否されてしまったのである。

「すまんな、アンセル……」

ほら言わんこっちゃない、とグレイスは溜息を吐く。夫は現在、出迎えに現れたアンブローズ殿下に、だだっ広い王宮の隅の方へと連れていかれている。ひたすらに謝る殿下と、前面に苛立ちを押し出す公爵という図は、どう見てもアンセルに不敬罪が適用されそうだが、身内の集まりということで周囲には自分達以外いない。

時折、物凄く低い声で不機嫌そうに反論する夫から視線を引き剥がし、グレイスは王宮のエントランスを見渡した。

装飾の施されたアーチ状の柱が支える天井には、星や月といった天体の様子が描かれている。重そうなシャンデリアが吊り下がり、夜会の時などやってきた招待客の頭上で、壁画の星々と相まってきらきら輝くのだろうなと予想がついた。

無意識に蝋燭代を計算していたグレイスは、「ですから、わたしは帰ります」という夫の頑固すぎる発言を聞いて、そろそろ出番かな、と心の中で腕まくりをした。

普通、招待した人物に妻がいて、会場に連れてきたのであれば参加してもらうのが礼儀だ。招待客に恥をかかせるなんてあってはならない。にもかかわらずグレイスの入城を拒否するのであれば、それなりの理由があるのだろう。

新参者の公爵夫人には聞かせられないような、何かこう、国家に関わる重要な任務が――

「仕方ありませんわね。アンセル、わたくしとグレイスで屋敷に帰りますから、貴方はちゃんとコーデリア姫のお祝いをなさって」

そんな彼らの方に歩み寄ろうとしたグレイスの腕を、今まで彼女と同じように傍観していた義姉のメレディスが掴む。全身から滲み出る「行きたくない」にグレイスは思わず呆れてしまった。

というか、公爵家の皆々様はどうも今回のパーティに乗り気ではないのだ。良心とも言えるケインですらそそくさとグレイスの傍により、姉を援護するようにうんうん頷いている。

「そうそう。あちらで望まれているのは兄さんなんだし。俺と姉さんとグレイスは辞退するから」

「お前達……」

ぎろっとこちらを睨みつけるアンセルに、二人がにこにこと鉄壁の笑顔を返した。

「お母様は後からいらっしゃいますから。皆様によろしくお伝えください」

「では我々はこれで……」

くるりと踵を返し、グレイスの腕を引っ張って歩き出す。そんな彼らにアンセルが声を上げた。

「馬鹿を言うな。陛下からの直々の招待状だぞ。謹んでお受けするのが我々の責だ」

おお、とアンブローズ殿下が目を見張り、ちっとメレディスがグレイスにだけ聞こえるように舌打ちする。逃げ帰ろうとする姉と弟の元につかつかと舞い戻ったアンセルが、彼らの腕の中からグレイスを奪取した。

「わたしは断固として、君と一緒に参加すると訴えてくる」

「アンセル……」

「殿下は黙っていてください。それが無理なら帰ります」

「アンセル～」

鼻の下に立派な髭を蓄えたアンブローズ殿下が、泣きそうにその眉尻を下げた。現国王陛下の弟とはいえ、柔和で人の好さそうな印象のある彼は、主に外交の仕事を取り扱っていた。

対面する人によって態度を使い分けているのかな、と遠い所で思いながら、グレイスは「わかりました」と凛とした声を上げた。

「王宮の中には入りませんから、その代わり、お庭を見せてもらってても構いませんか？　王宮の庭園には立派なハーブ園や果樹園があると聞いていています。そこで終わるまで待ってますので」

そんな現公爵夫人の一言に、アンブローズ殿下の目がきらりと光った。

「それはもう！　是非、王家の庭を散策なさってください」

「グレイスッ」

駄々っ子のように名前を呼ぶ夫の唇にグレイスは人差し指を押し付けた。

「何か事情がおありのようですし、王宮の庭園ならオカシナ事態も起きません。安心してお勤めしてきてください」

ひそっと告げて、上目遣いに片目を瞑ってみせるグレイスに、アンセルは奥歯を噛み締めた。

「ならわたしも一緒に庭園の散策——」

「ア、ン、セ、ル、様ッ」

むうっと睨みつけると、渋々……本当に渋々といった体でアンセルが頷いた。じゃあわたしも庭園を……などとふざけたことを姉と弟が言い出す前に、当主として宣言する。

「では、我々だけで、招待を受けますが……いいですか、わたしの目的は何故グレイスが駄目なのか確認し、断固抗議するためで、それが済んだら直ぐに帰りますからね」

ぎろり。と音が出そうなほど鋭い眼差しで睨みつける。そのアンセルにほっとしたようにアンブローズ殿下が胸を撫でおろした。

「それで構わん……とにかく……とにかく来てくれ……それから、グレイス」

つと前に出たアンブローズ殿下が、その手袋をはめた手でぎゅっとグレイスの両手を握り締めた。じわりと温かさが滲んでくる。色素の薄い、水色の瞳に見つめられて、それを見返しながらグレイスは背筋を伸ばした。

「すまないが、アンセルをお借りしますぞ。後で案内人を寄越すのでじっくり見て回ってくれ」

最後に更にきつく握り締められ、グレイスは困ったように笑顔を返した。

普通王族の人間に握手を求められることなどない。だからこうして、温かく手を握られて懇願されると戸惑いの方が大きくなる。

「グレイス……」

はた目には見つめ合っているかのように見えるグレイスをアンブローズ殿下から引っぺがし、アンセルがぎゅっと抱き締める。

「直ぐに迎えに行くから。そうしたら、わたしにどの花が美味しいのか教えてくれ」

すり、と鼻先が耳朶をくすぐり、グレイスは笑いそうになるのを堪えた。

「わかりました」

「絶対だぞ？　いいな？」

ああやっぱりわたしもまずは庭園に……そう告げてその場を動かなくなりそうなアンセルの腕を、殿下が取って引っ張る。くるっと振り返ったアンブローズ殿下が、「そこのガラス戸を出ると直ぐに庭になっているから」と説明してくれる。

王宮の居住区格がある方へと扉を抜けていく彼らを見送り、グレイスはふうっと溜息を吐いた。それから新調したドレスをゆっくりと見下ろした。

ミリィが張り切って取り寄せた最新のファッションカタログから、クリーム色からスカートの広がりに合わせて薔薇色が濃くなるデザインのドレスをチョイスした。カタログではスカートをぐるりとらせん状に薔薇の刺繍が取り囲んでいるのだが、時間がないということで、縦に一列、真っ直ぐに刺繍が入っている。だがそれがかえってモダンに見えて、グレイスは気に入っていた。

長いスカートの裾に気を付けながら、グレイスはガラス戸をくぐる。

現在王宮で暮らしているのは王と王妃、王太子、それから王弟夫婦とそのご息女で、先代は田舎の方に引っ込んでいると聞いていた。その彼らが全員、王宮の西棟に集まっている。

なんとなくそちらに視線を向けながら、庭に出たグレイスは息を呑んだ。

王宮正面にある整然とした庭と違い、そこに広がっているのは野性味溢れる庭だった。レンガ敷きの小道を塞ぐかのように、奔放に草花が伸び、木立が続いている。

人払いされて静かな小道をのんびり歩き出したグレイスは、葉擦れの音や、近くを流れる小川のせせらぎを堪能し、王都に在りながら田舎を訪れたような気分で伸びをした。

こういう木々や草の香りは大好きだ。肺の奥いっぱいまで吸い込むように深呼吸し、ゆっくりと歩いていくとレンガで囲われた一角が見えて来る。あそこが薬草園か！　と胸を高鳴らせながらグレイスはレンガ塀が切れて、鉄製の門扉の正面に立った。視線を落とし、門扉に触れる。

「……開かない」

人一人通れるだけの高さに、アーチ状にくり抜かれたレンガと、そこにはめ込まれている格子状の扉はグレイスが手をかけて引っ張っても揺れ動くだけで開きそうもない。

そこでふと、アンブローズ殿下が「案内人を寄越す」と言っていたのを思い出した。その人が恐らく、鍵を開けてくれるのだろう。それならばとグレイスは傍の木陰に移動し、誰か来るのを待った。

（ここに座り込んでお昼寝したら……気持ちよさそうよね……）

長閑な雰囲気にそんな考えがちらっと過る。ああでも、そんな真似をしようものならミリィが烈火のごとく怒るだろう。ていうか、アンセル様はちゃんとお勤めを果たしているのだろうか……。

座り込みそうになるのを我慢し、背筋を伸ばして小道を見つめていると、不意にがしゃがしゃと金属がぶつかり合うような音がして、彼女は目を見張った。

(誰か来た！)

木陰から出て音がする方に目を凝らす。と、緩やかにカーブする小道の奥から、真っ青なマントに同系色の隊服を着た青年が、腰から下げた剣を鳴らしながら小走りに駆けてきた。

恐らく王宮の警備を担当する近衛騎士だろう。

彼がアンブローズに言われてグレイスの案内人に選ばれたのだろうか。でも……近衛騎士に庭の散策のお供を依頼するか？

咄嗟に判断ができず、思わずその場で佇んで色々と考えを巡らせていると。

「そこのお前！　どうやってこんな所にまで入り込んだ！」

(そっちか！)

気色ばんだ騎士にそう指摘され、あちゃーっとグレイスは額を押さえて天を仰いだ。まさかそっちを疑われるとは。大股で近寄り、威嚇するように見下ろしてくる騎士に、グレイスはどうこの状況を説明したものかと、腕を組んで考え込む。

「君は何者だ」

くっきりと眉間に皺を刻んでこちらを見下ろす青年は、年の頃はアンセルよりやや若いだろうか。切れ長のブラウンの瞳が真っ直ぐにグレイスを映している。ふわっと目蓋にかかるような前髪は癖毛らしく、よく見るときちんと切り揃えられた襟足がひょいひょいと跳ねていた。

秋とはいえ白い手袋まできっちりはめた隊服は暑いだろうな、とオカシナ感想を抱きながらも、グレイスは取り敢えず誤魔化すように答えた。

「わたくしはオーデル公爵家の人間なのですが、ちょっと訳があってこちらのお庭を見せていただくことになっているんです」

両手を膝上できちんと組み、にっこり微笑（ほほえ）んでそう告げる。と、職務に忠実な騎士は更に深く眉間に皺を刻んだ。

「こちらの庭を……ですか？」

オーデル公爵家、という爵位名が効いたのだろうか。多少青年が改まった口調で告げる。なので、グレイスは笑みを深くしてこっくりと頷いてみせた。

「はい。アンブローズ殿下から、こちらの庭園散策のために、案内人を寄越すと言われておりますので、待ってました」

にこにこ笑って見上げると、殿下の名に驚いたのか青年が目を見張る。それからグレイスと小道の向こうを交互に見比べた。

「では、誰か来るのですか？」

「はい。多分」

同じようにグレイスも小道の向こうを見遣る。二人の間を心地良い、緑の香りがする風が吹き抜け、気まずい沈黙を埋めていく。

「……来ませんね」

「そうですね」

どことなくそわそわしながら、それでも待っていると、不意に青年が「マイレディ」と咳払（せきばら）いをしながら告げた。

「貴女を疑っているわけではないのですが……場所が場所ですし、わたしにも仕事があります。ここでその案内人とやらがやってくるのを待っていても？」

　日に透ける栗色の髪から覗く眼差しが厳しい。顔は笑顔でも、どんな不測の事態も許さないとその眼が告げていた。

「それはそうでしょうね」

　気付けばグレイスはそう答えていた。

「私が同じ立場でもそうします」

　一つ頷いて告げる彼女に、青年が目を見張る。それから困ったように首筋に掌を押し当てた。

「そう言っていただけると有難いのですが……あの……本当にマイレディは公爵家の方で？」

　怪訝そうにそう尋ねる彼に、グレイスは腹を括った。恐らく案内人はグレイスの素性を聞いてやってくるはずだし、遅かれ早かれ彼には素性がバレるだろう。なら、今誤魔化しても意味がない。

「実は私、オーデル公爵の妻で、名をグレイス・クレオール・ラングドンといいます」

「!?」

　案の定、その台詞に、目の前の青年は心の底から驚いた顔をした。

「公爵夫人!?」

「見えませんよね、私もそう思います」

　ほうっと片頬に手を当てて溜息を吐くと、「それよりも」と騎士の青年が動揺もあらわにグレイスの顔を覗き込む。

「オーデル公爵様は……ご結婚されたのですか!?」

切羽詰まった騎士の顔を見つめながら、グレイスは数度瞬きをする。

「はい。この夏に……」

「貴女と⁉」

「そうですね」

知りませんでした、と騎士の顔にでかでかと書かれている。それを眺めながら、グレイスは自分達の結婚の話題は結構……というかかなり派手に喧伝されていたはずなのにと首を捻った。

「あの……もしかして国外からいらしたとか、ですか？」

衝撃に呆然としていた騎士が、グレイスの声にはっと我に返った。

「いえ……わたしは」

「申し訳ありませんッ」

何か言おうとした騎士を遮るように奥の小道から声がした。二つの視線が向いた先には、濃紺の、でも普通のメイドとは違う光沢がある布に、銀糸で刺繍が入った宮廷女官のお仕着せを着た女性がいた。彼女は大急ぎでこちらに歩いてくる。

「まさか先にこちらにいらしているとは思いませんでした」

ぜーはーと肩で息をする彼女にグレイスは目を見張った。

「それはごめんなさい。ホールを探させてしまいましたか？」

慌ててそう告げるグレイスに、顔を上げた騎士と侍女が目を見張った。

ぽかんとこちらを見上げる二人に、今度はグレイスの目が点になる。

「あの、私、何か変なことを言いました？」

首を傾げる彼女に、はっとした侍女が慌てて答えた。

「ち、違います！　その……し、叱責されるべきはわたくしの方なので……」

「叱責？」

グレイスの眉間に一本皺が寄る。

「ちょっと遅れただけで？　ていうか、私が勝手に先に進んだだけなのに？」

そこでふむ、と考え込む。

「もちろん、日が沈むまでここで留め置かれたら……それはさすがに怒るけど……あ、でもその場合、私、そこまで我慢強くないから、勝手に誰かを探して城内をうろうろ歩いて、挙句迷惑をかけている可能性の方が高いかもしれないわね……」

そう、あーでもない、こーでもないを繰り返す公爵夫人に、少し頷いた騎士が胸に手を当てて一礼する。

「公爵夫人。わたしは王宮近衛騎士隊第三部隊隊長、ベネディクト・スタッズです」

それから傍に立つ侍女がうっとりするような微笑みを見せた。

「よろしければ、わたしが薬草園をご案内させていただきます」

2　プリンセス・コーデリア

広々とした客間にはたくさんのテーブルが置かれ、豪華な料理や宝石のようにキラキラしたスイーツ、新鮮な果物などが所狭しと並んでいた。人々は給仕から受け取ったフルートグラスを手に、談笑をしている。人数は少ないが、集まっているのはこの国の主要人物ばかりだ。

まずはこの王城に居を構える、王と王妃。それから王太子殿下と第二皇子。王弟殿下のご家族だ。そこから身内が招待され、王妃との繋がりがあるオーデル公爵家、アンブローズ殿下の奥様のご実家であるブラックトン公爵一家が招待されている。五十人にも満たない集まりだが、贅と趣向が凝らされており、気品溢れる人々が優雅に談笑する光景は、他の舞踏会では見られないような煌びやかさを醸し出していた。

そんな最高上位の集まりの中を、黒に身を包んだアンセルは大股で横切っていく。

後ろからはアンブローズ殿下が弱りきった様子で追いかけてくるのだが、彼は一顧だにしない。遠くでアンブローズの義兄でもあるブラックトン公爵が片手を上げて近づいてこようとしたが、軽く礼をするだけのアンセルと、眉が下がりきったアンブローズに事態を察したのか、踵を返してしまった。

とにかく、アンセルが知りたいのはただ一点。どうして妻のグレイスが王宮の集まりに参加できないのか、ということだ。

その理由をいくらアンブローズに問いただしても、彼は言葉を濁すばかり。唯一聞き出せたのは「コーデリアに知られたら我が家は嵐に見舞われるかもしれない」という謎の台詞だけ。

ならば彼女に直接訊くまでだ。

「アンセル……頼むから穏便に……」

「穏便に？　別にわたしはプリンセスに喧嘩を売りに来たわけではありませんよ。道理を正しに来たまでです」

「しかし……あの娘は本当に何も知らなくてだな……卒業した今、彼女はずっと我が家にいることになる。そうなると……君に並々ならぬ感情を抱いているために色々と問題が……」

後半の台詞をアンセルは聞いていない。何故なら、彼の視界に件のプリンセスの姿が飛び込んできたからだ。一気に加速してホールを歩き出すアンセルを見送るように、アンブローズの足が止まる。

それを見計らったかのように、ブラックトン公爵が近寄り、ぽん、と肩に手を置いた。

「もしかして、アンブローズ……」

「――言うな、ブラックトン」

苦々しい顔で告げるアンブローズに、ブラックトン公爵は全てを悟った。彼は本日のパーティの主役、コーデリアに、彼女の意中の人であるアンセルが結婚したことを伝えていないのだろう。

「お前なぁ……先に言っておくのが筋ではないのか？」

呆れたようなその一言に、アンブローズは絶望のあまり両手に顔を埋めてしまった。

「わたしはただ……家庭内の平穏を大切にしたかっただけなんだよ……」

コーデリアは朝からずっとそわそわし、公爵家の馬車がいつ着くのかと、塔から入り口付近を双眼鏡で監視をしていた。見張りが怪訝な顔をしていたがさっくり無視し、到着した馬車のドアに刻まれた公爵家の紋章を確認するや、大急ぎで塔を降りて入念な身だしなみチェックを開始した。

今日の主役は自分だ。国王陛下と王妃様には姫君がいらっしゃらない。なので王宮でたった一人の姫であるコーデリアは随分と可愛がられてきていた。特に陛下は彼女を目に入れても痛くないようで、手放しで甘やかしてくれた。皇子二人を愛情深く、且つ、有能な為政者に育てなければいけないプレッシャーがコーデリア相手にはなかったことも起因している。よく従兄二人から「コーディがうらやましいよ」と言われていた。

だが、自分が我儘放題に育ったかと言われたらそれは絶対に違う。

七歳から寄宿学校に入学し、行儀作法から学問、ダンスに日々の振る舞いなど厳しく一から叩き込まれ、相応しいレディになるべく研鑽を積んだ。確かに欲しい物はすぐに王城から届けられたが、学校生活が厳しかったことに変わりはない。本日はその成果を存分に発揮するべき時だ。

彼女は今日、黄色のドレスを着ていた。きゅっとしまったウエストと、肩、背中、デコルテが丸見えのボディスにはピンクや白、ブルーや紫などの小さな花を集めて作ったブーケのような装飾が施されている。そこから零れ落ちた花がふんわり広がるスカートに散っていた。

その装飾と対をなす、小花を集めたネックレスと髪飾りには宝石があしらわれており、大広間の天窓から降り注ぐ日の光にきらきらと輝いていた。緩くまとめ上げられた髪は濃いブラウンで、何度もブラッシングしたせいでつやつやとし、ブロンドとはまた違う美しさである。

「プリンセス・コーデリア」

このように完璧に装い、今か今かと待っていた男性から声をかけられて、コーデリアは振り返りそうになった。だが、寸でのところで思いとどまる。

(ダメよ、コーデリア。待ってました！　と言わんばかりの様子で振り返るのは駄目女のやることよ)

ぐっと腹筋に力を入れ、心持ち背筋を伸ばす。それから彼女は酷くゆっくりと振り返った。

驚きを込めて目を見張る。それから優雅に膝を折って、完璧なお辞儀を返した。

「まあ、アンセル様！」

「お久しぶりでございますわ」

姿勢を正し、それから満点の星もかくやというほどの澄んだ輝きを灯した眼差しいっぱいにアンセルを映す。

二年ぶりに見た想い人は、少し若々しい、青年っぽさに大人の色気が加わっていた。二年前に感じなかった、身体の奥がぎゅうっと痛くなるような衝撃。それを感じ取れるくらいには大人になったコーデリアは目の前が真っ白になった。

(圧倒的な光の圧力ッ)

並みの令嬢なら倒れてもおかしくないオーラを直に浴びながらも、彼女は必死に耐えた。ここで倒れるわけにはいかない。いや、倒れたらアンセル様はきっとその腕に抱いてくれる。そうだ、倒れるという選択肢もありだわ！

そう心に決めたコーデリアだったが、その前にアンセルが正式な礼を返してしまう。無意識に淑女たる彼女が右手を差し出しており、それを取ったアンセルがにっこりと微笑んだ。

「まずはお祝いを。長きにわたり学院での学術や研鑽を積まれ、晴れてのご卒業、おめでとうございます」

微笑むアンセルから目が離せない。

彼に会ったらこう言おう、こうしようと思っていた対応の全てが吹っ飛んでいる。どうにか気持ちを立て直すべくコーデリアは完璧な笑みを浮かべた。

優雅で上品に。笑いすぎもダメ。笑わなすぎもダメ。学院で習った淑女の微笑みだ。

(ちょうどいい感じで！)

「ありがとうございます、公爵閣下(ユアグレイス)」

全ての紳士を魅了しそうな、周囲に花が咲きそうなパーフェクトな笑み。会心の一撃だと心の中で踊り狂いながら、それでもコーデリアは胸の裡(うち)を押し隠した。二年前……いや、もっと前の無邪気な子供だった頃ならば、「アンセルお兄さま！」とか言いながら両手を広げて抱擁を求めただろう。そうしたい気持ちも山々だ。だが、ぐっと堪(こら)える。自分は十歳の子供ではないのだ。

(ああそれにしても、アンセル様の力強い掌(てのひら)と熱い指先が……)

薄いシルクの手袋を通して伝わってくる熱に心臓が痛くなる。もう少し……意中の人との手の触れ合いを続けたい。そう、心持ち指先に力を入れようとした瞬間、さっと手を抜かれてしまった。

視線を持ち上げれば、やはり変わらぬ笑顔がそこにある。だが微(かす)かに顎の辺りが強張(こわば)っているような……？

「しかし、今日はとても盛大なパーティですね」

なんだろうと、その違和感の正体を探ろうとしたコーデリアは、周囲を見渡すようなアンセルの視線につられて集まっている面々を見た。確かに贅を凝らした集まりではあるが、ここに顔を出している人々はほとんどが身内だ。顔見知りばかりの、五十人ばかりのパーティは「盛大」とは呼べない気がする。

「盛大……というか、アットホームな集まりとなりましたわ」

「いえいえ、五十人も集まれば盛大と言えるでしょう」

腰の後ろ辺りで手を組み、そう告げるアンセルはどこか感情の消えた表情をしていた。穏やかに笑っているように見える反面……爆発しそうな何かを堪えているようにも見える。

怪訝に思いながらも、コーデリアは朗らかに続けた。

「アンセル様ったら嫌ですわ。公爵家で開かれるパーティの半分以下の人数ですのよ？」

そう笑うコーデリアに一つ頷き「そうですか？」とアンセルがゆっくりと語を繋いだ。

「てっきり、たくさんの人数を集めたせいで招待漏れが起きているのかと思っていましたが」

(招待漏れ？)

どきりとし、コーデリアはアンセルがじいっと見つめる先の人々に視線を向けた。

「わ、わたくし、誰か招待し忘れております？」

そんなはずはない。確かに自分は今まで山奥の学院で過ごしてきた。だが身内を忘れるほど世情に疎いわけではない。一人一人をその視線の先に捉え、あのご令嬢、公爵、紳士——と名前と共に確認していく。

「……申し訳ありません、アンセル様。招待漏れを起こしているようには思えませんが？」

眉間に皺を寄せてそう尋ねると、「ほう？」と泰然とした返事が返ってきた。恐る恐るうかがうように見上げると。

「⁉」

ひんやりとした眼差しが自分を見下ろしていた。見たこともないようなその眼差しに、背筋から凍りつく。彼は怒っている。だがその理由がわからない。

いつもは優しく、笑顔の絶えないアンセルの、笑ってはいるがどう見ても激怒しているようにしか思えない表情を前にぐるぐるぐるぐる考え込んでいると、とうとうアンセルがゆっくりと唇を開いた。

「なるほど。ではプリンセス・コーデリアは王城に招待すべき身内に、我が妻は入らないとお考えなのですね?」

その瞬間、コーデリアの思考は停止した。脳内が真っ白になり、言葉が入ってこない。それでもなんとか、もつれ混乱する脳内回路を整理すべく、彼女は一瞬で閉じた喉をこじ開けた。

「――え? あの……今、なんておっしゃいましたの?」

「我が妻を何故招待しなかったのかと、聞いているのですよ」

すっと顔を近寄せられて、コーデリアの心臓が飛び上がる。ウッディ調の香りがふわりと彼からし、知らずに身を寄せそうになった。だが、自分を見下ろす深い深い海の色のような濃い藍色の瞳が、全然全くこれっぽっちも笑っていなくて、大急ぎで身体にブレーキをかけた。

それでもこんな態度は何かの間違いではないかと、期待を込めてアンセルを見上げれば。

「誰であろうと、最愛の妻を蔑ろにすることは許さない」

低く深く、身体の芯が震えそうな調子で囁(ささや)かれて愕然(がくぜん)とする。

「今回、わたしはがっかりいたしました。身内の集まりに我が妻を呼んでいただけないなんて。本来

ならば招待に応じるつもりもなかったのですが、妻がどーしても行けというので、来た次第です。心からのお祝いを述べられなくて申し訳ないが、妻を不当に扱われた男の最大級の敬意だと思っていただきたい」

それでは、と短い締めくくりを告げて、アンセルがくるりと踵を返す。そのまま大股で歩み去ろうとする憧れの人の背中に、コーデリアは声をかけていた。

「待ってください、公爵(ユアグレイス)！　今の発言、聞き捨てなりませんわ！」

楽しげな大広間の、その空気をコーデリアの制止が切り裂く。視線が主役と、彼女に呼び止められたアンセルに集中した。遠くで「げ」というような顔をしたケインと、「これはラッキー」と進んで逃げ出そうとするメレディスが見えた。先代公爵夫人は呆れたような顔で溜息(ためいき)を吐(つ)いている。

「何がですか？　プリンセス・コーデリア」

ひんやりとした口調でそう告げられるも、コーデリアは怯むことなく、ぐっと顎を上げてつかつかとアンセルに近づいた。だいぶ背の高い彼を見上げて腰に手を当てる。

「わたくしを侮辱なさったことです」

「……先に我が妻を侮辱されたのはどちらですか？」

はっきりきっぱり告げられたその単語が、強力な矢となってコーデリアの心臓に突き刺さる。その痛みを堪えながら、彼女はぐっと顎を引き、奥歯を噛(か)み締めて続ける。

「わたくし、アンセル様がご結婚されたなんて話、聞いておりませんわ」

その台詞に、会場内の視線がアンブローズ殿下を探す。だが彼はこの事態を察知してブラックトン公爵ととんずら中だ。恐らくバルコニーに出ているのだろう。

我らがプリンセスのご立腹を見て、国王陛下が二人の間に割って入った。

「確かにそうだな、コーデリア。このわたしですら、アンセルの結婚には驚いたのだから、そなたが驚くのも無理はないな」

「陛下」

身を正すアンセルとは逆に、コーデリアはぐっと口をへの字にした。

「おじさま……では本当なのですか？　アンセル様が結婚されたというのは？」

三歩で最高権力者の元に歩み寄り、両手を組んで見上げるコーデリアに、陛下は苦笑した。

「そうなんだよ。なんでも一目惚れ（ひとめぼ）をしたらしい」

「一目惚れ!?」

驚いて絶句するコーデリアを他所（よそ）に、アンセルが国王陛下に向き直る。

「この世には運命の相手というのがいて、見ただけで気付くものだと身をもって知りました」

笑顔で告げるアンセルに、陛下が思わず破顔した。

「ということだ、コーデリア。彼は幸せな結婚生活を送っているのだよ」

はっきりきっぱり告げられて、コーデリアがよろっと一歩後退（あとずさ）る。

「――なんてこと……」

最も信頼に足る人からの決定的な一言によって、目の前が真っ暗になっていく。その彼女の心情など露知らず、アンセルが胸を張った。

「そういう事情ですので、陛下。わたしはこれで退席します。妻を一人にしておけません」

堂々と言われた台詞に、さざ波のような溜息が起きる。生暖かい視線の中、アンセルは腰を九十度に折って最高礼を取ると、踵を返してすたすたと歩き出した。

大広間の扉から彼の姿が消える。ショックから転落した、日の差さない深い谷間を彷徨っていたコーデリアはしばらくして、がばっと顔を上げた。それから、周囲を見渡す。

「皆様、オーデル公爵の奥様をご存じですの？」

十八の乙女の悲しみに満ちた声に、大人達は視線を逸らした。そーっと開いたガラス戸から中をうかがっていた父、アンブローズが「そうだね」と絶妙な相槌を打った。

わたくしだけが、知らなかった。

見る見るうちにコーデリアの顔にが真っ赤になり、引き結んだ唇が震え出す。ぎろりと音がしそうな、烈火のごとき眼差しで睨まれたアンブローズは、「ひっ」と短い吐息を漏らして再びバルコニーに消える。対してコーデリアは、その羞恥と悲しみと怒りを表明するように唇をきゅっと結んだ。

「――わかりましたわ」

地獄の底から聞こえてくるような声が大広間に浸透する。その後、コール墨で綺麗に縁どられた紫の瞳をカッと見開くと、ドレスの裾をひょいっと持ち上げ大股でフロアを横切っていく。

「ど、どこに行くの、コーデリア？」

母であるエレイン殿下が慌てて声をかける。その母に一瞥もくれずに、コーデリアがきっぱりと答えた。

「アンセル様の奥様とやらを、この目で確かめてまいりますわ！」

脱兎のごとき勢いで扉をすり抜ける際、ケインの「あ～あ……」というなんとも感慨深い声を聞いたが、彼女は足を止めなかった。そのまま、消えた想い人を追って、颯爽と廊下を突き進むのであった。

「それはセゾルヤマエンドウですね」

階段状に盛り土をして植えられている低木や、岩と硬い土の上にしがみつくようにして生える小さな花の、茎の部分を飽きもせずに眺めていたグレイスがぱっと顔を上げた。

いつの間にか隣にしゃがみ込んでいた近衛騎士のベネディクトが顎に手を当て、真剣な表情で小さな青い花を見つめている。

「そうなの？　ヤマエンドウとはがくの形が違うな～と思っていたけれど」

「ええ。これはセゾル地方に生える、高山植物の一種です。あっちらに見えるのも、セゾルツツジですね」

立ち上がり、岩場をすたすたと歩いていく。そして再び膝を折ると「ああほら」とベネディクトは嬉しそうに微笑んだ。

「見てください、こっちにはコケモモが生えてますね」

スカートの裾をからげて、大急ぎで歩み寄ったグレイスが、低木の茂みに楕円形になる赤い実に目を見張った。

「美味しそう」

思わず零れた呟きに、目を見張ったベネディクトが少し笑いながら実を取った。

「お一つどうぞ」

「え？」

一応ここは薬草園だ。しかも王室が管理している。そこで観賞用はもとより、研究用に育てられているものを取ってしまって大丈夫なのか。

眉間に皺を寄せるグレイスとは対照的に、ベネディクトはなんでもないことのようににこにこ笑っている。その落ち着いて、でも何かを企むような様子に乗っかるように、グレイスは手袋を外して掌を差し出した。

「じゃあ、あなたが取ってくださるかしら？　不審な公爵夫人が盗み食いをしたというよりは、ここの警備を任されている騎士様から貰(もら)ったという方が罪が軽そうだもの」

綺麗な灰色の瞳をキラキラさせて、そう澄まして告げるグレイスに、ベネディクトは思わず吹き出した。それから宝石のように恭しく、彼女の掌にコケモモの実をそっと乗せる。

侍女は道の端の方で二人が何をしているのか、と首を伸ばしてこちらをうかがっている。その彼女に手を振り、そっと俯(うつむ)くと、グレイスはぽいっと赤い実を口の中に放り込んだ。

噛み締めた瞬間に広がったのは、ふわっとした甘い香りと、それから……。

「酸っぱいッ！」

ぎゅうう、と口をすぼめ、手で口を覆うグレイスにベネディクトは喉を反らして笑った。

「そうなんです、公爵夫人(ユアグレイス)。これ、砂糖と一緒に煮てジャムにしないといけないくらい酸っぱいんです」

「ちょっと！　騙(だま)したわね！」

「地元で子供たちが旅人相手によくやるイタズラなんです」

笑いながら言われて、思わず肩の辺りをグーで叩く。

「まったく！　凄い酸っぱい……」

「コケモモのコンポートはお肉料理に使われたり、それから葉の方は殺菌作用が見込まれていますから、煎じて感染症のお茶に使われたりしてます」

だから薬草園でも育てているのね、とようやく酸っぱい実を飲み込んだグレイスが複雑な表情でベネディクトを見上げた。

「もう一ついかがです？」

揶揄うように眉を上げてそう告げる騎士に、グレイスは思いっきり口をへの字に結んだ。

「次はお肉料理と一緒にいただきたいですわ」

半眼で告げれば、彼が再び笑う。楽しそうな騎士の様子に、釣られるようにグレイスも笑ってしまった。そこでふと気が付く。

「地元で子供たちがよくやるってことは……ご出身は山岳地方なんですか？」

「ええそうです。先ほど、公爵夫人が気にされていたセゾルヤマエンドウの『セゾル』地方ですね」

王都から北東に広がる山脈地帯の名が出て、グレイスは「ああ」と一つ頷いた。険しい山が壁のように連なっているそこには、下界から隔離されたような街があることで有名だ。

「環状に組まれた石垣が有名な所ですよね？　その上を歩いて一周するのが観光名所だとか」

「ええ。それから王国一のステンドグラスと、良家の子女が集う学院がありますね」

「ああ、物凄い高額の」

　貧乏伯爵令嬢だったグレイスとしては、そんな大金を投じて通う学校とはどういうものかと思った覚えがある。それから漏れ出た感想だったのだが、ぎょっとした眼差しでこちらを見るベネディクトにはっと我に返った。

「あ、す、すみません……貴婦人がモノの値段を口にするのはいけないことだとわかってはいるんですけど……ただあの、目玉が飛び出そうなほどの高額だったので気になったというか……」

　後頭部に手を当てて笑いそうになり、寸でのところでグレイスは踏みとどまった。

いけない。そういうのは家では許されるが、王城ではいけない。多分。絶対。

　そこで唇に手の指を押し当てておほほほ、と笑ってみせる。そのぎこちない動きに、ベネディクトは目を奪われてしまった。

　この人は変わっている。本当に、変わっている。

「ええ、その高額で一体何を学ばれているのか……少なくとも公爵夫人がお持ちのような機転とユーモアは教えられてはいないでしょうね」

「これは機転ではなくてですね……単に思ったことが口から出てしまうだけでして……これを堪える術を教えていただけるのならまあ……高額を払っても……いえ、その他にも高山植物とか山岳地帯の動物のあれこれを教えていただけ……ああ、そうだ！　高山地帯での生活に欠かせない日用品とか開墾の方法とか、木々を運搬する手段とか……はっ!?　もしかしてベネディクトさんはその辺の生活全般をご存じでは!?」

　思わず彼の手を取って身を乗り出した瞬間。

「グレイスッ！」

のんびりとした薬草園の、小鳥のさえずりを遮るようにして怒号が響き渡る。はっとして顔を上げるとサファイアブルーの目を見張ったアンセルが、レンガ敷きの小道を大急ぎでこちらに向かってくるのが見えた。

（マズイ！）

公爵夫人として振る舞わねばいけないというのに、グレイスときたらクランベリーの茂みの前にしゃがみ込んでいる。

「ア、アンセル様！」

しゅぱっと立ち上がり、グレイスは綺麗なグラデーションを描くドレスの裾に視線を落とした。

「だ、大丈夫ですよ、ドレスの裾は死守……してるはずです、ミリィに殺されたくないので、だからあのええっと」

引きつった顔のまま一直線にやってきたアンセルは、グレイスの横で澄まして立つベネディクトを凍れる眼差しで睨みつけると、ぐいっと彼女の腕を取って引き寄せた。

「すまない、一人にして」

流れるように優雅に。まるでワルツでも踊っているかのように、アンセルはグレイスの腰を抱えてふわりとターンを描く。そして身体の位置を入れ替え、さりげなくグレイスをベネディクトの視線から隠した。

「どうやら招待主はわたしが君と結婚したことを知らなかったらしい」

腰と手を掴まれたまま、身を寄せてくるアンセルに、至近距離から覗（のぞ）き込まれてグレイスは真っ赤になった。

「ア、アンセルさ」

そのままちう、と軽くキスを落とされる。

「だがそんな不義理は通らないからな」

「アンセ」

ちう。

「妻を一人にしてはおけないと」

「ちょ」

ちう。

「抜け出してきた」

「ま」

ちううううう。

柔らかな唇に吸いつくようなキスをする。確かにベネディクトからは見えないかもしれないが、妻に圧しかかるように背を屈めるアンセルの様子から一目瞭然だろう。

(全くもうっ!)

次の瞬間、グレイスは唯一空いていた左手で拳をつくるとぽかり、と彼の肩甲骨辺りを叩いた。妻の反撃にアンセルが顔を離す。その彼に、グレイスはごちん、と頭突きをした。

「な」

「アンセル様ッ! 人前ですッ!」

思わずおでこに手を当てる夫から素早く離れ、グレイスは引きつった顔で付き添ってくれていた騎士と侍女を振り返った。二人ともちゃんと大人だった。侍女は立ち木をしげしげと眺め、騎士は顎に手を当てたまま、高山植物を熱心に調べている。

「誰も見てないだろ」

しゃあしゃあと告げるアンセルをひと睨みし、グレイスはふうっと溜息を吐いた。自分は思ったことがすぐ口に出るタイプだが、夫は口には出さずに行動に移すところがある。昔からそうなのかしら、と夫のことをぼんやり考えながら、グレイスは未(いま)だに視線を逸らしてくれているベネディクトの方に一歩近づいた。

「あの」

「あ、大丈夫ですよ、公爵夫人(ユアグレイス)。俺のことはお気になさらずに」

「いえいえ。せっかく薬草園を案内してくださっていたのに、無礼なことを」

「グレイス」

「アンセル様は黙っててください」

こちらに向き直るベネディクトにグレイスはにっこりと微笑んだ。

「本当にありがとう」

その笑顔に、アンセルは嫌な予感がした。グレイスの笑顔には飾らない、野の花のような素朴さがある。大輪を咲かせる薔薇(ばら)のような華やかさはないが、広々とした草原で風に揺れて楽しげにしている雰囲気がある。

それを目の前にしたベネディクトの瞳が驚いたように見開かれ、尚且(なおか)つ色濃くなるのをアンセルは見逃さなかった。

(なんてことだ)

じわじわと腹の奥から嫌なものが込み上げてくる。グレイスから笑顔を引き出せる男は、そういない。グレイスが若い貴族を「もったいないお化けが出る!」と脅して叱りつけるという事件が発生した際、彼女には『東洋かぶれの嫁き遅れ』という不名誉なあだ名がついてしまった。だが本人はそれをあまり気にしてはおらず、更に結婚してからは自分に話しかける人間のほとんどは、その後ろにある『オーデル公爵家』へ取り入りたい願望が混じっていると少なからず思っている。なので、彼女が周囲に送る笑顔の大半は『愛想笑い』だ。

その彼女が、アンセルしか見たことのない、飾らない笑顔を向けている。見も知らない騎士に!

「いえ、俺も楽しかったです」

そんなアンセルの驚きと嫉妬となんだかよくわからない、真っ黒な感情の滲んだ眼差しを綺麗に無視し、ベネディクトが胸に手を当てて礼を取る。

「次はいつ、お会いできるかわかりませんが、城にお越しの際はまた警護をさせてください」

それから一歩前に出てグレイスの手を取り、手の甲に口付ける。

「……一緒に赤い実を食べた仲、ということで」

片目を瞑ってひそっと告げられて、グレイスは笑い出してしまった。恐らく、自分が王城に来ることはそんなにないだろう。その間にまた、奇跡的にベネディクトに会えるとは思えない。何せ彼は近衛騎士隊の一つを任されている長なのだ。

それでも、畏怖しか覚えない場所に、同じような感覚の持ち主がいるというのはなんとなくほっとするというか、なんというか。

「なんの話をしているのかな？」

　我慢しきれなかった夫が、グレイスの腰を抱き寄せると、視線を上げたベネディクトと目が合った。爽やかな笑顔を浮かべるイケメンの、そのややオレンジ色に見える眼差しに挑発的な色に過った。

（この男ッ……！）

　冷たく凍えるようだったアンセルの瞳が真っ青に色づく。自分の頭上で静かすぎる火花の散らし合いがあるとも知らずに、グレイスは頬を赤くしながらぺしり、とアンセルの腕を叩いた。

「ですから、さっきから人前だって……」

「とにかく、妻が招待されていなかった理由ははっきりした。だが、わたしは妻を同伴しないパーティには参加する気はない。わたしの妻は、わたしが屋敷に連れて帰る。わたしの妻だからなッ！」

「――アンセル様、しつこいですよ」

　半眼で呟くグレイスを無視して、妻を連呼したアンセルは彼女の腕を取ると自分の腕に絡めた。それからそうっとうかがうようにグレイスの顔を覗き込む。

「それで、グレイス。わたしにどの花が食べられるのか、教えてくれるのではなかったかな？」

　にっこり笑う夫に、グレイスは思考が停止した。いつまでたってもこの夫の微笑には目を奪われてしまうのだ。自分だけが見ることができる、本当に心の底からグレイスを想っている笑顔。彼は本当にグレイスに甘いと思うのだが、最近ではアンセルがグレイスを甘やかすのは、それがアンセルの心の平穏に繋がっていることにもなんとなく気付いていた。だからこそ、グレイスも不慣れな「甘える」という行為を積極的に取り入れていこうと心ひそかに思っていた。これもある種の成長だ。

「君のことだから、珍しい草花を見つけては足を止めて、この広い薬草園の一角しか見ていないのではないか？」

「よくわかりましたね、アンセル様」

「では、わたしが一番好きな場所に案内しても？」

この王城の……更に限られた人しか入れない薬草園で好きな場所がある？

「アンセル様も薬草にご興味が？　え？　ま、まさか……」

男性が薬草に興味を持つとしたら、考えられる原因は二つ。一つは毎晩過分に求められることから違うと判定できる。もう一つは……。

自然とグレイスの視線がアンセルの持ち上げた前髪の辺りに注がれる。どうしても半分落ちてきてしまう前髪が、薄くなっているような形跡は見えないが――

「こら」

つん、と額をつつかれて「あう」とグレイスから声が漏れる。

「まったく君は……本当に……」

こて、と首を傾げてこちらを見つめるグレイスにアンセルは言葉を失う。脳内を占めるのは「うちの奥さん可愛いが過ぎる」という台詞ばかりで。

「とにかく、来てくれないかな」

グレイスの腕を取って歩き出し、ふと彼は後ろを振り返った。護衛を任された騎士と案内を頼まれたという侍女に公式全開の笑顔を見せた。

「二人ともありがとう。妻はわたしが護るし案内するから。それぞれ持ち場に戻ってくれ」

はっきりと告げられた命令に、二人が礼を取る。アンセルに連れられて再び散策を始めたグレイスは、太腿辺りに何か当たるのに気が付いた。空いている方の手をスカートのポケットに突っ込むと何か入っている。そっと引っ張り出し、グレイスは目を見張った。

「それは？」

　コケモモの実だ。

（ベネディクトさんね）

　本当にいたずら好きなんだな、と小さく笑いながら、グレイスはそれをそっとアンセルの口元に差し出した。

「お一ついかが？」

「ん？　食べられるのかな？」

「はい。お肉の付け合わせにもなるんですよ」

　アンセルがあーんと口を開け、その果実を齧った瞬間、グレイスはにんまりしながら付け加えた。

「ただし、コンポートにしてからですけどね」

　アンセルがどこに行ったのかを人づてに聞いて回り、ようやく薬草園だと知って駆けつけたコーデリアが見たのは、小柄で華奢な麦藁色の髪の女の腰を抱いて寄り添う想い人の姿だった。
　あの女が……と頭の中が真っ白になり、王家の人間としての品格を忘れそうになった。だが寸でのところで踏みとどまったのは、自分達が住まう区画の警備を担当する騎士が、想い人と睨み合っている姿を見たからだ。

しばらくその様子を観察し、アンセル達が立ち去った後、コーデリアはベネディクトの元へと駆け寄った。

「あれがアンセル様の奥様ですの⁉」

勢い込んでそう尋ねれば、驚いたように目を見張った彼が肩を竦めてみせた。

「そのようですね」

「……貴方はアンセル様がご結婚されていると知ってましたの？」

疑いの眼差しで自分の護衛を睨み上げれば、彼は「今知りました」と淡々と答えた。

「もしかして誰も、コーデリア様にご進言なさらなかったのですか？　幼い頃からずっと一途に想い続けてきた男性が最近結婚されたという事実を」

所々に棘を感じる物言いに、コーデリアはぎりっと奥歯を噛み締めた。

「ええ、誰も。両陛下はもちろん、両親も従兄も、一言も、教えてくださいませんでしたわ」

シルクの長手袋をはめた手をぎゅっと握り締めたコーデリアの身体が、わなわなと震える。

「それはまた……状況判断に優れた皆様で」

「どういう意味ですの、ベネディクト」

「そのままの意味ですよ、プリンセス」

ぎろっと音がしそうな勢いで見上げるコーデリアの、コール墨でばっちり縁どられた大きな丸い瞳が殺意を滲ませてベネディクトを見上げている。だが、『見慣れている』といっても過言ではないそれに、彼はただ肩を竦めるだけだ。

「それで？　貴女が癇癪を起こすのを知っていて隠されていた事実を突きつけられて？　コーデリア姫は大人しく引き下がるのですか？」

「まさか」

間髪入れずに答えて、コーデリアは姿勢を正した。少なくとも十年、コーデリアはアンセルと結婚する夢を見てきた。

どんな願いも全て叶う……なんて傲慢なことは思わない。全て叶うには、それなりの対価が必要なことも理解している。コーデリアが、初恋の人と結ばれるためには一体、どれだけの対価が必要になるのかわからないが、払いきれない対価などないと彼女は信じていた。

それほどに、自分が自由に使える権利は、他の誰よりも多い。もちろん犠牲も大きいが。

「とにかく、まずはあの女がアンセル様に相応しいのか確認しなくては」

コーデリアが唯一知っている、元・恋人のアマンダは非の打ちどころがなかった。アンセルと並んで立つと絵になる美人だったたし。だが今の麦藁色の髪の女はどうだろうか。ただただ甘えるだけの、頭の空っぽな令嬢だったら即刻離縁させてやる。

そんな物騒な算段を始める姫君の横で、ベネディクトは二人が消えた方に視線をやった。

「多分、今回も諦めた方がいいと思いますよ、俺は」

「『も』ってなんですの⁉」

くわっと目を見開いて見つめられて、ベネディクトは食えない笑みを返した。

「では、今回『は』うまく行きますように」

3　秘密の塔

交わされた口付けは酷く酸っぱくて、グレイスは思わず顔を離してしまう。

「酸っぱいです」

「君のせいだろ？」

睨み上げるグレイスを見下ろしながら、アンセルは片眉を上げた。それからイタズラっぽくにんまりと笑うと、唇を尖らせたグレイスがそっぽを向いた。

確かに、コケモモの実を押し込んだのはグレイスだ。だが、だからと言って、彼の一押しの場所で押し倒されていいことにはならない。

そう。

現在グレイスは、薬草園を抜けた先にあった、尖塔の上にいた。子供の頃、叔母である王妃に招待されて遊びに来た際、秘密基地のようで気に入っていた場所の一つだという。石造りの螺旋階段を上ると、突当たりに扉があり、開けた先に広がっていたのは丸い形の物置部屋だった。

だが、甥のアンセルがそこを気に入り、結構出入りしているのを知っていた王妃がずっと居心地よく整えてくれていて、以来、大人になっても王宮での催しが煩わしくなると、ここに隠れてやり過ごすことが多かった。

簡素なベッドと本棚。それから子供の頃に遊んだと思われるブリキでできた玩具の車や兵隊が箱に詰め込まれている。書き物机が一つと椅子が一つ。それから上部が弧を描く窓があり、そこから王都が一望できた。

はめ込まれた窓を開き、吹き込む風の涼しさに目を細めて眼下を眺め、確かにここは秘密基地みたいで素敵ですね、と笑顔で告げようとした矢先に、襲われた。

ご丁寧に鉄製の扉に鍵をかけたアンセルが、礼装用の手袋を脱いで、ぽいぽいとその辺に放り、いい笑顔でグレイスに近寄ると腰を抱いて口付けたのだ。

嵐のような、あっという間に全てを奪っていく口付けと、その酸っぱさに顔をしかめる。睨み上げるグレイスをひょいと抱き上げ、アンセルはぽすん、と簡素な寝台の上に落とした。

「ア、アンセル様!?」

スカートの海でもがきながら、グレイスは身を起こそうとした。その彼女に圧しかかり、振り上げられる手を片方ずつ、シーツに繋ぎ止めていく。震える、真っ赤な唇に再びキスを落とし、アンセルは身体いっぱいでそこにいるグレイスの感触を堪能する。

「ああ……グレイス……」

溜息と共に名前を呼ばれ、音に混じる官能的な甘さにグレイスのお腹が震える。駄目だ。こんな風に呼ばれると、何もかも手放したくなる。

「だ、だめです、アンセル様！　ここがどこだと」

「王宮の塔だな」

「だったら」

こんなことはいけない、と言葉を繋ぎそうな彼女の唇を再び塞ぎ、押さえ付けるグレイスの手首を親指でそっと撫でる。びくりと彼女の身体が震え、アンセルは緩んだ唇を強引にこじ開けて舌を押し込んだ。

「んぅ⁉」

抗議するような声がグレイスから漏れるが、アンセルはお構いなしにキスを深くしていく。熱い舌を絡め、彼女がよく感じる部分に触れていく。奥の上の部分を舌先でなぞると、彼女の身体がわななないて、抵抗が弱まった。角度を変えて口付け、そっとグレイスの手首から手を離すと、ボディスの縁に指をかけた。

「ア、ンセル様ッ」

「しー」

何が「しー」なのか。抵抗をやめればこのままなだれ込むだけだ。だが止める術が他にあるのかないのか……。

ぐるぐる考えるグレイスの、その寄せられた眉間の皺や、赤く染まった目尻や耳たぶ、顎の下などにキスの雨を降らせ、アンセルはくったりと力の抜けた彼女の右腕を取り上げた。ぽわっとした顔で見上げる彼女の目の前で、その赤く染まった手首に頬を押し当てて、内側の柔らかいところに噛みつく。

ぞくぞくぞく、と背筋を甘い電撃が走っていった。

「あ」

赤い舌先で肌をなぞりながら、アンセルはもう片方の手に力を込め、ぐいっとボディスを引き下ろす。

「っ」

「いつも思うんだけどね、グレイス」

妻を押し倒し、窓から差し込む明るい日差しの下で彼女を見つめながら、アンセルはきつく結ばれているコルセットの紐（ひも）に触れた。

「こんなにぎゅうぎゅうに締めつけられて、痛めつけられている君の胸が可哀想（かわいそう）だ」

しっかりと結ばれている紐（ひも）を指先でなぞりながら、苦しげに持ち上げられている胸の上部の、真っ白で柔らかな部分に唇を押し当てた。

「で、でもこうでもしないと……」

自分の胸は存在感がないから……とは言えず、グレイスは口をつぐむ。確かに苦しいが、世の中の女性はもっときつく締めている人もいるという。そう言えば産業博覧会で、女性の身体の変形を危惧した医療メーカーが、そんなに締め付けなくても胸の形を保てる下着を開発していた。

あれは結構よさげだったなと、グレイスの思考が彷徨（さまよ）い出す。だがそれも、ふわっと胸元が緩くなるまでだ。

「ッ！」

あっさりとコルセットを剥ぎ取った夫が、現れた真っ白な果実に口付ける。甘い疼（うず）きがお腹の奥に溜（た）まり、掌（てのひら）に丸く収まってしまうグレイスの胸をやわやわと揉（も）まれる度に、新たな刺激が重なり、降り積もっていく。物凄（ものすご）く地位の高い人たちが集まっている、王宮と呼ばれる場所の一角で、隠れるようにして淫らなことをしているという事実に背徳感を煽（あお）られる。

「アンセル様ッ……だ、誰か来たら……」

「大丈夫。誰も来ないから」

「でも」

「鍵もかけたし」

「でもっ」

「パーティが終わる前には終わるよ」

そういう問題じゃない、という台詞を言いそうな唇に人差し指を押し付け、アンセルがにっこり笑った。微かに眉間に皺が寄っている。それとなんというかとても――不穏なモノを感じる。

「あ……えーっと……？」

「それでだな、グレイス。一つ訊きたいことがあるんだが」

ふるっと揺れる胸の先端を、指の先で掠めるようにして撫でながら、アンセルがとてもいい顔で続けた。

「あの騎士と何を楽しそうに話していたのかな？」

今それを訊きますか！

「な、何もしてませんよ？　ただちょっと高山植物について語らってただけ……あっ」

胸の先端を唇に含まれて、甘い痛みが身体を走り抜ける。ちろちろと舌先で転がされて、グレイスが身を捩った。

「アンセル様ッ」

「君のことは信用してる。だが、相手の男に関して、わたしは一切信用していない」

グレイスの心が誰か別の人間に傾くことは絶対にないと言い切れる。だが、そのグレイスに想いを抱く人間が現れ、その全て排除することは不可能だ。だからこそ。

「君が誰の妻なのか――示す必要がある」

「ど、どうやって……？」

　さしあたっては、とアンセルはグレイスの胸の上部をきつく吸い上げた。

「んっ」

　ちりっとした痛みの果てに、真っ白な肌に赤い華が咲く。それを満足そうに眺めているアンセルに、グレイスは唇を噛んだ。何かと言うとこの男性はグレイスに印をつけたがる。そうしないと、不逞の輩がグレイスに寄ってくるとそう思っているのだ。

　だが、そんなことは万に一つもあり得ない。実際グレイスは『東洋かぶれの嫁き遅れ』と言われているくらい、令嬢達の中では不人気だったのだ。そんな自分に近づいてくる人間がいるとは思えない。

　それなのに、この旦那様ときたら。

「狡いです、アンセル様」

　満足そうに、赤い華の跡を指先でなぞるアンセルに、グレイスが頬を膨らませる。それから腕を伸ばして、夫の首筋に絡めた。

「私も……」

「え？」

　そう、グレイスに近づく人間を心配するよりも、アンセルに近づく存在を心配するべきなのだ。

「アンセル様が誰の夫なのか、示す必要もあります！」

「グレイス!?」

　身を乗り出し、しがみ付いた首筋の、襟元から覗いている辺りに唇を押し当てる。それからはむはむしたり、ちょっと齧りついたりする彼女の、その甘い香りと吐息と、髪をまさぐる細い指先がアンセルは我慢できない。

「グ……グレイス」

「ん……ふっ……」

このままではもどかしくて押し倒して早急に奪いたい欲求が増してくる。

アンセルの予定としては、グレイスの身体を溶かして、貫くまではしないつもりだった。彼女に色っぽい顔をさせて、自分だけしか知らない顔を見て満足するはずだった。

だが、全身をこすりつけられて、更には耳の下辺りでもぞもぞキスをされては、解放したい熱が下半身に溜まる一方だ。

「グレイスッ」

切羽詰まった声に押されるように、彼女がきつく肌を吸い上げる。びり、と軽い痛みが走り、アンセルが震えた。それを掌に感じたグレイスがぱっと顔を離すと、シャツの襟、ぎりぎりの部分に赤い華が咲いていた。

「やりました、アンセル様！」

うひゃー、と奇妙な声を上げて喜ぶグレイスの、その細くしなやかな身体を両腕で抱き締める。重なりうねりを描く布の海の向こう、お腹の辺りに押し付けられる固いものを感じて、グレイスははっと顔を上げた。

先ほどとは逆に、ごちん、と軽く頭突きをされた。

「――……どうしてくれるんだ、グレイス」

ぐいっと腰を押し付けられて、グレイスが耳まで赤くなった。

「あの……えぇっと……」

言い澱み、ちらと視線を上げた彼女が見たのは、今までの余裕が嘘のように消え、眉尻を下げてこちらを見つめるアンセルの姿が。

ごくり、とグレイスは喉を鳴らすと両手を持ち上げて夫の頬を包み込み、唇をこすり合わせた。

「仕方ありませんね」

その言葉と同時に、アンセルが折り重なった布の海から、彼女の白く細い脚を引き上げた。

「あっあっあっあ」

ドロワーズを片脚の太腿辺りに引っかけたまま、雫に濡れた秘所に真上から楔を打ち込まれる。声を殺したい気もするが、「大丈夫だから」と甘い声でそそのかされて、反らした喉から艶やかな声がひっきりなしに漏れる。

気持ちよさそうなそれに、アンセルは自分が信じられないほど欲の深い獣になったような気がした。何故ならもっと、この腕の下で善がる存在を喘がせて、自分だけでいっぱいにしたいと思ってしまうから。

「グレイス」

掠れた声で囁き、その低い音にグレイスの内側がきゅうっと締まる。ただ名前を呼ぶだけで、アンセルを認識して、アンセルを離したくないと感じているグレイスに、彼はたまらなくなった。

二人とも半分以上衣類を身につけている。それが更に、秘め事感を煽り、劣情を昂らせるのだ。

「グレイス……気持ちいいか？」

あまりそういうことを言わないアンセルに、そう尋ねられて、喉を反らして快感をどうにか体外に放出しようとしていたグレイスは、首を振った。

「気持ちよくない？」

「ちが……」

「じゃあ、気持ちいいのか？」

身を伏せ、耳元で囁く。揶揄うような響きに、ぎゅっと目を閉じ、グレイスは首を縦に振った。だが、アンセルは満足しない。

「ちゃんと言って」

「や……」

「嫌なのか？」

「ち……が……」

「何が違う？」

いじわる、しつこい、ばか。

そんな単語が脳内を駆け巡るが、夫がどうにかして言わせようとする時、びっくりするくらい引き下がらないのを、グレイスはここ数か月で実感していた。

恥ずかしがって小声で早口に答えると、満足したように笑うのだが、それがどうもグレイスは面白くない。ぎゅっと唇を引き結び、嫌だ、と首を振ってみる。

「それじゃわからないよ、グレイス」

これが駄目なのかな？　じゃあ、これは？

ぐりっと奥で、腰を丸く、抉るように動かされて「ひゃああん」と嬌声がグレイスの喉から漏れた。

「ああ、ここかな？」

気持ちいいんだね、とよく感じる場所を激しく穿たれて、グレイスは意識が真っ白になりそうになった。

「ここだろ？　グレイス。気持ちいいのは」

嬉しそうな声で尋ねられて、グレイスは悔しくなる。違うと言いたいが違わない。それに……怖いくらいに刺激が強く、全身がアンセルの楔を離したくないとぎりぎり締め上げていくのだ。それでもやっぱり、こんな風にアンセルばかりが楽しそうなのは納得いかなくて。

ぐいっと腰を深く、押し付けられた瞬間に、グレイスは喉を反らして声を上げる。

「アンセル様のそれ、好きなのぉ」

「！」

びくり、とアンセルの身体が強張り、膣内を穿っていた楔が重く熱く……質量を増す。

「アンセル様ぁ……すきぃ……すきぃ」

あああん、すごいぃ
「グレイスッ」

ふるふると首を振って、更には淫らな単語を口走りそうな妻の唇をキスで塞ぐ。

だが、穿つ度に「いいのぉ」と甘い嬌声を、更には詳しい単語でそれを彩るのにアンセルはたまらず。

「ま、まて、グレイス」

「いやあ、動いてぇ」

自ら腰をこすりつけたりしてくるから。

「だめ……グレイ」

「アンセル様ぁ、好き……すきぃ」

「くそっ」

自分ばかりが甘い言葉や、イヤラシイことを言われていじめられるのが耐えられない。だからと、意趣返しのつもりでなりふり構わず声を上げてみたのだが……。

なるほど、効果は上々かもしれない。

我慢できない、と無我夢中で彼から内側を責められて、腰に溜まっていた甘い疼きが一気に熱く燃え滾っていく。両腕にしっかり抱き締められたまま、最奥を貫かれてグレイスは目の前が真っ白になった。ぎゅうっと締め付け、アンセルの楔が震えて奥に熱いものが注がれるのを感じる。意識を持っていかれそうな瞬間、グレイスはアンセルの耳たぶにキスをし、震え短い吐息を零すアンセルに心の底から満足するのだった。


「うちの奥さんはほんと、びっくり箱のような人だね」

寝台の上でしばらく休み、日が沈む前にと二人はこっそり秘密の尖塔を出た。乱れた髪を押し込んでピンで留め、どうにか見られる格好になった後、手を繋いでそそくさと王宮内を移動する。誰かに会って何かを言われたら大変だと、急ぎ足のグレイスとは対照的に、アンセルは酷く満足そうに後ろから大股で付いてくるから、それもグレイスは気に入らなかった。

「アンセル様がイジワルするからですよ」

ほくほくした笑顔の夫を振り返り、グレイスが口をへの字に結ぶ。自分はいたって真面目に、普通に公爵夫人たろうと頑張っている。それを台無しにするのがアンセルなのだ。今日だって、思い返すのも恥ずかしい痴態を演じたのは、夫がしつこくしつこくしつこーくグレイスをイジメたからだ。

半眼で睨み上げる妻の、ややしわくちゃになった一張羅を見下ろしながら、アンセルはうっとりしたような顔で彼女の隣に並ぶと、そっと額に口付ける。

「そう言わないでくれ。君が可愛いのが悪い」

王城の構造をよく知っているアンセルが、今度は前に出ると迷いなくグレイスの手を引いて、人気の少ない通路を歩いていく。やがて、彼女が外に出たガラス戸にたどり着いた。

「あの、お義母様とメレディス様、ケイン様は？」

どうするんです？

さっさと城門に向かって歩いていく夫に、グレイスが彼らが消えた扉を見つめながら尋ねる。それにアンセルは肩を竦めた。

「大丈夫だ。ケインが乗ってきた馬車があるしな。それで帰れるだろうさ」

「でも退出の挨拶を……」

「済ませてきたから問題ない」

一体どんなやり取りがあったのか……考えるだけでも恐ろしい。と、ふとグレイスは自分がこの王城に招待されていない理由について明確なことがわかっていないのに気付いた。

「といいますか、アンセル様。アンセル様が結婚されているのを知らなかったから、私が招待されなかったとおっしゃいましたけど……根本的な問題として、何故私との結婚がプリンセスの耳に入らなかったのでしょう？」

だってそうではないか。王城の人間なら誰でも――それこそ社交界の人間なら誰もがグレイスの偉業を知っている。そんな有名な事態を何故誰も招待主であるプリンセスに教えなかったのか。その一点が気になって尋ねると、グレイスの手を引いて城内から車寄せがある正面の庭先に降りてきたアンセルが、なんとも言えない微妙な顔をした。間の悪い顔……とでも言うのだろうか。そんなアンセルを不思議そうに見つめていると、言いにくそうに彼が重い口を開いた。

「それはね、グレイス……多分、なんだが……」

そのままもごもごと、こちらを見ないで告げるアンセルの顔を覗き込むと、彼は呻き声とともに聞き取りにくい言葉を吐き出した。

「……プリンセスはずっと……わたしと結婚したいとそう……豪語していたから……だろうね」

その瞬間、グレイスは雷に打たれたように全てを理解した。そうか。そうなのか。

つまり……つまり、グレイスはプリンセスにとって。

(ぽっと出でアンセル様と結婚したトンデモナイ女だってことか！)

「だがそれも幼い少女の憧れのようなもので本気の感情だとは思っていなかったんだ」

早口にそう告げるアンセルの台詞を、左から右に聞き流しながら、グレイスは幼いプリンセスが若い頃から素敵だったに違いないアンセルに憧れの眼差しを注ぐ姿を想像する。

ふわふわした金髪の、可愛らしい女の子がうっとりとした眼差しをアンセルに送るのだ。だが彼と自分は歳が離れすぎている。小さな女の子でしかないプリンセスが、大人になったらアンセルのお嫁さんになるんだと周囲に吹聴して回っていて。やがて彼女が大人の女性として成長し、とうとう意中の人との結婚――と願った時に、物凄く唐突に、電撃的に貧乏伯爵令嬢と結婚したと知ったら？

「それは……プリンセスにアンセル様の結婚を報告するのはさぞ勇気がいることだったでしょうね」

重々しく告げるグレイスに、「だがこれでよかったんだ」とアンセルがきっぱりと言った。

「わたしは彼女には妹のような感情こそ抱いていたかもしれないが、それだけだ」

プリンセスの心中を思って、やっぱり複雑な顔をしていたグレイスが顔を上げる。その彼女に向き合い、アンセルがそっと彼女の左手を取り上げた。そこには手袋の上から嵌めた美しい、小さな花束をたくさん集めたような可愛らしい指輪が。古いデザインを一新して作られたそれに、アンセルがそっと唇を寄せた。

「わたしの心を奪ったのは君が最初で最後だよ、グレイス」

そのままじっと熱い眼差しで見つめられて、グレイスの心拍数が急上昇する。自分を見つめる深い藍色の瞳には、グレイスを欲する熱しか混じっていなくて。プリンセスには悪いが、自分はアンセルと一緒になれて心から良かったと思っている。だから。

「……疑ってなどいませんし、多分きっと、学校を卒業したプリンセスがアンセル様にアタックしたとしても、きっとアンセル様は私を選んでくれるんだろうなってそう思います」

グレイスにしては堂々とした強気発言だ。だがこう言えるようになるくらい、グレイスはアンセルに愛されていると実感できてもいた。

「グレイス」

ふわっと心の底から嬉しそうに微笑むアンセルに、同じように微笑み返し、グレイスはそっと近寄るとアンセルの固いスーツのシャツに額を押し当てた。

「私が招待されなかった理由、ちゃんと理解しました。プリンセスには悪いのですが……私のことを認めてもらえるような立派な奥さんになりますね」

そのグレイスのやや乱れた髪を撫でながら、アンセルがそっと耳元で囁く。

「そこまでしなくていい。君は君のままでいてくれ。それだけできっと……プリンセスも君には叶わないと、君を認めてくれるだろうさ」

面倒な親戚の集まりで、仲良くなんぞしたくない。だが余計な火種は欲しくない――それがアンセルの本音だ。ましてや、グレイスをプリンセスの標的になんぞしたくない。関わり合いにならないのが一番だ。

そんなアンセルの心中を知ってか知らずか、ぐいっと顔を上げたグレイスがにっこりと微笑む。

「そうですね。私は私で勝負します！」

それが一体なんの、どういう勝負なのか……深く追及する者はおらず、「それは頼もしいな」などとのほのほ笑い合う夫婦がただいるだけで、どうやら波乱を回避するのは不可能なのであった。

4　ブラックトン領カロニア

「ここは北のレザスタインとの国境付近の街だからね。かの国が戦火に巻き込まれた折に我が国にも争いが飛び火せぬよう、強固な防壁が張り巡らされ、王都からはこの門を通る以外、中に入れないようになっているんだよ」

王城でのパーティから十数日。オーデル公爵夫妻は、あの時城にいたブラックトン公爵からハウスパーティを開くので是非参加してほしいと招待を受け、公爵の領地たるカロニアへとやってきていた。

ごとごと走る馬車の窓から顔を出したグレイスが、アンセルが言う門を見上げて、目を丸くする。

この土地は、昔起きた巨大なカルデラ噴火の名残の外輪山に囲まれ、その切れ目に王道が通っていた。

二人を乗せた馬車は、門を抜けると切り立った崖の間を縫うように進み、やがて目の前に開けた平地には、同じように標高の高い山を背景に真っ白な石でできた壁が続く景色だった。周囲を取り囲む山から流れる川が土地を削り、壁の外に天然の堀を築いているため、街がある防壁の内部に入るには橋を渡らなくてはいけない。

その橋も、大雨の時に高い山から一気に土砂が流れ落ちるのを予想して、普通のつくりとは違った跳ね橋になっている。きちんと稼働するのかどうか確かめるため　日に数回、橋が両側に引き上げられるのだが、その時に船で橋の下を通るのが観光客に人気である。

そして今も。

「アンセル様、アンセル様ッ！　見てください、あの頑丈そうな鉄鋼と歯車！　見えますか⁉　見えますよね⁉　ああ～あの石の塔の内部が物凄く気になりますッ！」

はしゃぐ妻を見つめて、アンセルが嬉しそうに微笑む。彼女は絶対にこの仕組みに興味があると思ったので、これから跳ね橋が上がるという時刻を計算して、ここブラックトン公爵領カロニアの街に到着するよう馬車を走らせたのだ。予想通り、馬車を降りたグレイスが川を挟むようにして立つ塔の傍へと脱兎のごとく駆け出している。

彼女は目をきらきらさせ、軋んだ音を立てて巻き上がる鋼鉄と一本の杉から作られたと評判の巨大な歯車を真剣に見つめている。周囲には観光客と思われる紳士淑女、商人から親子連れまで集まり、皆、ゆっくりと上がっていく橋を見てどよめきを上げた。川を走る蒸気船のデッキにも人が鈴なりになっていて、それを見つめながら、アンセルは次はあれにグレイスと乗ろうかなと考える。

というか、妻がこんなに楽しそうにしているのは久しぶりだ。

「本当に君はこういった……機械仕掛けの物が好きなんだね」

木製とはいえ、かなりの重さがある橋を持ち上げるのだから、動力は最新の蒸気が用いられている。石炭をくべてかまを熱くし、水蒸気を発生させて高圧を生み出す。そのエネルギーを使って歯車を回しているのだが、普通のご婦人はこういった話に興味を示さない。知る限りではグレイスだけだ。

春に訪れた産業博覧会でも彼女は熱心に機械構造を見ていた。

「土砂災害は山に住む人間にとって最重要課題です。ハートウェル領もこれほど山に近くはありませんが、領地の一部が山の裏で、育てた木々がなぎ倒される被害が去年もありましたから」

「……こういった跳ね橋を架けたい？」

そっとグレイスの後ろに立ち、アンセルが彼女の肩に手を置く。ボンネットに飾られているのは生花で、ピンク色の薔薇に鼻を寄せると甘くいい香りがした。頬を横切るようにして結ばれているリボンに無意識に手を伸ばし、そのシルクのすべすべを確かめていると徐々にグレイスの身体が強張っていくのがわかった。

「――アンセル様」

かたい声が名前を呼ぶ。だがアンセルはそ知らぬ振りをした。

「だが君が興味をひかれているのは、跳ね橋自体ではなく、この巨大な物を動かす動力の方だろう？」

「……そ、そうですけど……アンセル様ッ」

「やっぱりね。最新の蒸気を使った動力なんだが、グレイス。これを何に応用する気なのかな？」

「え？　いえあの……ちょっと……アンセル様ッッ！」

ボンネットに隠れてしまっている耳の辺りに唇を寄せて甘い低音で囁くと、手を置いた彼女の肩がびくりと強張り震えた。ボンネットの縁から覗く白い頬が赤くなっているのが見え、アンセルは引き寄せられるようにそこに唇を押し当てた。途端。

「アンセル様ッ」

ぽかり、と腕を叩かれて、男はしぶしぶ……本当にしぶしぶ身体を起こした。

「心配しなくてもみんな橋と蒸気船しか見てないよ」

人前で何をするんですか、と言われる前にそう告げる。にやにや笑って妻を見れば、赤く染まった頬を可愛らしく膨らませた彼女が半眼でアンセルを睨みつけた。

「では、アンセル様も跳ね橋と蒸気船を見てください」

「わたしはそこまで動力に興味はないからね」

「ないんですか⁉」

がーん、というような顔と視線を向けられてアンセルは思わず吹き出してしまう。

「そんな顔をしなくても……でもそうだね。それよりも興味のあるものが傍にあるから、どうしてもそちらに興味が向いてしまうかな？」

一歩近寄ってそっとグレイスの手を握り締める。そのままにっこり笑って見つめると、グレイスの頬が限界まで赤くなった。

「も、もう少し跳ね橋の構造にも興味を持ってくださいッ」

慌てて視線を逸らし、再び熱心に塔の中を見つめ出す彼女の、握り締めた手の甲を指先で撫でながら「そうだね」とアンセルがわざとらしく答える。

「跳ね橋の構造は……君の次くらいに気になるね」

それから顎に手を当てて首を捻りながら塔を見つめる。

「――あの塔を見てると何やら……先日の塔を思い出すんだが……」

王城で連れ込まれた場所を思い出し、ぼん、とグレイスの顔から湯気が出そうになる。

「全然違います！」

「違わないだろ？　灰色の石を互い違いに積んでいる、あの組み方は城の塔と同じだね。君なら知っているとと思うが、レンガや石の積み方も国や地域によって様々で……」

「今日はたくさんの人が集まってますわね！　カロニアの街は人気観光地なのですか⁉」

くるりと振り返り、くわっと目を見開いたグレイスがぎゅっとアンセルの手を握り返す。真っ赤になってこちらを見つめる奥さんに、アンセルは数度瞬きをした後、魂が抜けてしまいそうな笑顔を見せた。

「そうだよ。カロニアの街にはこの、白亜の防壁の他にもオレンジの屋根が特徴的な尖塔とステンドグラスが有名な寄宿学校、それから人気の保養地があるからね」

その二つはグレイスも知っていた。だが保養地とは？

上がり切った跳ね橋の下を蒸気船が通り過ぎ、西側の水門へと移動していく。再び橋が降り始めるのを横目に、二人は止まる馬車へと並んで歩き出した。

「保養地というのは？」

手を繋いで短い草の上を歩きながらそう尋ねると、アンセルがにんまりと口の端を上げる。御者が大急ぎでグレイスのために踏み台を用意し、次いで扉を開けるアンセルに手を取られながら馬車に乗り込む。後から続いた夫がどこか……心から……楽しそうな顔をした。

「カロニアの街の一角にね、東洋の国、レイエンの雰囲気を模した温泉街があるんだよ」

「え!?」

その一言に、グレイスの顔がぱあっと花が咲くように明るくなった。彼女は前からずっと東洋の文化に興味があり、何かにつけてはその知識が飛び出してくる。だがそれも本でしか知らない内容だと、一度彼女が寂しそうに言っていたのをアンセルは覚えていた。いつか彼女を連れてレイエンに旅行に行くにしても、まずはその雰囲気だけでも味わわせてあげたい――そう考えたアンセルは、今回のブラックトン公爵家への招待を「半分だけ」受けるつもりでいた。

なので、跳ね橋を渡り、街を見下ろせる小高い丘の上に立つブラックトン館にたどり着き、「荷物が随分少ないな」とブラックトン公爵に言われた瞬間、アンセルはきっぱりと告げていた。

「我々は新婚なので、未婚の令嬢もいらっしゃるハウスパーティに長期滞在するのは少し考えものかなと。なので明後日には温泉街にあるホテルに移ります」

その有無を言わさぬ笑顔で告げられた一言は、『先制攻撃』となった。

「え？」

想定していなかったアンセルの台詞に、一瞬、ブラックトン公爵の頬が引きつった。公爵からは「この間の王宮での非礼を姪が詫びたいと申していてな」と告げられており、今回のハウスパーティはそのために開催されたのだということは容易に想像できた。コーデリアのことは陛下がとても気に入っているし、アンブローズ殿下から泣き言を聞かされて仕方なく開いたのだろう。

だからと言ってアンセルが全面的にその思惑に乗っかる必要はない。自分の妻はグレイスだ。彼が一番に考えるのはグレイスが楽しそうに笑っている、幸せそうな姿を死守することなのだ。

自分に想いを抱いていた最高権力者の姪が、十代にありがちな思い込みから大人を巻き込み、開いたハウスパーティでどんな行動をとるのか――それを予想できない自分ではない。

「せっかくご招待いただいたのですが、ご息女のレディ・ミレーネも既婚者と話をするよりもご学友やプリンセス・コーデリアとのお茶会や、紳士との舞踏会の方が盛り上がるでしょうし」

我々がいても小言ばかりになりそうですからね。

何せ『既婚者』なので、と揺るがぬ笑みを見せるアンセルに公爵は言葉を飲む。うむむ、と何かを考え込む公爵の様子に、アンセルは畳みかけるように、グレイスの腰にそっと手を当てて続けた。

「それにカロニアの温泉街は妻の憧れの地、レイエンを模したものなので、是非行かなくてはならないかなと」

「アンセル様ッ」

思わず彼を睨み上げるグレイスの、ほんのり赤い耳を見て、ブラックトンはふと頬を緩めてしまった。王宮や社交界でアンセルの結婚には大きな波紋が広がった。その後に広がった結婚の理由に納得するような部分もあった。だが実際の彼らを見て、この結婚は正しかったのだろうなとブラックトンは認識を改める。

「確かに、新婚というのなら仕方ないし、若い紳士・淑女に悪影響かもしれないな」

にこにこ笑いながら言われた、ブラックトンからの言葉にかあああっとグレイスが真っ赤になる。どうでもいいが、今日は赤面してばかりだと、グレイスは心の中でアンセルを罵った。

全部全部、夫が悪い！

「申し訳ありません、ブラックトン。ご招待してくださった奥様にも後で非礼をお詫びします」

あくまでも今回のハウスパーティはブラックトン公爵夫人主催ということにして、アンセルも深々と頭を下げた。このような「配慮」という名の言い訳をしておけば、二人が二日ほどで離脱しても特に問題はないだろう。次から次に訪れる客人の対応に公爵を受け渡し、グレイスとアンセルは、少量の荷物を持った従僕に案内されて客間に向かう。

「温泉街に泊まるなんて聞いてませんよ」

緑の間、と呼ばれるそこは爽やかな黄緑色の壁に、それよりももっと明るい色で生き生きと伸びるツタの模様が描かれている部屋だった。南向きの大きな窓が開け放たれて、外に広がる庭からいい香りの風が入ってくる。眼下には街の屋根と城壁、その後ろにそびえる山が見える。秋の日差しの下、のんびりとした空気が漂っているそこで、アンセルが大きく伸びをした。

「王宮での非礼を姪が詫びたいと申してます〜、なんて口実、信じるわけがないだろう。絶対に何か仕掛けてくる」

呆れの混じった口調でそう告げられ、グレイスは驚いたように目を見張った。

「それって、自分が結婚しても崇拝者はいなくならないし、あわよくば奥さんから奪い取ってやろうと絶対に考えているって思っているということですか？」

大股で部屋を横切り、クローゼットを開けたグレイスが脱いだボンネットを手早く仕舞う。据えられていたふかふかのソファに腰を下ろしていたアンセルが、凭れかかって天井を見上げた。

「まあ、そうだね」

「すっごい自信ですね！」

くるっと振り返り、腰に手を当てて思わずそう告げると、にんまり笑った夫がその深い藍色の瞳をグレイスに向けた。

「ああ。これでも一応、社交界で一番の花婿候補だったからね」

アマンダとのロマンスは、グレイスが社交界に出始めた頃に囁かれた噂だったので、彼女は全く知らなかったが、彼に懸想をしている人間が異常に多かったことは……なんとなく知っている。壁の花だったとはいえ、グレイスもアンセルが参加している舞踏会の、その隅っこにいたことはあるのだ。

きらきらしたフロアを、とても美しい令嬢をリードして踊る姿を、何度か遠目に見たことがある。物凄く人気があって、常に人が周りにいた。終始柔らかい笑顔を浮かべ、友人達とふざけて笑い合ったり、丁寧な物腰で令嬢と相対していたのを知っている。貧乏伯爵令嬢で、着回しのドレスだとバレないようにひっそりこっそりしていたグレイスとの接点はどこにもなかったのである。

「常に人に囲まれてましたものね、アンセル様」

華やかな人達の集団を思い浮かべてそう告げると、アンセルの表情がぱっと明るくなる。

「知っていてくれたのか？」

「そりゃあまあ……接点はありませんでしたけど、あんな高貴できらきらしてる人気者集団を知らない令嬢なんていませんよ」

彼らのような『上位者』に近づくべく、周辺をうろうろしている集団までいたのだ。いい意味でも悪い意味でも彼らは目立っていた。その中心にいたのがアンセルなのだ。

「正直、今こうしてアンセル様と一緒にいることを去年の私に話したら、きっと鼻で笑うか熱を測られるか——ってどうかしましたか？」

腕を組んでうんうん頷いていたグレイスは、ふと視線を転じてぎょっとする。ソファに座る夫が両手に顔を埋めていたのだ。

「アンセル様？」

頭でも痛いのかと大急ぎで近寄ると。

「なんてことだっ！　グレイスがわたしを！　見ていてくれたなんて！」

驚く妻の横で、夫がそのまま天井を仰ぐ。

「その頃のわたしといえば、退屈極まりない令嬢の中から妻を選ばねばならないと絶望し、母の参加する舞踏会では義務的に令嬢を相手にするだけで、まさかその中にグレイスという光り輝く宝石のような女性がいるなんて思ってもいなかった！　もっと早く……もっと早く君の存在に気付けていたらッ！」

壁際に一人立つグレイス。お手製のドレスを身にまとい、つまらなそうな表情で踊る人を見つめ続ける彼女の元に駆け寄り、跪（ひざまず）いて手を取り、一日で三回近く踊って「結婚間近」だと周囲に囁かれ、それを裏付けるように舞踏場（ボールルーム）のど真ん中で抱き寄せキスを——

「そんな超人気者の公爵様を旦那様にできた私が、今も周囲からなんと言われているのかはちゃんと理解しています」

自分の妄想に悶（もだ）えている夫の隣にぽすん、と座り、グレイスがこてん、と彼の肩に頭を持たせかける。はっと我に返ったアンセルが、むうっと膨れている妻の頬に人差し指を押し当てた。

「わたしにでろでろに愛されてうらやましいっていう評価かな？」

「それはっ」

違います、と否定しようとしてあながち間違いではないことに思い至る。あのオーデル公爵が奥様にめろめろで片時も傍を離れようとしない——という生暖かい目で見られるような評判が自分達についているのはもちろん知っていた。

本当は「なんであの女が公爵の奥様に!?」というものだと言おうとして、グレイスは諦めた。その手の噂は今ではもう、ほとんど聞こえてこないからだ。

「まあとにかく、何かと話題になっていたのは事実です。そしてそんな評判がついて回っている私と、今更対決したいなんて思うでしょうか？」

　寄りかかる彼女の額に頬を押し当て、アンセルは考え込んだ。

　プリンセス・コーデリアの執着心がどれくらいなのかはわからない。だが、自分達を呼び寄せてただ単に祝福するようなたまではないとも思っている。だがそれに輪をかけて、グレイスがプリンセスの嫌がらせに屈するような性格ではないことも十二分に承知しているから。

「何はともあれ、二日間で何も起きないとは思えないし、何か起きた時のためにわたしは終始、君の傍にいるよ」

　ちう、と額にキスを落とし、それからグレイスのあちこちを触り出す夫に、妻は眉間に皺（しわ）を築く。

　何も起きないとは……確かに思えない。アンセルが言うのならきっと何かが起きるのだろう。だがそれは果たして本当に嫌がらせなんていう、後から思い出して笑い飛ばせるようなものなのだろうか？

「アンセル様」

「んー？」

　グレイスの三つ編みの、その艶やかさを指先で確かめていたアンセルは、不穏な表情でこちらを見上げる彼女に片眉を上げる。

「どうかしたか？」

　それに、彼女は呻（うめ）くような声で告げた。

「なんとなくですけど……良くないことが起きそうな気がします」

コーデリアは決意した。ここ数日で嫌がる周囲から入手した情報によると、アンセルは『東洋かぶれの嫁き遅れ』と社交界で異名を取った女に目をつけて、公爵家に広がる悪い噂を回避するために結婚したのだという。だとすれば、あの女からアンセルを解放する必要がある。そしてそれを解消する『力』がコーデリアにはある。

「きっとあの女は、湯水のようにオーデル公爵家の財産を使い果たしていると、わたくしにはわかるわ！」


公爵家のテラスに悲鳴が響き渡る。新しく迎えた公爵夫人の悲鳴だ。

「いかがいたしました、奥様！」

侍女が慌てて駆け寄れば、爽やかな風と日差しが暖かいテラスのソファから立ち上がったグレイスが真っ青な顔でわなわなと身体を震わせていた。

「む……」

「む？」

「虫が……わたくしのとびきり豪華で美しいドレスにッ……！」

ばたばたと長く豪華なドレスの裾を振るグレイスに、侍女が跪き、小さく可愛らしい七つの黒点があるテントウムシをひょいっと取り上げた。

「まあ、奥様。可愛らしいテントウムシが」

「可愛らしいですって!? 信じられませんわ！ わたくしの高価なドレスを汚したのですよ！ 即刻

燃やして！　それからあなた！　あなたみたいな戯言を言う侍女は不要！　クビよッ！」

「――……とまあ、そんな感じで暴君ぶりを発揮しているのよ、間違いないわ」

事細かく説明して身体を震わせる彼女の様子に、ブラックトンの屋敷まで付き従ってきたベネディクトが呆れたように肩を竦め、同じくソファに腰を下ろしているミレーネが目を回した。

「貴女の思い描く公爵夫人と実物はだいぶ……違うと思いますけど？」

「おなじく」

そんな彼らを「お黙りなさい」と一喝し、コーデリアはぐっと両手を握り締めた。

「ここであの女をアンセル様から引き離すわよ！」

コーデリアの作戦は至極簡単である。ブラックトン公爵令嬢であるミレーネの、結婚相手を探すという裏の名目を持ったハウスパーティで、グレイスとかいう女がいかにアンセルに相応しくないか、公に知らしめることである。

そうすることによって、自分の妻が公爵夫人としてどれほど相応しくないかをアンセルに理解してもらい、そこから彼女と（できれば）離縁してもらって――というのがコーデリアの理想的な作戦である。

「絶対うまく行かないと思うけど」

付き合っていられるかと、護衛任務を切り上げてさっさと退出するベネディクトを横目に、ミレーネは胡散臭そうな顔をする。その彼女にコーデリアは胸を張った。

「何を言ってるのよ。うまく行くのでは～ではなくて、うまく行くように仕掛けるのよ」

二人は現在、ミレーネの自室でこれからの作戦の確認をしていた。従姉妹同士であり寄宿学校でもずっと一緒だったミレーネは親友であると同時に、コーデリアに苦言を呈せる唯一の存在である。

今回も、コーデリアが立てた作戦に懐疑的だ。

午後も遅い時間からハウスパーティを計画したのは、このためでもある。生垣で仕切られた広い庭に、丸テーブルがいくつも並んでいる。そこにはお菓子や軽食、飲み物なんかが並べられており、ハプニングを起こすにはうってつけだ。

コーデリアの作戦は至極単純だった。このたくさんの料理が乗ったテーブルの一つに細工がしてある。四本ある脚の一つがあっさり取れるようになっていた。その仕掛け済みの脚にはリボンがついていて、その先端はさりげなく、テーブルの上の花瓶に結ばれている。グレイスとかいう女を誘い出して、件のテーブルに近寄ってきた瞬間、コーデリアはその紐を引くつもりである。細工済みのテーブルに乗っているのは巨大なケーキで、珍しい紫色のクリームとイチゴで飾られたそれが、テーブルの脚が取れた瞬間、グレイスに向かって倒れ込む予定だ。

そうして無事（?）にドレスを汚した彼女が、一体どんな言い訳をするのか……

「わたくしは、凄い剣幕で怒るに一票ね。そこに、メイドのジュリアを送り込む」

事前にお金を渡してこちらの味方に引き入れたメイドが、「私の不注意なんです」とすかさず謝ると、それを見たグレイスが全員の前でメイドを叱りつけるだろうという作戦だ。

「自分たちが庇護しなければいけない使用人相手に、喚き、怒鳴り散らすグレイスを見て、アンセル様がげんなりするという完璧なシナリオよ！」

ぐっと拳を握り締めて訴えるコーデリアに、ミレーネはやはり懐疑的だ。

「でも、レディ・グレイスが全く怒らない可能性もあるじゃない」

その指摘に、コーデリアは顎を上げてふん、と小さく笑った。

「だって、もと貧乏伯爵令嬢よ？　高価なドレスが台無しになった時点で激怒するわよ」

ヒステリックに喚く姿を想像し、コーデリアはにんまりする。

「わたくしには見えるわ……人々の注目の中で頭からケーキの洗礼を受けた公爵夫人が真っ赤になって激怒する様子が！」

うっふっふ、と不穏な笑い声を漏らすコーデリアに、「貴女がそれでいいのなら構わないけど」と小さく零したミレーネがソファから立ち上がった。

「そうと決まれば早々に準備をしないと。私も結婚相手をしっかり探したいし、そのためのパーティだし」

その一言にコーデリアが意外そうな顔をする。

ミレーネがアンセルのことを早々に諦めたのは知っていた。憧れのようなものだったとあっさり告げていたし。だが……。

「先日まで失恋した～って泣き言を言ってたのに、もう結婚相手を探すだなんて切り替えが早いのね」

思わずそう漏らすと、振り返ったミレーネが胸を張ってみせた。

「そりゃそうよ。こう見えても、私は今シーズン二番目に輝いている令嬢だったのですから」

一番は絶世の美女、フローレンス嬢だが、彼女の結婚相手が決まったという話は聞いていないから油断はできない。絶大な人気を誇っていたオーデル公爵はグレイス嬢の夫となってしまったが、まだ他にも独身男性は少なからずいる。それをゲットしないことには、売れ残り決定になってしまう。

「なんとかして素敵な男性とお近づきにならないと」

衣装部屋に消えたミレーネの、そのバイタリティに驚きながら、不意にコーデリアは自分の膝に視線を落とした。

他の男性を探す……なんてできっこない。

(わたくしはなんとしてもアンセル様をあの毒婦から救い出し、わたくしを選んでもらわなければなりませんの)

何年も、自分はアンセルに片想いをしていた。様々な事情があって、彼に積極的に選んでもらえるよう、アプローチすることもかなわなかった。自分の戦いはまだ始まってもいなかったのだ。当たって砕けるどころか、当たることすらできずに終わるなんて……あまりにも悲しすぎる。

ふっと伏せた目蓋の裏に、思い描いてきたアンセルの姿が浮かぶ。彼に優しく微笑んでもらい、差し出された手をしっかりと握り返す。見つめ合う二人の視線……。

「やっぱり、彼の隣にはわたくしが相応しいですわ」

カッと目を見開き顔を上げる。

このままそっと気持ちに蓋をするなんて無理な話だ。だからこそ、自分ができることをやって、あの女を蹴落とすしかない。いささか卑怯な手の気もするが、向こうが先に、コーデリアがいない間に彼をかっさらっていったのだ。しかも、アンセルの慈悲に縋るような形で。

絶対に許さない、と気持ちも新たにコーデリアは立ち上がった。自分も戦闘服に着替えるために。

「ハウスパーティ」

届いた手紙を一瞥し、その内容を何度も見返す。

「ハウス……パーティ……」

もう一度そう呟き、その人物は窓の外に視線をやった。綺麗な石造りの街並みと空に突き立つ尖塔が見えるが、その人の目には何も映っていなかった。

心を占めるのは、またあの人に会うことができる、という一点のみだ。

ずっとずっと好きだった。でも、その人の目に自分が映っているとは思わなかった。その人は華やかな存在で、常に輪の中心にいたので、自分が近寄ることなどできなかった。だが。

(卒業したというのなら……)

手の届かない所から、身近な所に来たと思ってもいいだろうか？　話しかけても？

そう考えると、胸の奥が熱くなる。

もう何も遠慮することはないと、自分を叱咤し、その人物は大急ぎで手紙をしたためた。

喜んで参加させていただきます、と。

5　第一次グレイス迎撃戦　お茶会

オーデル公爵領では自然な感じの庭が多かったが、ここではきっちりと手入れされた木々や芝生、花壇が並んでいる。薔薇（ばら）の垣根の横にあるテーブルに立った時、グレイスは近づいてくる女性を見て背筋を伸ばした。隣に立つアンセルが、そっとグレイスの腰の辺りに手を当てる。

「……あちらが？」

夫の方を見ずに尋ねると、溜息（ためいき）と共に、うんざりしたようなアンセルの「ああ」という掠（かす）れ声がした。

歩いてくるのは、真っ白な肌に濃いブラウンの髪のプリンセス・コーデリアである。

肌の色と髪の色が引き立つような、薄いピンクのドレスは光沢のある素材で、その裾が翻る度に、中の真っ白なスカートがふわふわさらさらと揺れているのが見えた。

今は昼間なので、イブニングドレスのような露出が多い衣装は着ないのだが、彼女はデコルテから首元までを透け感のあるレースで覆い、大きな宝石の付いたリボンでふんわり留めている姿は、半透明な紙で包んだキャンディのような可愛（かわい）らしさがあった。

だが彼女の凄（すご）さはそれだけではないと、グレイスは確信した。彼女は取り巻き数名を引き連れてグレイスの方へと向かってくるのだ。一人の紳士なんか、うやうやしく日傘を持ち、歩く彼女に付き従っている。

それはああいう仕事なのだろうか、だとしたら賃金はいくらくらいなんだろうか……とそこはかとなく失礼なことを考えていたグレイスは、不意にプリンセスの背後に見知った顔を見つけてほっと胸を撫でおろした。日傘の任についている男性の斜め後ろに、ベネディクトが立っている。これから王族と話をするのがプレッシャーだったグレイスにとって、彼の存在は敵陣にいる味方のように見えた。

彼は今日は隊服ではない、普通の服装をしていた。深い青色の上下に、銀の縞が入ったウェストコート。クラバットではなくタイを締めている。

そんな彼を含めて、ぞろぞろと七人くらいの男女を付き従えたコーデリアがやって来る。彼女の装いと、ばっちりメイクに見入っていたグレイスは、プリンセスの隣に立つ女性の口上で我に返った。

「オーデル公爵、公爵夫人、この度はわがブラックトンのハウスパーティにようこそおいでくださいました」

視線を滑らせると、背筋をピンと伸ばしたブロンドの女性がにっこり微笑んで立っている。きっちりと結い上げた髪には、水色や白のアジサイを模した飾りや真珠のついたピンがたくさんついている。すっきりしたブルーのドレスを着た姿はとても洗練されていて、大きな琥珀色の瞳が、探るようにグレイスの全身を通り過ぎ、彼女はどうにも胃が痛くなる気がした。

彼女がブラックトン公爵令嬢、ミレーネだろう。

「本日はお招き、ありがとうございます」

彼女は絶対にアンセルに想いを寄せるコーデリアの信奉者だ……ということは間接的にグレイスの敵になる。いや、敵っていうのは語弊がある。別に彼女達と戦争をしているわけではないのだから。

ただ、向こうがグレイス憎しを貫くのなら、和解など一生あり得ないとそう思う。

(いや、一生というのも語弊が……)

そんなことをぐるぐる考えながら、アンセルの挨拶に引き続き、グレイスは緊張した面持ちでドレスの裾を持ち上げると軽く膝を折ってみせた。

「このような素敵な催しにご招待いただけるなんて、身に余る光栄です」

そう告げて身を起こし、にっこり微笑むと、二人の視線が幾分か厳しくなったような気がした。

(え!? 今私、おかしなこと言った!?)

ひきっと自身の笑顔が強張るような気がする。だが出てしまった言葉は取り消せない。無理やり話を繋げようと脳内をフル回転させていると、「公爵夫人」とレディ・ミレーネが一歩前に出た。

「本日は私の学友でもある王女をご紹介させてください」

「はじめまして、レディ・オーデル。コーデリアです」

先ほどのグレイスと同じように、いや、それよりも百倍近く優雅にスカートの裾を持ち上げて膝を折ってみせるプリンセスに、グレイスは脳内が弾け飛ぶような気がした。

背筋を正して立つだけで、その姿から目に見えない圧が迸ってくる。艶やかなブラウンの髪は磨かれた銅のような色合いで、そこここに宝石があしらわれているのかキラキラと光っている。真っ白な肌とピンクの頬、イチゴのような唇のコーデリアは人形のように可愛らしく、コール墨で縁取られた大きな瞳が真っ直ぐにグレイスを見つめていた。

王家に連なる人間らしく、紫色のその瞳を見返し、グレイスは自分が圧倒的な光の圧に負けるような気がした。

高貴さと可愛らしさ。威厳の中に漂う気さくな雰囲気。可憐なのに簡単に手折られない強さ。

そういったものが全身に襲いかかり、グレイスは一歩後退しそうになった。その背中を、そっとア

ンセルが支える。途端、グレイスは光り輝く光源を前に真っ白になっていた視界が開けるような気がした。

（そうか……私……）

ここが王宮で、たった一人でこの場に立っていたら、きっとグレイスはしどろもどろでへまをして、あっさりすごすご、部屋の片隅まで後退していたことだろう。だが今、隣には自分を愛してくれている夫がいる。一気に上がっていた呼吸が元に戻り、それから深々と膝を折って正式な礼を取った。

「お初にお目にかかります、王女殿下」

ゆっくりと身体を持ち上げ、心持ち胸を張って立つと、微かに……ほんの少し、プリンセス・コーデリアの瞳に動揺が走ったように見えた。あれ？　っと思ったのも束の間、コーデリアは既に天使のような笑みを浮かべて、一歩前に進み出るとアンセルの手首を大胆にも掴んだ。

「さあ、堅苦しい挨拶も終わりましたし、色々とお話しいたしません？　ご結婚されたオーデル公爵のお話が是非聞きたいですわ」

そのままぐいっと引っ張り、少し離れた位置にあるベンチへとアンセルを連れていく。これでは最初にアンセルが言っていた、グレイスの傍から離れない、という宣言があっさり破られることになる。

そのことに気付いたのか、彼が舌打ちでもしそうな表情でグレイスの方に振り返った。あからさますぎるその表情に、思わず吹き出しそうになる。

だが、グレイスとしてはどうひいき目に見ても自分とは合わなさそうな皆様と、座って談笑ができるとは思えない。実際、アンセルを連れたコーデリアにくっついて、民族大移動が起きている……七人だけど。そんな風に見える。

それに、件の姫君はアンセルばかりを見つめていて、グレイスがついていっていないことに気付いてもいないのだ。

（ここはアンセル様の妻として、蔑ろにされたと怒るべきところなのでしょうけど……）

プリンセス・コーデリアを筆頭にブラックトン公爵令嬢と、それから日傘の君を含めた紳士が三名、淑女三名がベンチを取り囲むようにして座っている。

（あら？　隊長さんがいないわ……）

ふと、コーデリアに付き従っているベネディクトがいない。一体彼はどこに行ったのかと視線を巡らせると。

「公爵夫人は閣下と一緒にいなくてもいいのですか？」

背後から声をかけられて振り返った。

「ベネディクトさん！」

にこにこ笑ってそこに立つのは、日に透ける栗色の髪をキラキラさせた第三隊の隊長さんだ。

「――今日は普通の格好なのですね、シークレットな警護なのですか？」

なんとはなしに尋ねると、ベネディクトがちょっと眉を上げた。

「いえ、本日は純粋にブラックトン公爵様に招待されてまいりました」

「え？」

驚くグレイスに、彼が肩を竦める。

「近衛第三部隊の隊長であると同時に、クロック伯爵家の次男でもありますので」

名前にロードが付く身分だと知り、グレイスは大きく眼を見張った。そうか。ならばこの集まりに招待されてもおかしくはないだろう。

「そうだったのですね。でも、騎士になるには貴族の令息だろうが、下町の掏摸だろうが、選抜試験があると聞いてます」

かなりの剣の腕前がないと無理なレベルだったはずだ。

「剣技は俺の唯一の特技ですから」

にっこり微笑むベネディクトに、グレイスはただただ感心してしまう。

どの爵位でもそうだが、次男、というのは爵位を継ぐべき長男のスペアとして考えられることが多い。更に彼らは貴族という身分から自分で稼ぐという発想が薄いために、長男である当主からの手当によって生きているか、貴族のご令嬢を妻に貰い、爵位を受け継ぐか、という人間が多かった。

そんな中、数少ないとはいえ、自分で生計を立てている者もいて、更にはこうして貴族の集まりに招待されるということは、ベネディクトは社交界でも一目置かれる存在なのだろう。

ケインが、オーデル公爵家という名にたかることなく、むしろ公爵家を守るために率先して事業に手を出したり、探偵のトリスタンと組んで捜査まがいのことをしているのを知っているだけに、グレイスはきちんと身を立てているベネディクトをどこか身近に感じた。

「ご自分で生きる術を持っているのは凄く大事なことだと思います。私も将来的には木こりの奥さんになるんだとばかり思ってましたし」

もしくは弟の厄介になることを想定して、領地管理のノウハウをしっかりと学んできた。蝋燭から石鹸、果てはバターまで作れるグレイスなのだ。

「木こり？」

微かに震えたベネディクトの言葉に、はっとして顔を上げると、彼は奇妙な形の雲でも見つけたような顔で空を仰いでいた。ただ顎の辺りが震え、笑いを堪えているのがわかった。かあっとグレイスの頬が熱くなる。

「す……すみません……毎回、オカシナ発言ばかりで……」

気を利かせて聞こえない振りをしてくれるベネディクトにそう告げると、視線を戻した彼が屈託なく笑った。

「いえ。相変わらず素敵な方だなと」

お世辞でも言われたことのない台詞だ。良い人なんだろうなぁ、と心のどこかで考えながら、自然とグレイスの視線は彼が護るべき対象の方へと向いた。きらきらした笑顔でアンセルを見上げている様子になんとなく……胸の奥がざわつく。

（……やっぱり乗り込んでいって、彼は私のですから返してください、と言うべきなのか。いやいや、そんな大人げないことをプリンセス相手にできるわけもない。あ、なんかアンセル様の二の腕に胸を押し付けてない⁉　もう！　アンセル様もさっさと切り上げてくればいいのにッ！）

「こうして見ると、コーデリア姫に取り入ろうとしている連中が物凄く滑稽に見えますね」

胸の奥のざわつきが苛立ちに変わろうとしていた時、不意に隣に立つベネディクトから言われてグレイスは彼を見上げた。

「え？」

「姫を取り巻いてる連中ですよ。日傘の彼はロード・クレス。ナッシュボーン伯爵の息子さんです。その隣の容姿だけが取り柄の男がホライズ伯爵。近くにいる令嬢をちらちら眺めているのがフェイストン男爵です。彼らは姫との繋がりが欲しいらしく、愚かにも俺に話しかけてきた連中です」

「彼らはベネディクトさんが近衛騎士隊の隊長さんだって知らないのかしら？」

プリンセス・コーデリアに寄ってくる人間を選定する立場にあるベネディクトに取り入ろうなんて、どう考えても自殺行為だ。そんなグレイスの質問に、ベネディクトは肩を竦めた。

「全員知ってますが、騎士であること、伯爵家の次男であること、は彼らにとっては下に見ても構わない理由になるようですよ」

淡々としたベネディクトの発言に、グレイスは胃の奥が熱くなるような気がした。

だって……そうではないか。どの男性もあからさまにコーデリアにおべっかを使い、なんとか持ち上げようとしている。だが、プリンセスの目が向いているのはアンセルの方だ。なのにそのことを不快に思う様子もなく、ただただおもねるような笑顔を浮かべている連中に、どういうわけかグレイスは寒気がした。

「――プリンセスはそれでいいと思ってるのでしょうか。そういう……利益でしか人を判断できないような人間が、自分自身ではなく、彼女が持つ物に目を輝かせていることに」

思わず零れたグレイスの台詞に、ベネディクトはふふっと低い笑いを漏らした。

「グレイス様もそうだったのではありませんか？　噂では借金返済をしてくれるというアンセル様のお申し出に乗ったのだとか」

その言葉に、グレイスが弾かれたように顔を上げた。それからじっと隣のベネディクトを見つめる。

視線をグレイスに落とし、微かに首を傾げてみせるベネディクトに、彼がわざとその話題を出してきたのだと、彼のオレンジ色の瞳を見て気が付いた。

　なるほど。なるほどなるほどなるほどなるほど。

「申し訳なかったわ、ロード・ベネディクト。コーデリア姫はそれも十分承知で立ち回れる才覚があるということなのね」

「さすがです、公爵夫人（ユアグレイス）。やはり、あの噂は間違いのようですね」

　にこにこ笑って自分を見下ろすベネディクトに、グレイスは好感を持った。元から好感しか持ってないが、もっと増した――とでもいうのだろうか。

　グレイスを公爵夫人としてだけではなく、ただのグレイス・クレオール・ラングドンとして見てくれる。そういう人間は希少だ。そんな存在に好感を抱かない方が無理だろう。知らずに笑みを浮かべるグレイスに、同じようににやりと笑ったベネディクトが腕を差し出した。

「あちらのテーブルで少しお話しいたしませんか？」

　木陰に据えられたテーブルにはひときわ大きなケーキが乗っている。薔薇の砂糖飾りがついた、紫色のケーキだ。グレイスは差し出された腕を取った。あのケーキの素材が気になる。

「ベネディクトさんはあのクリームの素材が何かおわかりになります？」

　真剣な眼差（まなざ）しで尋ねると、ベネディクトが笑顔で答えた。

「食べたらわかるかもしれませんね」

　アンセルは気が気ではなかった。蔑ろにできない王族を腕にぶら下げて移動するのは仕方ないとし

て、それを妻があっさり見送っているのだ。

（確かにグレイスの気持ちはわかる……）

　こちらを見上げるコーデリアはほんのりと頬を桜色に染めて、紫の瞳をきらきらさせている。そしてそこから飛び出してくる内容がなんとも言えない気持ちに拍車をかけるのだ。

「アンセル様、聞いてくださいます？　この間の舞踏会で、わたくしと踊るために紳士が大勢詰めかけましたの。そのせいで、長い列ができてしまって、なんとドアの外まで！　その舞踏会で某伯爵が婚約発表をされる予定だったのですが、それどころではなくなってしまいまして……悪いことをしてしまいましたわ。ああ、その舞踏会に後ろに控えるわたくしの家庭教師で付添人（シャペロン）のナンシーも参加したのですが……あ、彼女は学院で教鞭（きょうべん）をとっていた淑女ですので参加しても問題なかったのですが、久々に参加した社交界の男性達のあまりの学のなさに驚いたと申してましたのよ。わたくし、こう見えてもかなり優秀な成績で学院を卒業してまして……そうそう、その伯爵なのですが、婚約者そっちのけでわたくしと踊るためにわざわざその長い列に並ばれて……その時の婚約者の顔と言ったら、本当に困りましたの。わたくしが悪いわけではないのに」

　ねえねえ、アンセル様、アンセル様、アンセル様！

　目の上、こめかみの奥がずきずき痛む。それを必死に堪えながら、アンセルは持てる忍耐力を総動員して必死に笑顔を保った。

（グレイスうううううっ）

　別にコーデリアが悪いわけではない。彼女の自分語りは、恐らく今までの窮屈な生活の反動なのだろう。寛大な心で聞いてあげるというのが紳士の役目だとわかってはいる。

実際、日傘の紳士は、まるで心地よい音楽でも聴くような表情で耳を傾けている。

だが、アンセルはそれどころではないのだ。百歩譲って彼女の「自分自慢」を笑顔で聞くくらいは仕方ないと諦めよう。だが、こうしている間に、取り残されたグレイスにどうにも我慢ならない男が近づいていくのを視界の端に捉えてしまったのだ。

――こうなると、話半分以下ですら、アンセルの耳には入らない。

（あのベネディクトという男……調べたところ、クロック伯爵の息子だというではないか！　あんなに馴れ馴れしくグレイスに話しかけるのも、貴族の血を引いているからだとわかったが……にしたって、何故あれほど熱心に話しかける！　彼女が目をきらきらさせて語りかける相手はわたしだけで、わたし以外には認められないというのにッ！　って、グレイスどこに行く⁉）

視界の端だけで彼女の動向を確かめるアンセルは、思わず立ち上がりそうになった。最愛の妻が騎士の男と一緒に木陰に据えられているテーブルに向かって歩いていく。木の陰にでも隠れられたら、アンセルからは彼女たちの同行を探ることはできない。

（もういいだろう、もういいに決まっている、いいことにしよう）

これ以上妻を放ってはおけないと、アンセルは迫力のある笑顔を貼り付けてプリンセスを振り返った。

「申し訳ないが、プリンセス。そろそろ貴女を解放しないと、取り巻いている彼らから刺されそうな気がしてきたよ」

そんな「もうわたしに話しかけるな」が漏れ出る、見えない圧に溢れた笑顔を向けられたコーデリアだったが、実は彼女は自分で話しながら、その内容を半分以上覚えていなかった。というのも、自分の意図した展開とは違うことが進行しているからだ。

本来ならば、アンセルと一緒にベンチに座り、その画のインパクトで彼女に思い知らせるつもりだったのに、ベネディクトが公爵夫人の傍に残ったため、彼女がこちらを気にする様子がなかった。そこからどうやって自分達に注目を戻そうかと、終始それればかり考えていたので中身のない会話を繰り返す羽目に陥った。

だがそれだけなら挽回のチャンスもあったのだ。さりげなくアンセルを促して、彼女の方に歩み寄るとか、ベネディクトごとこちらに呼び寄せるとか。だが、二人が木陰に据えられたテーブルに向かったことで状況は一変した。何を隠そう、そのテーブルこそが、細工をしてあるものなのだ。

「プリンセス？」

ちらちらとテーブルの方ばかり気にしていたコーデリアは、再度促すようなアンセルの声にはっと我に返る。今、彼は自分を解放しないと刺されるとか言わなかったか？

（チャンス！）

咄嗟にコーデリアは立ち上がる。

「そうですわね、アンセル様。ブラックトン公爵家、お抱えの料理人は国でも五本の指に入るほどの名コックなのだとか。テーブルに並んでいるお料理を食べないなんて愚の骨頂ですものね」

我ながらいささか強引かと思うが、これしか手がない。ベネディクトが件のテーブルにあの女を誘導してしまったのなら、今こそ例の「テーブルの悲劇」を実行するしかない。買収したメイドがどこにいるのかわからないが、動向を注視するようには言ってあった。自分達が将軍さながらにテーブルに突進するのを見れば、きっと彼女は付き従うはずだ。

そう、若干勇ましく木陰のテーブルを目指すコーデリアを、アンセルは呆気にとられて見つめていた。だが。彼女が向かう先が自分の妻と例の騎士がいるテーブルだと気付いて慌てて立ち上がる。

理由はどうあれ、このお姫様が妻の所に行こうというのなら、自分も向かうだけだ。むしろ、姫君よりも先にたどり着きたい。

「そうなのですか？　確かにあの、ケーキの塔などはとても良くできてますね」

「ええ、飾りのブルーの薔薇など、色を出すのに苦労したと申してましたわ。ね、ミレーネ」

「え⁉　え、ええそうね……そう聞いてますわ」

おほほほほ、と乾いた笑い声を上げるミレーネは、悲劇の実行部隊であるメイドを視界の端で必死に探していたのだが、見つからないことに焦っていた。彼女がいないとなれば、誰かがリボンを引かなければいけない。まず間違ってもコーデリアでないことは確かだ。ということは……。

更に更に青ざめるミレーネだったが、彼女の心中を慮る人間は残念ながらここにはいなかった。

あれを倒すのは一体誰なのか？

(絶対いやですわ！)

どうにかして回避……とこの場からの逃走を考え始めるミレーネだったが、統率の取れた軍隊のように、非情にも突き進む波に逆らうことができない。

あれよあれよと一行はグレイスとベネディクトがいるテーブルに近寄り、アンセルとコーデリアがどちらからともなく早足になり、テーブルの端にたどり着いた、まさにその瞬間。

彼らの願った悲劇の幕が切って落とされたのである。

木陰のそのテーブルに、精巧な青い薔薇の砂糖飾りがついたケーキが乗っている。その薔薇の作りが気になったグレイスは、三百六十度、造形を確かめるべくテーブルをぐるっと回ってみた。そして、そのケーキに隠れるようにして置かれている、真っ白な花瓶を見つけて目を丸くしたのである。

「これはもしかして、この地方で有名な陶器ではないですか？」

火山地帯なので、その自然な傾斜や地熱を利用した陶磁器の生産も活発に行われている。近くの山から良質な粘土が採れることでも有名で、真っ白な陶器は人気が高かった。ケーキもそうだが、工芸品にも興味があるグレイスはうきうきとその花瓶を持ち上げた。

「この真っ白な色を出すのが大変だって、昔、うちの炭を買いに来てくれた職人さんが話してて……あ、私の実家は林業が主な産業なんですけど……ってあら？」

真っ白な花瓶の括れた部分に赤いリボンが付いている。

「何かしら、これ」

紐があると引きたくなる。単純明快……それがグレイスがグレイスたるゆえんだ。特に気にする様子もなく、グレイスはそのリボンをぐいっと引っ張った。

そこから先の悲劇は一瞬だった。

支えを一本失ったテーブルが派手な音を立てて斜めに傾ぎ、乗っていたものが重力に抗えずテーブルを滑り落ちる。自分に向かって迫る巨大なケーキに目を丸くするグレイスは、次の瞬間、彼女の肩を掴んで引き寄せた存在によって視界を閉ざされた。

ふわり、とどこか柔らかい、シーツのような香りがする。それが洗濯石鹸の香りだと気付いたグレイスがぱっと顔を上げる。目の前に、かばうように持ち上げた左腕をケーキの山に突っ込み、ガラスの器に盛られたパンチや軽食として置かれていたローストビーフやタルト、パイなどを左半身で受け止めたベネディクトが心配そうにグレイスを見下ろしていた。

「大丈夫ですか、公爵夫人(ユアグレイス)」

その言葉に、はっとしたグレイスが、ぎゅっとお高そうな白磁の花瓶を抱き締める。

「はい、花瓶は死守しました」

というか、一体何が起きたのか。花瓶に付いていた紐を引っ張ったらテーブルが壊れた。

花瓶はとても高価そうで、紐が付いていたのは勝手に持ち出せないためのものかもしれないと気付く。ではそれを引いてテーブルが壊れたのは何故なのか……。

ふと、ケーキやらパンチやらにぐっしょり濡(ぬ)れてしまっているベネディクトが視界に入った。

かなり……目立っている。周囲の視線が集中し、例えば花瓶を盗もうとした犯人が獲物を抱えて逃げ出せないくらいには大惨事だ。

もしかしてこのリボンは盗難防止のみならず、盗もうとした犯人の特定にも一役買っていたのでは……と、そこまで考えたところでグレイスは我に返った。

「す、すす、すみません！　私、この花瓶をもっとよく見たくて……というか、なんか不思議なリボンが付いてるなー、何かなーって引っ張ってしまって。それがまさか盗難防止用の措置だったなんて！」

ごめんなさい、ごめんなさい、と焦って言葉を継ぐグレイスを、ベネディクトはしばらく眺めた後、ぶふっ、という謎の呻き声を上げた。

　はっとして顔を上げると、必死に空を仰ぐベネディクトの肩が小刻みに震えている。

（あああああ、また私何かトンチンカンなことをおおおお）

　グレイスの肩に置かれている彼の手の、その震えを感じながら穴があったら入りたい気分になる。

というか、曲がりなりにも卿の敬称が付く人間をいつまでも汚れたままで放置はできない。

「そ、そそそんなことよりですよね！　は、早く汚れを落とさないと！　ソースのシミなんかは時間との勝負で早急にお洗濯をしなければッ」

「落ち着いてください、公爵夫人」

「グレイスッ！」

　あわあわとベネディクトに手を伸ばし、未だケーキを押さえている肘に絶望的な表情を浮かべるグレイスは、切羽詰まった声を聞いて顔を上げた。

　見れば血相を変えたアンセルが走ってくるところだった。

「怪我は!?　大事ないか!?」

「ア、アンセル様」

　ふと周囲を見渡すと、グレイスとベネディクトの周囲は惨憺たる有様だった。今までベネディクトのことしか気にしていなかったが、割れたカクテルグラスや、皿があちこちに散らばっている。よく見ると、グレイスのドレスの端にもソースがかかっていた。だが、どう考えても被害を受けているのはベネディクトの方だろう。

「私は大丈夫です！　でも彼が」

「いいから、早く」

未だ肩を抱かれている妻を奪還すべく、アンセルが手を伸ばす。ケーキに突き刺さっている肘から目を離せないグレイスに、ベネディクトが笑いを堪えながらそっと囁(ささや)いた。

「公爵夫人(ユアグレイス)、俺なら本当に大丈夫ですから。少し、離れてください」

それからちらりと背後に立つ、恐ろしい形相のアンセルをこれ見よがしに見上げてにっこり笑う。

「あなたを護(まも)れて本当に良かった」

「ベネディクトさん……」

何やら冷たい風が背後から吹いてくるが、天気が急変しているのだろうか。そんなことを考えるグレイスをアンセルに引き渡し、ベネディクトがゆっくりと下がる。がしょん、と音を立ててケーキが皿ごと庭に落ちた。

「一体何があったんだ？」

ケーキ遺棄事件で『東洋かぶれの嫁(い)き遅れ』という異名をゲットしているグレイスとしては、こんな超超高級そうなケーキが見るも無残な状況になっているのが信じられない。真っ青になって口をはくはくさせるグレイスを、アンセルが背後からぎゅっと抱き締めた。

「落ち着いて、グレイス……これは……そのなんだ……不可抗力だ」

「ででででもアンセル様……わ、私がこの……」

震える手でしっかりと抱えている白磁の花瓶を持ち上げる。

「これに付いている紐を引っ張ったりしたから……」

真っ白な花瓶に巻き付く赤いリボン。それをアンセルの視線が辿(たど)っていく。短い芝生の上にころん、とテーブルの脚が転がっており、それに真っ赤なリボンが結びついていた。

無言でそれを見つめるアンセルと、同じようにテーブルの脚に視線が行き着いたグレイスがふにゃり、と泣きそうな顔をした。

「アンセル様ぁ……思うにこれは盗難防止用のリボンだったんです」

「…………え？」

全く違うことを考えていたアンセルは、妻から出てきた突拍子もない発言に目を見張る。

「盗難……防止？」

「そうです！」

言って、大切に抱えている花瓶を掲げてみせる。

「この白磁の花瓶……この地方でしか採れない粘土でできてて、凄く高価なんです。それで、多分これを盗もうとした犯人が持ち上げるとテーブルが壊れる仕組みになっていて」

「テーブルが……壊れる」

「はい！　そうすることで犯人にこうしてべったりと料理が……」

振り返り、紫色のクリームまみれになっているベネディクトに、見る間にグレイスの顔が青ざめた。

「い、いえ、決してベネディクトさんが陶器泥棒だと言ってるのではなく、この最新のシステムが作動したのは私がこのリボンが何かな～？　と引っ張ってしまったせいで、あ、でも好奇心から引っ張っただけで作動するようなシステムだとしたら、それはそれで改良の必要が」

「グレイスッ」

あわあわと言葉を繋ぐ妻から手を離し、肩を掴んで振り返らせる。それからアンセルはそっとグレイスの顎に触れるとやや強引に自分の方に向かせた。

「少し落ち着いて。これが盗難防止用の仕掛けだろうが、もっと他の意図があるものだろうが」

言いながらちらっとアンセルが、自分達の背後に控える高貴な身分の人物を見る。凍てつく視線をくらっても、プリンセスは微動だにしない――ように見える。

「君はケーキやその他の料理を台無しにしたくて引っ張ったわけではないし、君がこれを無駄にしたわけではないんだから、落ち着いて」

怪しい王女に注いだのとは反対の、温かく、心から愛(いと)しいものを見るような眼差しでグレイスを見下ろす。

「アンセル様……」

夫が何もかも、失態すら包み込んでくれるようなその様子に、いくらか安心したグレイスの身体から強張りが取れていく。

「そうですね……私もベネディクトさんも花瓶を盗もうとしたわけではありませんし」

「そうそう」

「ええ、公爵夫人(ユアグレイス)が気にすることではありませんよ」

その声に二人が振り返れば、大急ぎで給仕が持ってきた布巾でクリームを落とすベネディクトが肩を竦めるのが見えた。

「誰かのいたずらでしょう」

なんでもないことのように告げる彼に、グレイスは目を瞬(しばた)く。

いたずら？　でもこんなトンデモナイいたずらをするような小さい子は、このハウスパーティに参加していないはずだ。

　考え込むグレイスの横で、アンセルがじろりとベネディクトを睨む。

　視線でお前は何を知ってるんだ、と問いかけるも、向こうは素知らぬ振りだ。なので、アンセルは攻撃先を変えることにした。というか、絶対に『彼女』が黒幕だろう。

「プリンセス・コーデリアは何か心当たりはございませんか？」

　言いながら、無残に転がるリボン付きのテーブルの脚を指さす。

「これに」

　どこからどう見ても作為的としか言いようがない。どうしたって偶然に、テーブルの脚にリボンが巻きつくはずがない。しかも、引っ張ったら取れるような脚に。

　全てを見通すようなアンセルと、呆(あき)れたような半眼でこちらを見つめるベネディクトの眼差しを前に、コーデリアの身体がびくりと強張る。

　一瞬、彼女が何か言いたそうに、震える唇を開いた。だがそれも、アンセルが大事そうに抱えるグレイスを見た途端きゅっと引き結ばれた。それから、すっと背筋を伸ばし毅然(きぜん)と顎を上げる。

「心当たりならありますわ」

　厳かに、彼女が続けた。

「ここ最近、わたくしの身の回りで不審なことが数多く起きておりますの。そしてそれは間違いなく」

　言いながら、彼女は豪華なドレスを彩る首元のリボンの、その中心で光り輝く宝石に人差し指を添えた。

「この宝石……レイドリートクリスタルを狙ってのことだと思いますの」

「なんであんな大嘘吐いたのよ」

「仕方ないじゃない、作戦が露見しそうになってたんだから」

自室のベッドの上で枕を抱えて横になるコーデリアを、ミレーネが心底呆れたような眼差しで見つめている。その憐れむような眼差しに耐え切れず、彼女はぱっと飛び起きた。

「ていうか、咄嗟の機転と言ってほしいわ。あの宝石がレイドリートクリスタルで狙ってる輩がいると言ったお陰で急遽、わたくしの護衛隊が結成されたのよ？」

どうよ、とコーデリアは鼻高々で胸に手を当ててみせた。

お忍びのような形でこの領地にやってきている彼女には、護衛は最小限しかついていない。そこに、この宝石を狙って賊が色々なことを仕掛けていると発言したことにより、「すわ、姫をお護りしなければ」と紳士達が交代で寝ずの番をすることになったのだ。

――もちろん、そんなことは使用人に任せればいい話だが、熱狂的なコーデリアのファンがいたため、自ら志願する者が多く、そうなると抜け駆けは許さないとほとんどの若い紳士が護衛隊になってしまったのである。

彼らは現在、コーデリアの部屋へと通じる階段前の小部屋に待機する者と、屋敷の周辺を見回る者に分かれていた。

「でもその中にアンセル様はいないじゃない」

「いない、じゃないわ。いなかった、よ」

「……無理やり巻き込んだのね」

溜息交じりなミレーネの言葉に、コーデリアはふんっと鼻を鳴らした。

「無理やりだろうがなんだろうが、アンセル様をあの女から引き離せれば問題ないのよ」

そういった意味では、グレイスを怒り心頭にさせようテーブル崩壊事件は目的を達したといえる。そもそも、あの毒婦をアンセルから引き離すのが最大の目的だったわけだし。

首元につけていた宝石が、珍しいバイカラーだったこともコーデリアに味方した。

青から赤紫へと色味を変えるそれは実はサファイアなのだが、一つの石に二つの色と、神秘的な輝き、更にはコーデリアが「レイドリートクリスタルだ」と発言したことによって一見してそれが違う物だと見破ることが難しくなっていた。

その希少な宝石を狙って様々な嫌がらせに遭っていると、コーデリアは話をその場ででっち上げた。中でも馬車の車輪が外れて横転しそうになった、という話をした時に、その話のインパクトからかグレイスは視線を逸らし、アンセルは凍り付いたような顔をしていた。他にも逗留した宿の不審火とか、とある舞踏会のバルコニーから怪しい男が覗いていただとか。そういった話をさもありなん、と話したお陰で渋々アンセルも護衛隊の一人として参加する方向になったのである。

「でも、嫌がらせなんか起きてないし、そもそもあれはレイドリートクリスタルじゃないでしょ？これから先どうするつもりなのよ」

大騒ぎのままお茶会は終わり、急遽警備について見直しが行われたため、晩餐会は簡素なものとなった。若い紳士のほとんどが警護の陣頭指揮を執りたがり、晩餐会には出席せず、一室で集まって会議を開いたりしていたのだ。結局、彼らの中でアンセルの次に「嫌がらせ云々」に懐疑的だったベネディクトが陣頭指揮を執り、見回りが編成された。

　残された女性達や、年輩の人達は優雅に晩餐を楽しんだが、その後は演奏会以外の余興はお流れとなり、今後のことが知りたかったミレーネが彼女の部屋にやってきたという寸法だ。

　この話がデマであることを知っているのは、コーデリアとミレーネ、そして彼女の本当の護衛のベネディクトだ。だが、彼はあの宝石がレイドリートクリスタルか否かは知らない。コーデリアの話がでっち上げであることは、恐らく今後追及されるだろうが、アンセルを振り向かせるためだと泣きつけば協力してくれるはずだ。現に、今回の「嫌がらせ」が嘘だと公にしてはいない。

「過去の話はとにかく、これから先、わたくしを狙った嫌がらせが起きないといけませんわね」

　放り出した枕を抱えて座り直し、親指の爪を噛みながらコーデリアは考える。

「でも誰かを犯人に仕立てるのはダメよ？　ここは私の実家なんだから」

　実家の使用人達が酷い目に遭うのは許さない。そう言って眉間に皺を作るミレーネに、コーデリアも「確かにそうね」と渋面で答えた。

「なら……今回の件のために誰かを雇うか、わたくし達で自作自演をするしかないわね」

「そもそもそこまでする必要があるの？」

　懐疑的なミレーネに、プリンセスは首を振った。

「当然。でもそんな凝ったものではなくて、わたくしが着ていたドレスの裾が切られていたとか、飲んだコーヒーが辛かったとか、晩餐会でクロッシュを持ち上げたらカエルがぴょーんとか」

　最後のはともかく、それくらいならコーデリアとミレーネが結託すれば自分達でどうにでもできそうだなと思う。その程度で構わないのだ。

「でもその後はどうするの？　不安ばっかり煽（あお）っても犯人はいないのよ？」

「そうね……でもやっぱり最後には宝石は盗まれて、それをアンセル様が取り返してわたくしに恭しく持ってきてくれるのが理想よね」

ほうっと、右手を頬に当ててコーデリアがうっとりする。一度は薄れた不安が再燃し、ミレーネは念押しするように続ける。

「その犯人に、我が家の使用人を使うのはダメよ！」

目を三角にして訴える公爵令嬢にプリンセスはぶうっと頬を膨らませた。

「そう何度も言わなくても……」

その瞬間、不意にコーデリアは閃（ひらめ）いた。犯人を作る必要はないのだ。

「――いいこと思いついたわ、ミレーネ」

にんまり笑うコーデリアが、いそいそと友人を手招きする。その妖しく輝く紫の瞳に、ミレーネは嫌な予感がした。

「……一体何を思いついたっていうわけ？」

いやいやながらも近寄る彼女に、プリンセスはにっこりとほほ笑んだ。

「このバイカラーのサファイアをこれ見よがしにつけて過ごすのよ！」

まさかあれがレイドリートクリスタルだなんて知らなかった。単なる普通の宝石に見えていたし。だが、プリンセスがお茶会で堂々と宣言したのだから、あれは本物なのだろう。

（今、レイドリートクリスタルは手に入りにくくなっている……）

それは隣国レイドリートから産出される魔法の石で、あれさえあれば死んだ人が蘇ったり、自分にはない強力な力が持てたりすると、まことしやかに言われている。意中の人と結婚できた、という話もあるのだ。

じりっと、胸の端が焦げるような気がした。やがてそれは、白い煙を上げ、炎を吹いて燃え上がる。

願いが叶う。意中の人と結婚できる。

このまま何もしなければ、その人は決して自分と一緒になってはくれないだろう。その人が望んでいる相手は自分ではないとそう感じる。だがずっとずっと……その人のことだけを想っていた。その想いは誰にも負けない。絶対に。

あの石があれば、叶うのだろうか。振り向いてくれない人を振り向かせることができるのだろうか。

彼の人の瞳に自分が映り、そして二度と逸らすことができなくなるのだとしたら……。

6　第二次グレイス迎撃戦　舟遊び

時はコーデリア達の物騒な相談の数時間前に遡る。

ハウスパーティをグレイスを伴って抜け出したアンセルは、あれがレイドリートクリスタルである、などと毛ほども信じていなかった。

だが、グレイスは「あのアンセル様への執着と思い込みは、もしかしたらクリスタルのせいかもしれない」と言うのである。

「アンセル様はお忘れですか？　過去二回、あのクリスタルに関していろんなことが起きてるんですよ？　違うにしても警戒を怠らないに越したことはありません」

胸を張ってそう告げるグレイスは、自分のドレスが洗濯される様を眺めていた。

ブラックトン公爵家の洗濯室は、オーデル公爵家と同じように階下に設置されている。違うのはカロニア特有の階段状の街の立地を利用しているため、街を流れる川が屋敷の上階から下階へと流れのままに引き入れることができる点だ。

上から引き入れた水が、室内の高い所からかなりの傾斜を滑り降り、水路を通って再び屋敷の外の川に流れていく。その水の流れを利用して傾斜の途中の洗濯槽内のプロペラを回し、できた水流で衣類を洗っている。更にお湯も火山地帯の影響で地熱を使って簡単に作り出すことができるのだ。

蒸気とさらさら流れる水路の音、回るプロペラの軋む音を聞きながら、グレイスは感心したように装置を眺めていた。その背後で、同じように仕組みを見つめるアンセルが周囲の騒音に紛れ込ませるようにぼそりと告げた。

「この後の晩餐会に紳士の大半は出席しないそうだ」

その台詞に、グレイスが心底驚いたという顔で振り返った。

「何故です？」

ご飯は重要だ。人間、寝食が充実していればなんとかなるというのが彼女の持論である。それを拒否するなんて、と目を見開く彼女に、ふうっとアンセルは溜息を吐くと、彼女の背中をそっと押して洗濯室からさりげなく連れ出した。

どうでもいいがかれこれ一時間はここにいる。洗濯を担当する使用人達もその間、緊張しっぱなしだったろう。そろそろ彼らの精神的安寧のためにとグレイスを連れ出したのだが、彼女は未練がましく後ろを振り返るだけで大人しくアンセルについて行く。

細い通路と階段を上りながら、アンセルはグレイスの疑問に呻くように答えた。

「プリンセスがあの疑惑の宝石を巡ってオカシナ事件が起きていると言ってただろ？　それで本来の護衛に加えて、有志で警護隊を組もうという話になってな」

はーっと溜息を吐くアンセルに、グレイスが顔を上げる。自分の肩と背中を抱くようにして歩く旦那様が、その視線を感じて顔を向けた。

「アンセル様も参加なさるのですか？」

心配そうに眉の寄るグレイスに、アンセルはふっと柔らかく笑うとそっと額にキスを落とした。

「わたしは参加しないよ。何故ならわたしが護りたいのは君だけだし、プリンセスを護りたい連中は山ほどいるしな」

自分がコーデリアの護衛をするのではないかと、心配するグレイスが可愛くて、安心させるようにそう告げたのだが。

「でもレイドリートクリスタルの実態を掴んでいるのはアンセル様だけなんですよ⁉」

足を踏ん張り、くわっと目を見開いたグレイスは何故かそう告げてアンセルの襟をしっかりと掴んでいる。

「え⁉」

「アンセル様が護衛隊に入らないでどうするんですか！　レイドリートクリスタルの恐ろしさは知ってるでしょう⁉」

烈火のごとく怒るグレイスを見下ろし、アンセルがぽかんと口を開けた。まさか……まさかそんな風に言われるとはこれっぽっちも思っていなかったのだ。

「い、いやでも……あれはどう見てもまがい物で」

「テーブルの脚は作為的に取れました。倒れ込んだケーキが誰を狙った物かはわかりませんが、嫌がらせは発生していると考えるべきです」

「だがそれは恐らく君を狙ったもので――」

「私を狙ってどうするんですか！　金目の物なんか持ってませんよ？」

「い、いやそうじゃなくて……あれは君をケーキで汚して面目をつぶそうっていう目論見で」

「私の面目をつぶしてどうするんですか！　なんのダメージにもなりませんよ」

はっきりきっぱりそう告げるグレイスに、アンセルは言葉を飲む。そんなことはない。断じてない。

いやまあ確かにグレイスなら……ダメージはなさそうな気もするけど……。

「とにかく！　プリンセス・コーデリアを狙っている者がいて、それにレイドリートクリスタルが関連しているのなら、一番身近にそれを扱ったことのある者が参戦するのが合理的というものです！」

胸を張るグレイスに、アンセルはあれはまがい物で何の力もないし、コーデリアの嫌がらせは口から出まかせだと訴えようとした。だが、現状で「本当にそうである」という確たる証拠がない以上、頑固なグレイスの考えを百八十度改めさせるのは至難の業だろう。

ううう、と謎の呻き声を漏らしたのち、アンセルはもう一度妻の顔を覗き込んだ。綺麗な冬空色の瞳がきらきらと、真っ直ぐにアンセルを見つめている。陰謀だの事件だの……そういったものに巻き込まれ続けている以上、確かにあれが「本物かどうか」確かめる必要があるだろう。

万が一、億が一、兆が一、あの宝石がレイドリートクリスタルだったらきっと厄介なことになる。

(もう既に厄介事に巻き込まれている気もするが……)

ふうっと一つ溜息を吐き、アンセルがぐいっと彼女の腰を抱き寄せた。

「え？」

思わず爪先立ちになるグレイスに、激しく口付ける。

「んんん!?」

ぎょっとして目を見開くグレイスを他所に、アンセルはぐいぐいと自らの身体を押し付け、深く深くキスを続けた。彼女の身体が逃げるように後ろに反る。その背中を撫でながら角度を変えて何度もキスをした。

結果。

「……とりあえず、プリンセスの持つ宝石が本物かどうか確認する。それまでは不本意ながら護衛隊に紛れるとするよ」

「どうやって調べるんですか？」

うっとりした表情でアンセルを見上げ、グレイスがろれつの回っていない感じで尋ねる。ふむ、と考え込むような顔で彼女の肩に顎を乗せ、それからぎゅうっと抱き締めた。

「そうだな……何か、願い事でもしてもらおうか」


（アンセル様は大丈夫かしら……）

護衛志願者である若い紳士十三名が、食事をとりながら今後について議論するべく、遊戯室へとぞろぞろ向かっていく。その中に、物凄く不服そうな表情でしぶしぶ……本当にしぶしぶ向かうアンセルがいて、その背中を見送りながらグレイスは眉を下げた。

コーデリアの護衛隊への参加を促したのは自分なので罪悪感が湧き上がる。それでもレイドリートクリスタルの恐ろしさは知っているので、万が一があっては困る。

（頑張ってください、アンセル様）

心の中で手を合わせて祈りながら、グレイスは残った年輩の紳士、その奥様、令嬢達と晩餐会に出席した。こちらはこちらでやることがある。何故なら、狙われているプリンセスはここにいて、護衛がドアの前で待機しているとはいえ何か事件が起きる可能性があるからだ。

緊張の中晩餐会をこなし、次にプリンセスとミレーネの演奏を聴くために音楽室へと移動する。

知り合いの少ないグレイスだったが、隣に座ったナンシー・ベルネスとは話が合った。

彼女は令嬢達が通う学校の元教師で、今はプリンセスの付添人だという。上品で話しやすい雰囲気の彼女は男爵の娘で、ゆくゆくは王宮の女官になるのが夢だと語ってくれた。

やがて周囲の灯りが落とされ、ピアノの隣に立ったプリンセスにランプの灯りが当たる。彼女が美しい歌声を披露する中、グレイスは改めて気を引き締め、人知れず警戒し、無事に終了した後も何か不審な出来事が起きやしないかと、観察を続けた。

若い令嬢たちは固まってひそひそと意中の人について話し、年輩の方はレース編みについてそれぞれに案を出し合っている。ナンシーはすぐにコーデリアとミレーネの後ろに控えて、高貴な人の護衛といわんばかりに辺りに気を配っていた。

意中の男性と結婚し、レース編みに対して特殊な才能などないと自他共に認めるグレイスは、これ以上不審なことは起きないと判断し、どっと疲れた体を引きずって客間に戻った。

今日はかなりの距離を移動し、更にはプリンセスと対峙、レイドリートクリスタルと気が休まることがなかった。倒れるようにベッドに入った途端あっという間に意識を失ってしまった。

そして朝、日の出と共に目を覚ました際に、隣に眠るアンセルの姿に仰天したのである。

夜中に戻ってきたのだろうが、全く気付かなかった。

ほんのりと明るい室内で、枕に横顔を埋めて眠るアンセルは無防備で、大人の男としての魅力が消えている。代わりにどこかあどけなく、くつろいだ様子が見て取れ、グレイスはしばらく夫を見つめていた。やがてそっと手を伸ばし、グレイスのものよりやや硬い質の髪にするっと指を通す。持ち上げてさらさら～っと落とし、また持ち上げてさらさら～っと落とす。何度かぼんやりとそれを繰り返していると、不意に持ち上がった手が、グレイスの手首をぱしりと掴んだ。

「!?」

そのまま身体を起こしたアンセルが、グレイスを包み込んで引き倒した。

「いつ、もっと楽しいことをしてくれるのかと待っていたんだが……してくれないのかな？」

ふわふわの敷布の海でわたわたとグレイスがもがく。身を捩る彼女を背後から抱えて両手と片足をホールドしたアンセルが、少し先端が赤くなっている彼女の耳に唇を押し付けた。

「それともわたしからされるのを待ってたのかな？」

するっと腰の辺りを意味深に撫でられて、グレイスの唇から甘い声が漏れた。全く意図していなかったそれに、驚いて身を強張らせる。気付いたアンセルが、どこか楽しそうな声で更に続けた。

「んん～？　今のが良かったのかな？」

「ち、違います！　ていうか、アンセル様は一体いつ、お戻りに？」

「さー……今から三時間くらい前かな……」

後ろから、彼女の耳たぶや首筋にキスをする。噛んだり、舌を這わせたりされて、彼女は思考が解けていくのに焦った。このままでは他所様のお屋敷で朝から大変なことをされてしまう！

「ア、アンセル様ッ！　駄目です！」

お腹の前に方に回ってきた手が、ゆっくりと夜着の上を伝って、丸く膨らんだ彼女の胸にたどり着きそうになる。その手首を掴んで引き剥がそうとした瞬間、身体を包んでいた手がグレイスを持ち上げ、アンセルの上に半分、背中が乗るような格好になってしまった。

「ア、アンセル様ッ！」

夫をマットレスにしているなんて由々しき事態だ、とそう思うも夫はまるで意に介さず、持ち上げた手がグレイスの柔らかな果実を後ろから包み込んだ。

「ッ⁉」

思わず逃げようとする。だが身体は彼の両手にしっかりと押さえられ、大きな掌がグレイスの胸を揉みしだく。

「んっ……う……あ……」

部屋はどんどん明るくなり、夜が後退していくのがわかる。薄水色に染まる部屋でアンセルの手によって乱されていると思うと、グレイスの頬が真っ赤になった。

「や……やめてくださいッ……人……きちゃう」

今が何時かはわからない。だが間違いなく、使用人は起き出しているだろう。

「大丈夫だよ……こういうハウスパーティでは客人は遅くまで寝ているものだし」

その辺を彼らはわきまえているよ。

過分に甘さと笑いを含んだ声が耳朶を打ち、唇が耳から首筋へと柔らかな跡をつけていく。ぞくぞくするようなその感触に、グレイスは進みたいような戻りたいようなもどかしい気分に首を振った。

「アンセル……さま」

とにかく止めようとグレイスがアンセルの手を捕まえようとする。それをものともせずに、アンセルは夜着の合わせからそっと手を忍び込ませて、立ち上がっている先端を指の腹で包み込んだ。

急な刺激にグレイスの身体がびくりと震える。

「あ」

鼻にかかった甘い声が漏れ、身体がアンセルの手を歓迎するように弓なりになる。温かく乾いた彼の手が、繊細な柔らかさを持つ真っ白な果実を包み込む。彼の五本の指がゆっくりと沈み、執拗にいたずらされ、硬くなる先端を摘まれて、とうとう我慢できずにグレイスはアンセルに手を伸ばした。首筋に柔らかく歯を立てたり、キスを繰り返す夫の頬にそっと指先を押し当てた。

「だめだって……いってるのに……」

「ごめん。でも……」

全く悪びれる様子のない謝罪の後、アンセルの手が楽しそうにグレイスの太腿へと降りていく。気付いて脚に力を入れるより先に、ゆっくりとグレイスの膝裏に後ろから手を添えて持ち上げた。

声にならない悲鳴がグレイスから漏れる。

「ア、アンセル様ッ！」

さらさらと夜着の裾が太腿を滑り落ち、そのカーテンのように波を打つ布の奥にアンセルの手がゆっくりと侵入していく。身を起こそうとグレイスがもがくが、アンセルの掌がそっと温かく湿った彼女の秘所に触れた途端、抵抗する気が失せた。

ドロワーズの上からそっと敏感な花芽を引っかかれ、鋭い刺激にグレイスの脚が震える。

「気持ちいい？」

耳元で揶揄うような声が囁き、グレイスの意識がアンセルから与えられる快感に飲み込まれていく。

「あ……や……あん」

片方の手で花芽を、もう片方の手で胸の先端を弄られて、もどかしい熱が身体の中心から這い上って来る。こうなると、アンセルにしか満たすことのできない空洞が切なく疼き、彼の熱を直に感じたいという欲求が溢れてくる。

自然と身体が揺れ、グレイスの丸いお尻がアンセルの腰の辺りを刺激した。途端、マットレスにしている夫から、普段聞かないような甘い声が漏れた。瞬間、ずきんとグレイスの空洞が甘く疼く。それと同時になんとも言えない……ひたひたと心を端から染めていくような、高揚感にも似た感情が溢れてくることに気付いた。

「アンセル様」

くねくねと腰を動かすと、アンセルから切羽詰まったような吐息が漏れ、グレイスはますます気分がふわふわしてくるのを感じる。

「気持ちいいんですか？」

「グレイスッ」

彼女を追い詰めていた両手を腰に添え、グレイスが勝手気ままに動かないようにする。だが、束縛されるのが苦手な彼女は、そんな緩い拘束に負けまいと己の手を後ろに回した。

「グレイスッ」

更に切羽詰まった声が耳元で囁く。構わず、彼女は緩い夜着用のズボンの上から、彼の高まりにそっと手の甲を押し当てた。

「アンセル様……気持ちいいですか？」

過分に艶を含ませた声で、そう尋ねる。掌をひっくり返して布の上から高まりをこすると、鼻にかかったような甘い声がアンセルから漏れた。徐々に吐息が荒くなる。彼をそんな風にして追い詰めることができるなんて。

そっとウエストから手を滑り込ませると、これ以上翻弄されるのは男としての沽券に関わると感じたのか、アンセルが腰を掴んでいた手を再び彼女の膝裏に添えた。あっという間に脚を持ち上げられ、秘所が晒される、心もとなさが一気に襲いかかってきた。

「あ……」

身を起こして抵抗しようとするが、それより先にアンセルの指がドロワーズの切れ目から侵入し、蜜を溢れさせていた秘所につぷりと侵入するから。

「ひゃあんっ」

身体を仰け反らせたグレイスが、こめかみをアンセルの首筋に擦りつける。それでも最後の抵抗とばかりに、グレイスはアンセルの手首を掴もうとする。そんな儚い抵抗などものともせずに、彼は溶けて開いていく花弁の中心へと指を滑り込ませて掻き回した。

濡れた水音と互いの吐息だけが、徐々に明るくなっていく室内に満ちる。

秘め事を暴く明るさに羞恥が増すが、膨れ上がる快感が、ただただ自分を撫で回し追い詰める夫に、全てを委ねてしまえとグレイスの理性を溶かした。

たまらず、首をねじってキスを強請ったグレイスは、手の甲がアンセルの昂ぶりに触れてどきりとした。布越しにもわかる。硬く、熱くなっているのが。

「アンセル様……」

グレイスがそっとその昂ぶりを手の甲でなぞった。

「っ」

彼が喉の奥で呻く。やはりそれが嬉しくて、グレイス自身もっと彼を追い詰めたいという欲求が増えてくる。だが、身を拘束されていることもあるが、身体の奥の空洞が切なく疼く方が耐えられず、グレイスは夢中でアンセルに強請った。

「おねがい……これ……」

何度も何度も、手の甲で熱い楔(くさび)をなぞる。

「私の……中に……」

全て言い終わるより先に、アンセルが彼女の膝裏から手を離した。彼の手が急(せ)くようにグレイスの夜着を脱がせ、ドロワーズを抜き去る。グレイスは体勢を入れ替えようとした。だがそれより先に、アンセルが自分の上でグレイスの両脚を持ち上げた。

「!?」

室内には誰もいない。だが持ち上げられて広げられた秘所が、今度は何も覆いがないまま晒されてぎょっとする。

「ア、アンセル様ッ」

こんな格好は嫌だ、と抗議するより前に、熱く昂(たかぶ)った楔の先端が濡れた秘所に触れ、あっという間に奥まで貫かれてしまった。

「あああああっ」

待ちわびていた熱に、グレイスの身体が歓喜に震える。甘く痺(しび)れるような衝撃が腰から背中を伝い、頭のてっぺんへと抜けていく。その電撃にも似た感触に、身体が慣れるより先に、夫が激しくリズムを刻み始めるから。

「あっあっ……やぁ……あああっ」

再び濡れた水音が立ち、普段とはまた別の場所を抉(えぐ)られる感触にグレイスが首を振る。こんな風に全てをさらけ出し、覆われるもののないまま追い詰められるのは——物凄く恥ずかしい。

「いや……やめて……アンセル様ッ……アンセル様ぁ」

隠されているわけでもなく、全てをあらわにしている状態がグレイスの羞恥心を煽る。隠してほしくて懇願するが、代わりにアンセルはグレイスを完全に自分のお腹の上に抱え込むと、両手を伸ばしてその丸い乳房を包み込んだ。

「ひゃあん」

突き上げられ、更には柔らかな果実を揉みしだかれて、グレイスの思考が真っ白に溶けた。

「大丈夫だ、グレイス」

追い上げ続け、腰を止めることなくアンセルがグレイスの耳にかじりついた。そのまま吐息を吹き込むように告げる。

「可愛いよ」

「ち……らが……やあ……あ……」

「可愛い……わたしのグレイス……わたしの上で……もっと……」

「いやあ」

身を捩らせるも、広げたアンセルの脚に膝裏を引っかけられてままならない。激しく突き上げられながら、彼女はきゅっと目を閉じた。

こんなはしたない格好をさせられて、明るくなる室内で追い上げられて、アンセルにイジワルをされて……自分は怒る権利がある。あるに決まっている。

——なのに……。

普段と違う場所で、非日常の行為をするのが、どこか暗い欲望を刺激する。心臓のどきどきが止まらない。このまま思いっきり果ててしまったら何か……違う扉が開きそうな……。

そんなグレイスのほんの少しだけ芽生えた奔放さに応えるように、アンセルが更に更に激しく彼女を追い上げ。

「可愛いグレイス——もっと……」

乱れたところを見せて。

そんな甘い囁きに滲む、仄暗い欲求を感じ取り、グレイスの身体が奥の方から震えていく。

相手を感じたり、深いところで繋がったり、愛情を確かめたり……そうする以外にも、もしかしたらこういう行為には別の側面があるのかもしれないと、グレイスはそう思った。

なんというか……好奇心のような……。

そんな己の中に芽生えた奔放さに気付く前に、グレイスは追いやられて、彼から与えられる熱と快楽の中に溶け、甘い啼き声を上げて真っ白な空間へと放り出されるのであった。

朝から散々な目に遭った。ああいうのはもっとこう……深夜のそれももっと深い時間に体験してしかるべきものだろう。それをあんな朝から……。

（うう……思い出す度に恥ずかしいッ）

自然と顔が熱くなるのを感じ、グレイスはそれもこれも全部悪いのは夫だと彼の姿を探した。

現在、二人は公爵家主催の舟遊びに参加していた。ブラックトン公爵家の屋敷が建つ、小高い丘の更に上の方に、天空湖と呼ばれる湖がある。ここも観光スポットで大勢の人が領地外からやってくるのだが、この天空湖の隣に公爵家の湖があるのだ。

こちらは完全にプライベートなもので、天空湖から水を引いて作った人工のものだ。かなりの大きさがあり、今日はそこにボートを浮かべて岸辺の景観を楽しむのだという。

桟橋では男性陣が女性陣に手を貸し、ボートに乗せている。昨夜組まれたコーデリア護衛隊はプリンセスを警護するようにさりげなく周囲に立っていた。そんな紳士達に群がる令嬢たちを見てグレイスは「そりゃそうだろうなぁ」と遠い目をした。

ああいう光景は舞踏会や夜会でよく見た。

人気の紳士や淑女の周りに「自分も加わろう」とする人間が群がりひと固まりになるのだ。昨日のお茶会もそんな感じで輪ができていたなとぼんやり思い返しながら、グレイスは夫に視線を向けた。

現在彼は仏頂面でコーデリアの隣に立っていた。

全身で「やりたくない」を体現している彼に苦笑し、グレイスはプリンセスの胸元に燦然と輝く宝石に目を留めた。

自分達は過去に二度、レイドリートクリスタルに関する事件に巻き込まれている。アンセルは今回、あれは偽物でテーブル転倒事件はグレイスを狙った嫌がらせだと息巻いていた。だがグレイスは、自分が嫌がらせを受ける理由がわからないし、それ以上に、あの宝石がレイドリートクリスタルだとプリンセスが言うのなら、それに対処しなければとそう思う。

原因を放置して自分だけがのほほ遊んでいるなんて……トンデモナイ。

（だからアンセル様に護衛に加わってくださいい、とお願いしたんですけど……）

不意に、花が咲いたような可憐な笑みを浮かべたコーデリアがアンセルを見上げて身を寄せる。その親しげな仕草にグレイスはどきりとした。いやいやわかってる。自分の夫が他の女性に目移りすることなど絶対ない。万に一つもあり得ない。信じているからこそ、護衛をお願いしたのだし。

（――……そういえば、アンセル様もよくああやって令嬢達に囲まれてたわね）

壁の花として舞踏会の中央を眺めていた頃。大勢の人に囲まれてるアンセルをよく見かけた。その時は「人気者は違うな」と華やかな彼等にそう思うだけだったのに。

コーデリアを取り囲む紳士淑女の集団が動き、いよいよ彼らがボートに乗り込もうとしている。湖におかしなところがないか、先に数組が漕ぎ出していたのだが、問題なさそうだと判断したのだろう。ボートには四人乗れるようで、意中の人と乗りたくてもだもだしたり、コーデリアと同乗したい面子がうろうろしたりとなかなか進まない。

苛立った様子でアンセルがその場を仕切り始め、ベネディクトが良い笑顔で強引に人を捌いている。そこまで眺めて、ふと顔を上げたアンセルと目が合った。人の輪から外れ、ぽつねんと立っているグレイスに微かに目を見開くと、桟橋で手を貸して淑女を乗せていた役をあっさり他の人に譲って輪を抜ける。

コーデリアが何か言っているが、全部無視して、アンセルはグレイスの元にすっ飛んできた。

「なんて顔してるんだ、君は」

「え？」

まさか目が合っただけで夫がすっ飛んでくるとは思っていなかったグレイスは、驚きながらもその言葉に首を捻った。

なんて顔？

「そんな変な顔してました？」

レティキュールから鏡を取り出すより先に、アンセルの両手がグレイスの頬を包み込む。シルクの手袋越しに彼の体温を感じ、ふとグレイスは今朝のことを思い出して再び真っ赤になった。

「……今度は人に見せられない顔をしているね」

そっと腰を屈め、耳元で囁くアンセルにグレイスは口をへの字に結ぶ。今のはわかった。だって……顔が出火しているのでは？　と思うほど熱いのだから。

「グレイス……プリンセス・コーデリアの護衛はもうしなくていいだろうか？」

こつん、と額に額を押し当てられて、グレイスは目を見開く。至近距離にいるため、アンセルがぼやけて見える。だが彼のその、深い青の瞳が「これ以上彼らと付き合うのは耐えられない」と訴えていて。

グレイスは迷った。

確かに、プリンセスと一緒にいるアンセルを見るのは——正直言って辛い。今だって顔に出ていたようだし。だが、彼女を放っておいてもいいのだろうか。

「オーデル公爵！」

グレイスが答えを出すより前に、例の集団から声がかかった。二人揃って振り返れば、つつましやかに立つコーデリアと傍に控えるレディ・ミレーネ。それからナンシーが見えた。

「わたしは妻と乗るから、ロード・ベネディクトと一緒に行ってください」

「アンセル様ッ」

大声で叫び返すアンセルの袖を、グレイスが引っ張った。

「ダメです。何が起こるかわかりませんよ？」

ついさっきまではコーデリアの護衛にアンセルが行ってしまうのがなんとなく嫌だなと思っていたのに、いざ、彼が傍にいるとなると、向こうのセキュリティが気になるのだから我ながら嫌になる。

そんな眉を寄せて見上げるグレイスの腰に手を当てて、軽く抱くようにして歩きながら、アンセルはふんっと鼻を鳴らした。

「彼女の護衛志願者は山ほどいるし、実際、ボートに乗りたくてうずうずしてるのがたくさんいるだろう。連中だって馬鹿じゃないんだから、プリンセスを護ることくらいわけないさ」

「ですけど……」

レイドリートクリスタルは未知数の力を持った宝石だ。良い側面もあれば悪い側面もある。……まあ、グレイス的には悪い側面しか知らないのだが。その影響を受けにくいとすれば、過去に騒動に巻き込まれたアンセルとグレイスだろう。実物を見たことはないが。

どうするのが一番いいのか。それをぐるぐる考え込んでいるうちに、二人は桟橋まで到着する。すると、湖面を滑るようにひときわ大きなボートがやってきた。他のボート類とは違い、漕ぎ手の使用人までついている。湖面を漂うボートに視線をやれば、こんな立派なものは一つとしてなかった。

「こちらのゴンドラでしたら八人は乗れますわ」

胸を張るコーデリアに、アンセルとグレイスは顔を見合わせた。アンセルはグレイスと一緒ならなんでも構わないし、グレイスはレイドリートクリスタルが気になるので、プリンセスの傍にいられるならそれに越したことはない。胸を張るコーデリアの胸元には、日差しを跳ね返す、青から赤紫へと色味が変わる綺麗な宝石が。

　あれを狙う人がいるというのに、大々的に身につけていいのだろうか。

（やっぱり気になる）

　あの宝石をつけたプリンセスがどこにいるのか、終始気にして神経をすり減らすことになるのなら、一緒にいた方が良い。我々は別のボートに二人で乗ります、と満面の笑みで告げようとしていたアンセルをグレイスが遮った。

「では乗りましょう、アンセル様」

「グレイス!?」

　ぎょっとする夫を他所に、すたすたと桟橋を渡る。その際に、彼女はつつましやかに立つコーデリアの腕を取った。

　え？　と驚く彼女に、グレイスは良い笑顔を見せた。

「見知った者ばかりの湖の上なら事件も起きませんから、同乗する護衛の男性陣のことは忘れてあちらで楽しく話しましょう」

　それから豪華な、プリンセスがゴンドラと呼んだ舟へと彼女を誘う。

「あ、あの……それは……」

　必死に何か……まあ恐らく反論を考えているコーデリアを、グレイスはぐいぐい引っ張って舳先へと連れていく。ぐらり、と舟が揺れ、竦んだようにコーデリアの身体が固まるのがわかった。

「大丈夫ですよ、プリンセス。船底に穴でも開いてない限り沈みませんから」

　硬い木のベンチに、グレイスはポケットからハンカチを取り出すとコーデリアが座る部分にさっと敷いてあげた。

「さあ、どうぞ」

「…………あ……ありがとうございますわ」

有無を言わさず連れてこられて座らされて、恐らく何か不満があるのだろう。プリンセスがどこか無表情に周囲を確認する。多分アンセルを呼び寄せて隣に座るよう命じる気だ。それくらいはグレイスにもわかった。……ということは、アンセルが気付かないわけもなく。

「君が座る場所はわたしが確保しよう」

我先にとボートに乗ろうとする連中を制し、大股で公爵（アンセル）が歩いてくる。先ほどの仏頂面とは雲泥の差の、眩（まぶ）しすぎる笑顔をグレイスに向けている。何度見ても目がつぶれる、と思わず後退（あとずさ）る彼女を、あっという間に自分が敷いたハンカチの上に座らせ、コーデリアが何か言う前にグレイスの隣にあっさりと腰を下ろした。

向かい合わせに八人が座れるゴンドラに、後からやって来たミレーネとナンシー、それから他の面々を睨（にら）んで追い返したベネディクトが腰を下ろした。

昨日はありがとうございます、とグレイスが声をかけると、彼は驚いた後柔らかく微笑んで、何か言おうと口を開いた。だが、コーデリアの取り巻きの男性二名が、内心の不満を隠すように顎を上げて乗り込んできたため、ただ肩を竦めた。ちなみに、一人は日傘の君で、もう一人も昨日のハウスパーティで見た顔だ。

（これならオカシナことは起きないわね）

これだけ人がいて、更にコーデリアの隣には自分が座っている。その宝石が本当にレイドリートクリスタルなのかどうなのか、確かめるまたとない機会だ。

「では出発いたしましょう」

レディ・ミレーネの掛け声と同時に、滑るようにゴンドラが進み出した。

湖面を渡る爽やかな風が頬を撫で、空は真っ青で高く澄んでいる。空気に混じる木々の香りに故郷の森を思い出し、ハートウェル領に湖はなかったなぁ、とグレイスはぼんやり思い出した。

「綺麗な所ですね」

自然と口から言葉が零れ落ちる。

「ああ、本当に」

そんなグレイスの隣をゲットしたアンセルが、さりげなく妻の肩に手を回す。

「高地にある湖ですから、水がとても澄んでますのよ」

隣に座り、ここでも傘をさし向けてくる日傘の君を綺麗に無視して、コーデリアがアンセル達の方に身を乗り出した。

「そうなのですか？　ではヤマメとかイワナとかいるのかしら」

「え？」

身を捩り、じーっと湖面を見つめるグレイスに、コーデリアが目を瞬く。

「そ……それは魚ですの？」

「はい。塩焼きが美味しいんですよ」

本当だ、結構深くまで見えますね。

更に身を乗り出すグレイスに、プリンセスが呆れたように肩を竦めた。

「オーデル公爵夫人は変わってらっしゃいますのね。ご趣味は釣りですか？」

眉尻を下げて告げられたプリンセスの、ひんやりした物言いにはっとグレイスの背筋が強張る。釣りが趣味の貴婦人など聞いたことない。だがしまった、と後悔するより先に同じように身を乗り出したアンセルが、グレイスの顔を覗き込みにっこりと微笑む。

「それがわたしが妻を愛しているところですよ」

真正面から臆面もなく告げられた言葉に、ぼん、とグレイスが真っ赤になった。あわあわと口をぱくぱくさせる彼女に、夫は更に続けた。

「それで？　美味しそうな魚は見える？　君のために釣ってみようかな」

言いながら、グレイスの手に触れ、手袋の上からすりっと撫でる。

「どうかなグレイス。良ければ後で釣りに行こうか？」

じっと目を見て言われて眩暈がする。こういうキラキラの笑顔を、彼はめったにしない。するとすれば妻の前でだけだ。

「そ、そそそうですね、お魚料理はヘルシーですし、最近では王都でも見直されてきてますしね。新たにお魚を流通させるとなると冷凍の技術向上を」

「公爵夫人は魚にも詳しいのですか」

向かい側から声がして、グレイスは顔を上げた。ミレーネの隣に座っているベネディクトがにこにこしながらこちらを見ていた。アンセルからぱっと手を取り返し、グレイスは居住まいを正すと必死に作り笑いを浮かべた。

「そうですね、私の実家は森が多い領地ですので」

「川も流れてたんですか？」

「はい。水車小屋とかベリーの茂みとか……領地の子供達とよく遊びました」

「楽しそうになさる公爵夫人が目に浮かぶようですよ」

心から楽しそうに言われてなんとなく気持ちがほっこりする。周囲に綺麗な花をほわほわ飛ばしそうな笑顔の応酬をしていると、アンセルがぐいっとグレイスの肩を掴んで引き寄せた。

「また一緒にハートウェル領に行こうな、グレイス」

「アンセル様ッ」

確かにここにいるのは社交界の口うるさいお歴々ではない。ないが、あからさまに所有を訴える態度に唇を噛む。なんとなく自分の右隣がひんやり冷たい感じがして、グレイスは身を捩るとアンセルに半分背中を向けてコーデリアを見た。

「プリンセスのご趣味はなんですか？　絵画とか刺繍とかでしょうか」

最大限感じのいい笑顔を見せる。コーデリアは一瞬だけ口の端を強張らせた後、誰もがひれ伏しそうな優雅で気品に満ちた笑みを返してきた。

「刺繍に関しては、学院でもトップクラスの成績を誇っておりましたの。でも全て極めてしまったのでまた新しい趣味を探さなくてはいけません」

「それはもう刺繍職人ということですね」

ほえー、と感心したようなグレイスの様子に、アンセルとベネディクトが呻き声を上げた。

はて？　と振り返れば明後日の方向を見つめるアンセルが頬の辺りを震わせているのが見えた。恐らく必死に奥歯を噛み締めているのだろう。

「アンセル様？　どうかなさいました？」

「い……いや……グレイス。すこし……寒いかなと」

やや裏返りそうな声で言われ、グレイスが眉間に皺を寄せる。

「こんなにぽかぽか暖かいのに？」

「そ……うかな……あ、ったかいかな……？」

言いながらも全く視線を合わさない夫に首を傾げていると。

「——わたくしは別に刺繍職人を目指しているわけではありませんのよ」

低く唸るような声が聞こえてくる。見れば、首まで真っ赤になったコーデリアが紫の瞳をらんらんと光らせてグレイスを見つめていた。それの様子に数度瞬きをする。

「ですが、もう全ての技術をマスターなさったのですよね？　だとしたら立派な職人さんです」

身を乗り出し、グレイスはコーデリアの両手を取ってぎゅっと握り締めた。

「さぞ大変だったと思いますわ。ああいう一流の技術を身につけるのには相当な努力が必要です。それを王族というとても高貴な身分でありながらマスターなさるなんて……尊敬いたしますわ」

ぶはっ、と何か吹き出すような音が向かいのベネディクト辺りから聞こえてくるが、グレイスは真っ直ぐにコーデリアの瞳を覗き込んだ。

「私も刺繍は得意ではありませんが、必要に駆られて何度かやったことがあります。その際にあれには絵画の才能が必要だと思い知りましたわ。最初は素敵だな～と思うデザインを真似するところから始めたのですけど、そういったものはなかなか手に入らなかったので」

「グレイス」

どうにか平常心を取り戻したアンセルが、熱心に語るグレイスを引き寄せ、後ろから羽交い絞めにするかのように腕を回した。

「君が刺繍職人になりたいというのなら、わたしは全力で応援するよ？」

「……プリンセスのように極めるには、私にはセンスも根気もありません」

柔らかく、愛しそうにこちらを見つめるアンセルに、グレイスは唇を尖らせて、不貞腐れたような顔をしてみせた。それから正面に座り、なんとも言えない表情でこちらを見つめるミレーネとナンシーに真剣な表情を向けた。

「お二人もきっと、学院で素晴らしい成績を修められたのでしょうね」

唐突に話を振られ、二人がびくりと身体を強張らせる。

「え？　ええまあ……わたくしは音楽の成績を褒められましたわ。でも職人の域には達してはおりませんから」

どうにかコーデリアを持ち上げるべく、ミレーネが作り笑いを貼り付けて続ける。

「プリンセスには努力の面では劣りますわ」

ねえ、と学院での教師を務めていたナンシーを振り返って同意を求めれば、彼女もいくらかぎこちない笑みを見せた。

「そうですわね。プリンセスには天性の……才能がございましたから」

「やっぱり！　一流の技術と才能がおありだったのですね、刺繍に」

感心しきりのグレイスとは対照的に、コーデリアはこれは褒められているのかけなされているのか判断がつきかねる表情をしている。

「公爵夫人は随分と職人に肩入れをなさいますのね」

冷ややかな笑みと共に放たれたそれは、過分に嫌みが混じっている。だがグレイスは全く気にすることなく、むしろ真顔でコーデリアに対峙した。

「そうですね。これからの時代、彼らのような特殊な技術を持っている人間を好待遇することによって、領地全体の生産性が上がるのではないかと考えております」

技術が進歩し、便利なものが安価に手に入るようになる……それが産業技術が爆発的に向上している現時点で考えられる未来だろう。そうなった時に、安価で買えるものの他に、多少は高価でも美味しい物、素敵な物、作りが丈夫な物など、他よりも特徴がある物が重宝されるようになるはずだ。

他と違うこと——それが重要になるはずだ。

「他の国、他の領地、他の企業と差をつけるためには、やはり卓越した技術の持ち主を囲い込む必要があります。彼らの技術は目に見えにくい、我々が軽視しやすいものですが、領地の持つ可能性を上げるためには必要不可欠です」

胸を張って言い切ったところで、はたとグレイスは気が付いた。こういう持論を「公爵」が唱えるのは別に構わないだろう。だがそれを「公爵夫人」がぶち上げるのは……。

社交界の集まりで、グレイスが熱心に語れば語るほど、相手の目からは光が失われていった。特に男性陣は顕著だった。またやってしまった、と青ざめてゴンドラにいる面々に視線をやって。

「ここブラックトン公爵領の跳ね橋も、凄い技術を使ってるなと、二人で見てきたばかりですよ。先見の明がおありだ」

静かに、でも真っ直ぐに告げられたアンセルの台詞と、変わらず回されている腕に、グレイスはきゅっと胸が痛く、熱くなった。

身体に触れる彼の温度が本当に心地よい。グレイスを護るように回されている腕に視線を落とし、不意に彼女は自分の発言を振り返った。

……確かに……いやかなり……失礼だった――とそう思う。

王族と職人を同列に語ってはいけないだろう。というか……ダメだろ、それ。

遅まきながらそこに気が付き、グレイスは弾かれたように顔を上げる。

「ってあの……い、色々言いましたが、プリンセス・コーデリアは凡人にはない才能がおありで、凄い……えぇっと……想像もつかないような苦労をなされたのではないかとその――」

言葉を継げば継いだだけどんどん表情の抜け落ちていくコーデリアに比例するように、グレイスも青ざめていく。ちらと正面を見れば、必死に笑いを堪(こら)えるベネディクトと明後日の方向を見るミレーネ、俯(うつむ)いて自分の足首を熱心に見つめるナンシーがいる。

自棄(やけ)になりながらも、グレイスは「ですので」と無理やり語を繋いだ。

「プリンセスはやはり、他人(ひと)とは違いますね」

「公爵夫人(あなた)ほどではありませんけれど」

ぴしりと冷たい口調で言い放たれて、グレイスは言葉に詰まった。

(確かに……うっかりと思ったことが口に出ちゃうのは短所だけど……)

一拍考えるべきところを、そのまま話してしまうタイプだけど。ぐうの音も出ないと、しょんぼり肩を落とす彼女を励ますように、アンセルが微かに腕に力を込めた。

「ですが、彼女のそんなところがわたしは心から気に入ってるので、グレイスが借りてきた猫のようになる前に、我々はお暇させていただきます」

その台詞に、プリンセスが驚いたように目を見張った。二日は滞在する予定では……？

「そちらの男性陣もレディ・ミレーネやプリンセス・コーデリアとお話しされたいでしょうし、我々はお邪魔なばかりですからね。今日中に出立しても誰も文句は言わないでしょう」

すましたようなアンセルの言葉に、ほんの微かに、コーデリアの口元が強張った。

「せっかく趣向を凝らされたのに、それはそれで失礼なのではありませんか？」

冷静に告げられたプリンセスの口調に、グレイスはどきりとした。

（——今まで気にしてなかったけど……プリンセスは本当に……）

彼女の焦りや怒り、戸惑い、不安に混じる「アンセルが好きだ」という本気にぎくりとする。

その瞬間、グレイスは胃がきゅっと縮まり、苦いものが込み上げてくる気がした。彼が愛しているのはグレイスで、グレイスもアンセルを愛している。そこに入ってくる「誰か」などいなかったのに。

「我らがいなくとも、ブラックトンは気になさらないでしょう」

急に日向に影が差したような感情をグレイスが持て余している間、アンセルは矢継ぎ早に告げた。

彼としてはこれ以上グレイスの特殊な魅力を周囲に披露するのは絶対に阻止しなければならない。今だって、目の前のベネディクトの嬉しそうな顔が気に入らないのだ。

誰かが余計なことを言い出す前にと、更にアンセルが言葉を重ねた。

「それにレディ・ミレーネも既婚の夫婦とつまらない話をするより、魅力的な紳士とお話しされる方が楽しいでしょうしね」

にっこり笑って彼女を見る。

「え？　ええ……あの……」

唐突に話を振られたミレーネが、助けを求めるように視線を泳がせた。表向きの主催は母であるが、今回のハウスパーティを頼み込んだのはミレーネだ。親友であるコーデリアのために。

ミレーネの瞳がコーデリアを捉える。

このままでは分が悪い、と訴えるミレーネの視線に、コーデリアは無理やり笑顔を作った。

「ではわたくしの警護はどうしますの？　公爵も警護を申し出てくださったでしょう」

「ロード・ベネディクトがいれば問題ないかと」

いい笑顔で切り返され、コーデリアは歯噛みする。なんとしても早急に公爵夫人がアンセルに相応しくない人間だと証明しなければ……。と、身を乗り出そうとした瞬間、再び事件が起きた。

ぽてん、と何かがコーデリアの膝の上にやってきたのである。

「!?」

それはぬめっとした肌つやの……拳大くらいはありそうな、茶色の両生類で。

ぼえーっというような、普通の蛙とは違う鳴き声がそいつの口から漏れた瞬間、きゃあああああ、とコーデリアの口から悲鳴が迸った。

確かに蛙を使って嫌がらせの再現を提案したが、こんな巨大で不気味なものではない。断じてない。

想定外の出来事に、巨大な蛙から距離を取ろうとする。だが、傾いた膝から落ちまいと、蛙がドレスにしがみつき、コーデリアは振り払うべくくるりとその場でターンするから。

「プリンセス!?」

こういう時に一番最初に身体が動くのはグレイスだ。どうにか落ち着かせようと立ち上がり、コーデリアの肩を掴むが、邪魔だと振り払われた。そのまま、かさばるスカートを振り回すコーデリアは、アンセルを視界の端に捉えると、反射的に助けを求めるよう、そちらに向かって手を差し伸べ、踏み出した。

「アンセル様～」

だが不安定なゴンドラの上で、そういった急激な体勢の変更は命取りにしかならない。

「プリンセス！」

無理な体勢で方向転換したコーデリアの身体が後方にぐらつく。それを見たナンシーが、慌てて立ち上がってプリンセスを支えようと一歩足を踏み出す。しかしナンシーではプリンセスを支えきれず二人共に、バランスを失い。

払いのけられ、ゴンドラの縁でひたすら回るスカートから蛙を取り除く隙をうかがっていた、中腰のグレイスにぶつかり。

（嘘ッ⁉）

どぼん、という音を立ててグレイスは背中から湖へと転落したのである。

7　激怒

（あ……これはマズイ……）

　ぐん、と身体が沈み、グレイスはぎゅっと唇と目を閉じた。くるん、と頭から一回転したため上下左右がわからない。夢中で足を動かしてみたが、ドレスの長い裾が足に絡んで思うように動かなかった。

代わりに両腕を動かせば、予想以上に水が「重たく」、一掻きするのもやっとだった。

　デイドレスは水を含んで重たく、グレイスの身体を湖の底へと引っ張っていく。ここがまだ水面付近だったら、手を伸ばして希望を掴むところだが。

　今現在、自分がどうなっているのか確認しなくては命に係わる。

　思い切って目を開け、透明な水が深く青くなっていくのが見えて心の底からぞっとした。確かに、舟から湖面を見た時は透明で綺麗だと思ったが、その世界に身を置くと、想像を絶する過酷さと人を受け入れない、受け入れる必要のない青ざめた光景が広がっていて、「死」を意識する。

　何者かに引っ張られるような感覚に抗いながら、グレイスはぐいっと顎を上げた。

　ぼんやりした視界に、きらきらした光が見えた。恐らくあちらが湖面だ。

　必死に酸素の放出を堪えながら、グレイスは自分でも信じられないくらい冷静に、上に向かうことだけを考えた。ネックになっているのはドレスだ。足に纏わりつくスカート部分を切り離せば、だいぶ身体が軽くなる。重たい腕を動かし、グレイスは足を蹴り続けながら、ボディスの下に手を滑り込ませた。

夢中でスカートを外そうとする。

（焦っちゃダメ焦っちゃダメ焦っちゃダメ）

こういう生死を分ける場面で、焦りは禁物だ。心臓は早鐘のように鳴るし、手足は痺れて重たくなる。息が苦しい。だが、諦めても焦ってもいけない。

何故か危機的状況に直面する確率の高いグレイスは、折れそうになる心を叱咤し、必死にホックを外した。

まさにその瞬間。

「ッ」

視界を黒い影が覆い、太くしっかりしたモノがグレイスの腰に絡まった。そのままぐいん、と身体が上に向かって引っ張られる。必死に開いた目に、たくさんの気泡が映り、それが日の光を反射して輝いたかと思うとざばん、という水音と共に頭が水面に出た。

冷たい空気が大量にグレイスに襲いかかる。

「グレイスッ」

至近距離で名前を呼ぶ声がする。顔を零れ落ちる水を両手で必死に払い、吸い込んだ空気にむせ返り、口に飛び込んでくる水を飲まないようにしていると、温かな腕がぎゅううっとグレイスの身体を抱き締めた。

「グレイス、グレイス、グレイスッ」

「あ……あんしぇるはま……」

助かった、という安堵と温かな夫の身体に、心の底からほっとする。だが未だにスカートが足に絡まり、グレイスの身体を引っ張っている。

「これ……ぬがないと……」

多少呼吸が収まったタイミングでそう告げると、グレイスを連れて大騒ぎのゴンドラに近づこうとするアンセルが、こちらも濡れた前髪の下から素早く妻を確認した。

「下にペチコートでも穿いてるのか？」

「い……一応……」

グレイスの唇が徐々に青ざめ、震えているのを見たアンセルが唇を噛んだ。確かに、彼女のドレスで一番重そうなのがスカートだ。

現在アンセルはシャツとズボンという格好だ。ウエストコートとジャケットはゴンドラに置いてきている。グレイスがゴンドラから落ちた瞬間、女性陣から悲鳴が上がり、男性陣は一歩も動けず硬直した。船頭役の使用人が慌ててオールを放り出すのを見て、このままではグレイスを助けようと全員がバラバラに動き、ゴンドラが沈む予感がした。

そもそも人一人助けるのに、準備もなく飛び込むことこそ命取りだ。

そんなアンセルの瞬時の判断を汲み取ったのは、他でもないベネディクトだった。

「グレイス、あれに掴まれ」

ぐいっと引っ張られて、グレイスは波間に揺れるロープを見た。それはどうやらアンセルの腰に結びついているらしく、その先には帆布に油を塗って丸く膨らませて縛った浮袋が漂っている。

「ベネディクトに感謝する日が来るとはな」

グレイスを連れてゆっくりと泳ぎ、アンセルはその浮袋にグレイスの身体を預けた。

「スカートを脱がせるから。ベネディクトに引き上げてもらったらわたしの上着を着なさい」

「公爵夫人！」

ゆっくり近寄る舟の上からベネディクトが手を差し伸べる。半分、浮袋に身体を乗せたグレイスが、彼の手を取った。アンセルが、グレイスの腰の辺りのホックを外して、スカートを脱がせるのと同時に、身軽になった彼女が、えいっと身体を持ち上げて舟の上へと転がり込んだ。

「大丈夫ですか!?」

待ち構えていたベネディクトが毛布をグレイスにかける。どうやらこの浮袋と毛布、ロープはゴンドラの座席の下に常備されていたもののようだ。こういったことが起きないとも限らない、ということかとそう思いながら、グレイスは急に吹いてきた風にぶるっと身体を震わせた。

「とにかく、大急ぎで屋敷に戻らないと」

そんなベネディクトの台詞（せりふ）を遠くで聞きながら、グレイスは濡れた前髪の下から周りを透かし見た。

青ざめた表情のコーデリアがへたり込み、その隣にナンシーが寄り添うように座っている。

かたかたと震えている彼女の両手が視界に飛び込み、グレイスはなんとも言えない気持ちになった。

これは完全に不可抗力だ。中腰だったグレイスに非がある。

ぎゅっとスカートの前で両手を握り締め、唇を噛み締めるコーデリアの、その胸中を慮（おもんぱか）るように、グレイスは笑おうとした。だが、それは浮袋を起点に身体を持ち上げ、ゴンドラに戻ってきたアンセルに遮られた。

「屋敷には戻らない」

きっぱりと告げられた一言に、関係者一同と……それより何よりグレイスが驚いた。

「アンセル様!?」

　ぎょっとして告げるグレイスの傍に、全身びしょ濡れのアンセルが歩み寄る。毛布を身体に巻いて座り込むグレイスの隣に身を寄せた。

「岸に戻してくれ」

「アンセル様、ここはいったんお屋敷に戻らないと風邪を」

「距離的には我々が泊まる予定の宿と変わらない」

「変わりますよ！　ここはブラックトン公爵の私有地ですよ!?」

　屋敷までは馬車で十分程度だが例の温泉街の宿は三十分はかかる。三倍だ。それに、アンセルはふん、と鼻を鳴らした。

「行ったところで暖炉に火を入れて、風呂を沸かして……で三十分はかかる。それに」

　もっと何か言いたそうなグレイスを他所に、アンセルはぎろっと同乗していた面々を見た。

「何故この、岸から遠いゴンドラに、蛙が現れたのか。理由が解明でさない限り我々はお暇する」

「それはでも」

「君は落とされたんだぞ、湖に！　いや、いい。反論は聞かない」

　口をぱくぱくさせるグレイスの、その冷たい頬に指を当て、アンセルは込み上げてくる動揺を必死に堪えた。

　彼女は死ななかった。今生きてここにいる。だが、湖底近くを流れる複雑な流れに飲まれ、アンセルの手の届かない所に流されていったとしたら？

　湖底に沈み、ゆらゆら揺れるグレイスの姿を想像して、アンセルは濡れた彼女をぎゅうっと抱き締めた。

「君は死ぬところだったんだ！　プリンセスが直面している嫌がらせとやらの巻き添えで！」

その場を切り裂くように、アンセルの声が響く。

彼の言いたいことがグレイスにはよくわかった。

昨日のケーキ事件も、今日の蛙事件も恐らく……グレイスを嵌（は）めるために行われたことだと、彼は確信しているのだろう。だからこそ、これ以上ここにはいられない、と判断している。だがグレイスとしては、まだわからないというのが正直なところだ。

グレイスを狙ったにしてはどれも偶然すぎる。昨日のケーキの件も、あのテーブルにグレイスが近づく可能性はかなり低いし、今回の湖への転落も、グレイスが中腰でなければあんな無様なことにはならなかっただろう。

今現在、事実として確認できているのは「テーブルの脚に細工がされていた」と「ゴンドラに蛙がいた」だけだ。

「公爵閣下（ユアグレイス）、お気持ちはわかりますが、だからと言って奥様を連れて早々に発（た）たれるのは少し軽率ではありませんか？」

青ざめて黙り込むプリンセスをちらと見やりながら、ベネディクトがとりなすように告げる。だが、アンセルは聞かない。

「では、ロード・ベネディクト。今回の事件の原因は何で、どうしてこうなったのか説明ができますか？　昨日のテーブル崩壊も、誰がやったことなのか、今ここではっきり言えますか？」

真っ青な瞳がベネディクトを映す。もちろん、ベネディクトが答えられないと知っているのだ。

考え込む彼を見ながら、アンセルは震えるグレイスをぎゅっと抱き締めて淡々と告げた。

「そもそも我々はこのハウスパーティには無関係に近い。申し訳ないが、これ以上妻を危険な目に遭わせたくないので、問題がある場所からは早々に退避させてもらいます」

無礼など百も承知だと、ぴしゃりと言い切ったアンセルに、その場で反論できる者はなく。

せめて身体を温めてからにしてほしい、と訴えるベネディクトに、彼は頑として首を縦に振らない。

そうこうするうちに岸辺にたどり着いたゴンドラから、アンセルがひょいとグレイスを抱き上げ一直線に公爵家の馬車へと向かったのである。

その彼女たちを、プリンセス・コーデリアがなんとも言い難い、しいて言うなら悔しそうな顔で見送っていたことも知らずに。

「やりすぎですよ、アンセル様」

「脱いで、グレイス」

「お屋敷に戻った方が良いですって！　風邪から肺炎になる可能性もあるんですよ!?」

「ほら、いつまでも濡れた服を着ていたらいけない」

「三十分後にすぐにお風呂に入れるかどうかなんてわかんないんですよ？　それなら」

「いいから脱ぎなさい」

文句というか、冷静になれと進言するグレイスを丸っと無視し、アンセルは馬車の扉を閉め、カーテンをすると、グレイスの上着（ボディス）を外しにかかった。確かにいつまでも濡れた服を着ていたら体温を奪われてしまう。それはわかる。

だが近くにある屋敷に戻らずに、いきなり出ていくのは色々と問題ありだろう。

「アンセル様……」

お腹の奥から震えがきて、身体が芯まで冷えてくるのがわかる。言いたいことはたくさんあるが、確かに今率先してやるのは服を脱ぐことだと、グレイスは溜息を吐いてドレスを脱ぎにかかった。

湿って身体に纏わりつく袖を引っ張り、身体から引き剥がすようにボディスを脱ぐ。コルセットの紐をかじかんだ指でこじ開けようとすると、その手をアンセルが包んだ。グレイスの冷たい指をなぞるようにアンセルの指が添えられて、ゆっくりと紐を解いていく。コルセットの下から現れたシュミーズも引き剥がし、ペチコートも取り払われて薄明るい馬車の中でドロワーズ一枚になる。

まさかこれも脱げと言われるのかと思ったところで、アンセルが広げた毛布にグレイスを包み込んだ。それから、ガタゴト揺れる馬車の中で自らもシャツを脱ぐ。

彼のためにと、座席に放り出されていたもう一枚の毛布に手を伸ばしたその瞬間、グレイスは自分の身体から温かなそれが剥ぎ取られて驚いて振り返った。熱く、硬く、大きなものに身体を包まれる。

アンセルの広い胸に抱き締められ、同じように冷たい湖を泳いだというのに、彼の身体はもう熱いことに驚いた。よく識る温度が冷たいグレイスの肌に馴染んでふわりと温かい。

安心する温かさに思わず身を擦り寄せると、互いの身体を包むように毛布二枚を器用に巻いたアンセルが、湿ったグレイスの髪を掻き分けて冷たい首筋に唇を寄せた。

「このまま屋敷には帰らない」

再び同じ宣言をされて、グレイスは諦めたように目を閉じた。

「あと三十分、こうしてるつもりですか？」

掠れた声でそう尋ねると、身体に回された腕に力がこもる。

「三十分か……」

口調が不穏だ。

「……何かよからぬことを考えてません？」

先制して諫めれば、「ん～」と耳元で声がする。そのまま背中を熱い掌が滑り、グレイスの喉から甘い声が溢れた。

「……君は完全に冷え切っている」

肌の冷たさを確認するように、肩甲骨の辺りから腰に向かって、ゆっくりと掌が滑っていく。冷えた肌を辿る灼熱に、グレイスは自分を抱きかかえるアンセルの首筋に額をこすりつけた。

「アンセル様の手は何故そんなに熱いんです？　……はっ⁉　まさか熱が⁉」

がばっと顔を上げる彼女の額にキスをし、更には鼻筋やこめかみ、頬、と彼は口付けを落とす。

「確かに熱が上がっているのかもしれない」

冷たいグレイスの唇に唇を押し当て、何度も軽くついばむようにする。こうやって、慰めるように、確かめるように、軽いキスを繰り返されると、もっと触れてほしいという欲求がじわじわと膨らんでくるのだが、もっと、と強請ろうとすると彼はすぐに唇を離すのだ。

「アンセル様……」

湖から受けた寒さと疲労。それがグレイスの理性に霞をかけ、温かい夫にただ優しく触れてもらえる甘い感触がもっと欲しくなる。ぬくもりを求めるように手を伸ばし、彼女はアンセルの首筋に腕を絡めた。

「あったかい……」

引き寄せ、自ら口付けるグレイスに、アンセルは身体の奥に火が熾るのを感じた。もともと彼女を助けた時から、身体の奥で怒りがくすぶっていたのだ。それが、馬車で彼女を脱がせて、冷たい肌を腕に抱いた際、変質した。愛する人が腕の中にいることで愛情からの欲望が新たに炎を上げたのだ。

「グレイス」

冷たい唇を温めるよう、何度も何度も斜交いに唇を合わせながら、アンセルは柔らかなグレイスの身体を引き寄せ、自分の上に乗せるようにしながら背中を座面につける。そうして自分の身体全体で華奢で柔らかな彼女を温めるべく、ゆっくりとキスを繰り返した。

熱源が嬉しいのか、グレイスは素直にアンセルの掌に身を委ねてきた。ぬくもりを求めるように身じろぎし、アンセルは狭い馬車のソファで自らの身体を下敷きにしたままグレイスを毛布ごとしっかり抱き締めた。

「寒くないか？」

そっと尋ねると、グレイスがその細い手をアンセルの濡れた髪にくぐらせた。

「アンセル様こそ……寒くありませんか？」

「それはないな」

むしろ熱いくらいだよ、と囁くとグレイスが笑うのがわかる。だがそれは感覚的な問題で、恐らく彼女も自分も冷え切っているのだろう。

自分の熱源を与えて彼女を温めるよう抱き締め、グレイスの形を確かめるように撫でていると、辿る手が、お尻の柔らかな双丘に触れた辺りで微かに彼女の身体が強張った。

そういえばあまりお尻を撫でたことがないなと、そんなことをぼんやり考えながら撫でていると、もぞっとグレイスが身じろぎした。首筋にかかる吐息が熱い。

「気持ちいいの？」

笑みを含んだ声で尋ねると、触れる彼女の髪が、頷くように顎の下辺りをくすぐるのがわかった。

その反応が可愛くて、アンセルは指先で円を描くようにして柔らかなお尻の表面をなぞる。

「ん」

甘い声がして、グレイスがアンセルの固い胸板に柔らかな身体を押し付ける。彼女よりはマシとはいえ、冷えているアンセルの身体も、グレイスの熱を歓迎して震える。彼女の熱を無意識に取り込むよう、ゆっくりと足を伸ばし、彼女のふくらはぎ辺りに絡めた。

しっかりと抱え込み、彼女の尾てい骨付近を撫でたり、お尻の丸みを確かめるように揉んだりするうちに、グレイスがアンセルの首筋に唇を寄せてきた。

「ダメだよ、グレイス」

甘やかしたいような意地悪したいような、そんなくすぐったい気持ちのまま、アンセルはそっとグレイスの耳元に囁いた。

「よからぬことを考えてないかと、そう言ったのは君だよ？」

くすっと笑い、耳殻を食むように唇を寄せる。

「……そうしたのは」

負けじと、グレイスがアンセルの首筋に軽く歯を立てた。

「誰のせいだと」

　言いながら、彼女は冷たい手でアンセルの身体に触れた。

　固く、すべらかなアンセルの肌に指先で模様を描かれる。誘うようなそれに、アンセルは漏れ出そうになる呻き声を堪えた。身体が冷え切っているため、彼自身が機能するか微妙なところである。そのため、これ以上自分の劣情を煽られる前に、と彼は自分の上にあるグレイスの脚の間に手を滑らせた。

「あっ」

　鼻にかかった声が漏れ、アンセルは可愛く妻が身を捩るのに、喜びにも似た感情がじわじわと湧き上がってくるのを覚えた。

「硬くならないで」

　ここがどこで、自分が何をされているのか。それを彼女が思い出す前にと、アンセルは耳元に甘く吹き込む。

「指先にだけ集中して」

「っ」

　びくり、とグレイスの身体が震える。柔らかく背中を撫でて宥めながら、アンセルはそっと指先を秘裂の中に押し込んだ。硬く尖った花芽に指が触れ、蜜口からじわりと溢れてくる蜜をゆっくりと纏わせていく。

　肌に感じるグレイスの呼吸がやや荒く、艶っぽくなる。すり、と頬を首筋にこすりつけるグレイスを更に蕩かすように、アンセルは妻の耳や頬、唇の横にとキスをする。じわじわ濡れてくる蜜口をそっと中指を押して、親指で花芽をこすりながらゆっくりと奥の方に沈み込ませる。

背中に触れていた手に、彼女の震えが伝わった。

「あ」

甘い声が漏れ、アンセルは彼女が気持ちよさそうにするのが嬉しく、蜜壺に挿入た指先で膣内を掻き回すようにした。強い快感を呼び起こす花芽を弄る手も止めず、だんだんと快感に溺れていくグレイスを、更に高みへと追い詰めた。

「アンセル……様ッ」

内側から熔かされ、零れ、滴る蜜がアンセルの掌を濡らし、小刻みに震えるグレイスの腰が逃げそうになる。その腰をもう片方の手でしっかりと捕らえながら、アンセルは夢中でキスをした。互いの熱い舌が絡まる。

「グレイス」

唇を合わせたまま、アンセルは手を止めずに囁く。

「いって」

ぐっと深く彼女を引き寄せた際、合わせた唇の奥で彼女が甘い悲鳴を上げた。がくがくと震えるグレイスの身体が、やがてくったりと自分の上で弛緩するのに、アンセルは満足そうに溜息を吐いた。

その瞬間、ガタンと揺れて馬車が停まった。二人がはっとして顔を見合わせる。余韻から強引に引き戻されたグレイスは、顔を真っ青にして、口をぱくぱくさせた。そんな彼女に、アンセルは目を細めて安心させるようにちうっとキスをした。

「大丈夫。目的地に着いただけだよ」

だけって何⁉　というグレイスの無言の訴えを無視して、アンセルはグレイスを包んだまま、自らも毛布を羽織って馬車のドアを開けた。

一台の馬車が大急ぎでその場から去っていく。その様子に何か騒動があったらしいと気付いた人達が、舟を降りて次々に集まってくる。目撃者を探し、何があったのかと興奮した言葉が飛び交う。どうやらプリンセスが乗ったゴンドラで何かあったらしいと当たりを付けた連中が、真相を教えてもらおうと彼女を探して顔を上げた。その瞬間、悲鳴が上がった。

「あ……あ……」

目を見張る人々の視線の先で、プリンセス・コーデリアが青ざめた顔で胸元を凝視している。

「わ……わたくしの……ッ！　わたくしのレイドリートクリスタルがッ！」

彼女の胸元で燦然（さんぜん）と光り輝いていた赤紫色の宝石が影も形もなく消えている。

「ま、まさか湖に落としたの？」

傍に立つミレーネが声を上げ、その問いかけに、プリンセスはふるふると首を振った。

「いいえ……公爵夫人が落ちた時に、彼女が助かるように祈りを込めて宝石を握り締めましたのでその時はありましたわ」

それからはっと気付いたように身を強張らせる。

「で……でも……い、いいえ……気のせいですわ……」

青ざめた頬に手を当て、俯（うつむ）く彼女の元に、ここ数日コーデリアに付き従っていた連中が近寄った。

「何かあったのですか？」

シャペロンのナンシーの問いに、血の気の失せた顔のまま、その艶やかで美しい唇を噛み締めてコーデリアが震える声を出した。

「公爵夫人が落ちて……クリスタルにお祈りして……助かった彼女を見てわたくし……公爵夫人の手をきゅっと握り締めたのです」

そんなことがあっただろうか、と彼女の取り巻き連中が一瞬考え込む。その思考を遮るように、額に手の甲を当てたコーデリアがふらりと後ろに倒れ込んだ。慌てたベネディクトが彼女を支え、ミレーネが大急ぎでプリンセスの傍（かたわ）らに跪（ひざまず）く。

「プリンセス!?」

「ああ……なんてこと……」

ぱしぱしと長い睫毛（まつげ）をはためかせて、コーデリアが悲しくて仕方のないという雰囲気で紫の瞳に世界を映した。

「あの時……公爵夫人が……わたくしの胸元から……」

そこから先、コーデリアは何も言わず「どうしましょう」とミレーネの胸に顔を埋めてしくしくと泣き始めた。そのあまりに悲しく、感情に訴えるような涙に、周囲にざわめきが広がっていく。

「なんということだ」

コーデリアの悲嘆に触発され、取り巻きの一人が声を上げた。

「姫のレイドリートクリスタルを、公爵夫人が盗んだということか！」

「盗んだわけではないと思いますの。命がかかっていたのですから。きっと自らを助けてくれた宝石に縋りたくなったのですわ」

「だが、宝石に祈りを込めたのは姫です！　その恩をあだで返すとは！」

「もしや……嫌がらせを繰り返していたのは公爵夫人なのでは⁉　そうとしか考えられません！」

コーデリアの機嫌を取るべく、日傘の君やら他の取り巻き達が次々に発言をする。

「いや、さすがにそれは違うんじゃないのか？」

それに対して、思わずベネディクトが苦言を呈した。あまりにも……一方的すぎる。それに、あの時姫がグレイスの傍に寄っていた記憶はない。

だが、周囲の認識がコーデリアに味方するのを追い風に、彼女は色々な疑惑や矛盾を蹴散らすように顔を上げた。

「そうかもしれません……でも、だとしたら確かめなくては。公爵夫人が潔白なのかどうなのか。彼女が宝石を持っているのか……確かめるためにも、わたくしも早急に公爵夫妻を追いますわ！」

８　おいでませ、温泉街

早馬で使者を出していたため、グレイスとアンセルはすぐに宿の部屋へと通してもらえた。一人は上半身裸で、もう一人は毛布にぐるぐる巻きで、更には全身ずぶ濡れのこの上なく怪しい格好だったが、馬車の紋章や御者の態度、それから次々に運び込まれてくる領主の屋敷からの荷物に、宿の人間も納得するしかなかった。

カロニアの温泉地には普通の石造りのホテルから田舎家風の建物まで様々な宿屋が連なっている。その中でも人気が高いのが、東洋の建造物を真似た建物が並ぶ一角である。

格子状に組んだ白木にガラスや紙を貼った戸や、建物周辺をぐるりと囲む回廊、靴を脱いで上がる部屋など目新しいものがたくさんある。

それらを見ようと抱えるアンセルの腕から必死に身を乗り出すグレイスだったが、一刻も早く彼女を湯船に放り込みたいアンセルは、一心不乱に離れへと向かって歩いていく。

「アンセル様、見てください、あの格子状に組まれた天井梁！　あの弧の描き方がなんとも」

「グレイス、なんだか鼻声になってないか⁉　ああ、駄目だ。大急ぎで風呂に入れなくては」

「あのガラスのはまった格子状の……あの戸板もいいですね。お屋敷に導入できないかな」

「どんどん熱が上がってる気が……って、目が潤んでるじゃないか⁉」

「ダメですよ、アンセル様！　靴を脱いで！　ここは土足厳禁――」

「とにかく君を温めないと！」

噛み合わない応酬を繰り返し、二人が玉砂利を踏んで訪れたのは、こぢんまりとした離れの建物だった。平屋で正面に引き戸が付いている。そこを開けると、一段高く床がしつらえてあり、土間のような所で靴を脱ぐのだとグレイスが必死になって教えてくれた。

硬い紙の貼られた軽い戸を引いて開けると、板張りの広間が現れる。中央に深く掘られた場所が木材で囲われ、自在鉤の下に、焚火をするような場所が据えられていた。

「囲炉裏ですよ～」

すとっと床に降ろされたグレイスが、瞳を輝かせて駆け寄った。

「暖炉の代わりなんです。ここで煮炊きもするのかな？」

小さな鍋が下がっていて、その蓋を取ろうとするグレイスとは対照的に、アンセルは部屋全体を見渡した。

丸い窓があるこの居間の右隣の壁に、人一人通れるような、細いスリット状の隙間がある。どこかに繋がり入り口かと、滑り込むと奥に部屋があった。そこは大きなベッドと薪ストーブがあり、普段の生活圏の雰囲気とレイエンの雰囲気が溶け込んだ不思議な空間になっていた。

丸い、灯籠のようなランプが吊り下がっていて、それを興味深く見上げながら、恐らくここがベッドルームなのだろうと考える。居間との雰囲気を壊さないよう、扉ではなく、壁で目隠しをして奥に過ごしやすい部屋を設けているのだとわかった。

他には何があるのかと、興味津々で囲炉裏を眺めるグレイスを促し、正面にある色ガラスのはまった引き戸を開ける。目の前に、様々な形の大きな石で囲われた湯船が姿を現した。

「露天風呂ですね！」

きらきら目を輝かせるグレイスに、アンセルは滑りやすそうな平たい石の床を踏んで湯船に近寄った。膝を突いてしゃがみ込み、温度を確認すると笑顔でグレイスを振り返った。

「これでようやく身体（からだ）を温められるな」

「ほんっっっとうに蛙は貴女のせいではないのね？」

「しつこいですわよ、ミレーネ。本当に違います」

「じゃあ、サファイアは？」

屋敷に戻り、アンセルとグレイスを追うべく荷造りを始めたコーデリアは、自分のスカートのポケットからゆっくりと宝石の付いたブローチを取り出した。

「……呆（あき）れた」

「咄嗟（とっさ）の機転、その二ですわ」

あの場で公爵夫妻を追いかけるにはこれしかないとそう思ったのだ。そもそも、使用人や怪しげな連中を雇って、宝石を狙う犯人を作るのは無理があると判断した。ならば、好都合な人物に罪をなすり付ければいいと思いついたのだ。

そう。あのいけ好かない、人を労働者階級の人間と比べた公爵夫人ならうってつけだろう。

現在コーデリアは、公爵夫妻の使用人達がどこに荷物を運ぶのか監視するよう、自分のメイドに命令していた。そうして彼らが向かったホテルに向かうつもりだ。

そこに泊まれるかどうかの心配はしていない。何せ自分はプリンセスなのだ。多少の無理は通る。

「とにかく！　このまま二人を逃すわけにはいきませんの」

ぐっと拳を握り締めるコーデリアに呆れつつ、ミレーネは眉間に皺を寄せた。

「でもそれよりも気になるのが……誰が蛙を仕込んだのかよ」

窓際のソファに腰を下ろしてそう告げるミレーネに、コーデリアはひらひらと手を振る。

「どうせゴンドラが係留されている間に乗り込んでしまったのよ。というか、蛙くらいで普段ならあんなに取り乱さないのに……」

いかんせん大きすぎましたわ、と唇をへの字に結ぶ。そんな彼女を見つめながら、ミレーネはますます眉間の皺を深くした。

「本当にそうならいいんですけど……」

確かに嫌がらせはでっち上げだし、テーブルの件は細工をしたのはコーデリアだ。普通に考えるなら蛙を仕込む理由がわからないし、自然と乗り込んでしまったと考えるのが正しいだろう。

だがなんとなく……なんとなくだが不安が拭えないのだ。

「ねぇ、コーデリア。その宝石は実はレイドリートクリスタルでした～ってことは」

「ありませんわ」

ぱちん、とカバンの蓋を閉じて立ち上がり、コーデリアはベッドの上に放り出されていたボンネットを手にした。

「これはバイカラーのサファイアです。王都の宝石店で見つけて、その時に珍しいサファイアだって説明されましたもの」

「王都の宝石店⁉」

驚いて目を見張るミレーネに、彼女は肩を竦めた。

「何よ。わたくしだって晴れて学院を卒業しましたのよ？　自由に王都に出てもよろしいでしょう？」

王族の買い物と言えば、店主や商人が直々に王城を訪れて、そこで売買をするのが定石だ。だが、このお姫様は自分で街中に出たとあっけらかんと告げるから。

「……それは、護衛の皆さんが大変だったでしょうね」

「文句を言ってたのはベネディクトだけですわ」

あの人ったら、ずーっと「俺の任務は荷物持ちじゃないいんですけどね」って。

「嫌みったらしいったらありませんわ」

あの時のことを思い出し、頬を膨らませるコーデリアにミレーネは首を振った。

「それは……そうなるわよ、普通。護衛隊を引き連れて王都に出て……挙句怪しげな宝石店に入るなんて」

「怪しくはありませんわ！　ただ珍しい色の宝石がたくさんショーウィンドウに出てて。なんでも、不思議な魔法道具を扱う店がつぶれて、そこの商品がマーケットの一角に出てたんですって。それで不思議な魅力溢れる、綺麗そうなものを買い取ったそうよ」

「ふーん」

でも、そういった経緯なら万が一……億が一、これがレイドリートクリスタルである可能性があるのでは……？

「ねぇ……はんっっっとうに」

「しつこいですわよ、ミレーネ」

「レイドリートクリスタルじゃない？」

「違いますわよ。……ああでもそうですね」

ポケットから取り出したブローチを額に押し当てる。

「願掛けくらいしても問題はないでしょう」

（どうか……あのグレイスとかいう女との問題に決着がついて……そして——）

ちょうどタイミングよく、こんこん、とドアがノックされ、はっとプリンセスが目を開ける。

「どうぞ」

「失礼いたします、プリンセス」

深々と膝を折って現れたのは、彼女が事前に買収していたメイドだ。

「オーデル公爵夫妻が向かわれた先がわかりました」

その言葉に、ぱっとコーデリアの紫の瞳に赤い光が過った。

「わかりました。早速そちらに早馬を出して、なんとしてもわたくし達が泊まれるようにしてくださいな」

かしこまりました、と膝を折ってお辞儀をし、メイドがそそくさと出ていく。

「……わたくし達って、どの人達？」

「もちろん、わたくしとミレーネと」

「私は行かないわよ」

「え⁉」

　驚いて振り返るコーデリアに、ミレーネはひらひらと手を振ってみせた。

「行くわけないでしょう？　私はこのハウスパーティの主役なのよ？　貴女のことしか見てない連中と一緒に行ったところで、なんのメリットもないわ」

　それに、とミレーネが怖い顔でコーデリアを見る。

「貴女の『公爵夫人が宝石を盗んだ』っていう発言。あれを信じているのは貴女の取り巻きだけよ？」

　他のあの場に参加していた貴族達のほとんどは、コーデリアの発言を半ば呆れた様子で聞いていた。取り巻き達が騒いだことで、若干、若者達が騒いでいるだけだという印象になったが、姫が我儘で分別がない人間として認定された感もある。

　失うものがある、と訴える友人に、コーデリアはそっぽを向いた。

「それでも……わたくしはどうしても……アンセル様に振り向いてほしいのですわ」

　それから訴えるような紫の瞳をミレーネに向ける。

「――わたくし達、親友でしょう？」

　潤んだ瞳を向けられるも、それが彼女の「特技」だと知っているミレーネは肩を竦めるだけだ。

「親友だから止めたのよ。行きたいのなら一人で行きなさいな」

「薄情者」

　ぶーっと頬を膨らませるコーデリアに、ミレーネは怖い顔のまま釘を刺した。

「言っておきますけど、失敗したら身を滅ぼすのは貴女の方ですからね」

眼下に広がるのは切り立った渓谷で、それを作り出したと思しき渓流が光を弾いてきらきらと輝いていた。

冷え切った肌に熱々の温泉は突き刺すような熱さだったが、じわじわと身体が温まって来た今は酷く心地よかった。岩に両腕を預けて下の眺めを見つめていたグレイスは、はうーっと気の抜けた溜息を吐いた。

「温泉っていいですねぇ」

腕に頬を付けて、ほわほわした口調で告げる。

「そうだね」

すぐ隣で、岩に寄りかかってお湯につかるアンセルが、空を仰いだ。

朝早くから湖に繰り出し、落っこちたため、今は昼を少し回ったくらいだ。

朝からしっかり食べる派のグレイスだったが、そろそろお腹が空いてくる頃だろう。だとしたらあまり入りすぎると湯当たりしそうだなと、アンセルは考えた。

「グレイス、昼食はどうする？　部屋に届けさせるか、温泉街のどこかの店に――」

「レイエン風のお店はあるのですか!?」

振り返り、ぎゅっとアンセルの手を握り締めるグレイスに、夫は驚いたように目を見張り、それからたまらずにキスを落とす。

「用意する間に、調べさせよう」

そこから、楽しそうな妻にキスを繰り返す。これ以上キスをされたら、オカシナ気分になるとグレイスは大急ぎでアンセルの唇に掌を押し付けた。

「できれば！」

「ん？」

ほんのりと赤く、色づいた目元のまま、グレイスはじいっとアンセルを見つめた。

「街中を歩いてみたいです」

こうして身体を温めて、緊急事態を脱したグレイスとアンセルは、着慣れない衣装で温泉街へと出てみた。二人が着ていたドレスやスーツはぐしょ濡れで、結果、宿で洗濯をされている。届いた別のドレスを着るのかと思ったら、グレイスは徹底していた。

即座に宿の人にお願いして、レイエン風の衣装に着替えさせてもらったのだ。

「なんか、全身キチンと覆われているのに、緩い感じがするのは何故でしょうね」

宿を出て、通りをウキウキしながら歩くグレイスが両手を広げたり、後ろを振り返ったりして衣装を確認する。その姿に、アンセルが眉間に皺を寄せた。

現在彼女が着ているのは、しっかりした生地でできたガウンような衣類で、何故か袖が大きく下に伸びていた。襟を身体の前で合わせて幅が広く、硬いサッシュで複雑な結び目を作って留める。色は綺麗な藍色で、中心が淡い黄色で彩られた真っ白な花が大きく散っている。まとめた髪にも同じような装飾の銀色の髪留めが付いていた。

それだけでは寒いので、変わった形の真っ白な上着を着てウキウキ歩く彼女の足元はブーツではない。綺麗に色の塗られた木製のサンダルで、足と厚底を支えているのは二本の太い紐だけだ。からんころん、と不思議な音色を響かせて歩く彼女を後ろから見つめながら、アンセルは更に眉間に皺を寄せた。上着のお陰でお尻は辛うじて見えないが、体形がよくわかる。それに、彼女の可愛らしい足首と爪先が丸見えでそれがなんとも言えない複雑な気分に拍車をかけるのだ。

まったくもって気に入らない。

「……確かに、全身キチンと覆われているが……緩い感じがするな」

グレイスと全く同じ感想だ。

「そうですよね」

振り返り、彼女は仏頂面でついてくる夫の格好もしげしげと眺めた。

こちらも基本的にはグレイスと同じ形だが、袖はそれほど長くないし、結ばれているサッシュも派手ではない。濃紺に黒いラインの入った衣装に、似たような上着を着て、だが彼は靴下と革靴を履いていた。

「これは履かなかったのですか?」

親指と人差し指の間が痛いが、このサンダルの方が全体のバランスを考えるとしっくりくる。そう思って尋ねたのに、じーっとグレイスの可愛い爪を見つめるアンセルが呻くように答えた。

「何かあった時に駆けつけられないと困るからな」

「大袈裟ですよ」

呆れるグレイスとは対照的にアンセルは終始妻の安全を思って気が気ではない。

「大袈裟なものか。君は今までどれだけの騒動に巻き込まれたと思っている？」

じとっと半眼で言われて、グレイスはうーんと空を見て考えた。どうでもいいが、初秋の昼空はとても良く晴れて、気温も心地いい。湖に落ちたのが遠い昔のようだと思いながら、グレイスは指折り数えてみた。

「お庭のケーキ遺棄事件でしょう？　誘拐未遂事件でしょう？　馬車横転事件に広告塔事件……潜入捜査……それから」

お茶会テーブル崩壊事件と湖転落事件だ。

「……増えましたね」

「わたしは二度と絶対君から目を離さないと誓うよ」

「それは言いすぎですよ、アンセル様。そもそもこれは全部、アンセル様と出会ってから起きた事件ですから」

原因はアンセル様にあるのでは？

言いながら半眼で睨みつければ、「そうかもしれない」とアンセルも考え込む。

「いや、だが、それは誘拐未遂事件くらいで、他の広告塔と潜入捜査は」

「アンセル様の元恋人のアマンダさんが関わっていたことを考えると」

「グレイス」

「それに、今回ここに来たのもアンセル様に懸想をしてる王女の」

「グレイス！」

唇を尖らせて訴える妻の頬を、むに、と押さえてアンセルがとてもいい笑顔で彼女を覗き込んだ。

「それで？　勝手に暴走して歩いたのはどこのご婦人かな？」

目が笑っていない。

うにゅーっと間の抜けた呻き声を上げ、どうにかして夫から逃れようとしていると、不意に目の端にひらりと舞う濃紺の旗のようなものを捕らえてそちらに顔を向ける。

「アンセル様、もしかしてあのお店ですか？」

彼の手首を掴んでそう尋ねる。振り返ったアンセルは、紺色の暖簾に白く染め抜かれた不思議な文字を見て「ああ」と短く答えた。

「君が川魚の塩焼きが美味しいと言っていたからな。魚料理の店にしたよ」

それから恭しく片腕を曲げて差し出す。それに腕を絡めながら、グレイスは嬉しそうにアンセルを見上げた。

「私、焼き魚もいいんですけど、生魚も食べてみたいです」

目をキラキラさせるグレイスに、アンセルは思わず黙り込む。

「…………生魚？」

「はい」

「……それは……オイル漬けやビネガーで漬けたものではなく？」

「とれたて新鮮を、うす～く切って花弁のように皿に並べた挿絵を見たことがあります」

どんなのかな～、ともう既に食べる気でいるグレイスを連れて、アンセルは妻がオカシナ物ばかり頼まないよう、妥当な……そう、レヴァニアス王国の人間に優しい方向でありますようにと思わず祈った。

瓦屋根に木造の壁、低い庇に下がる暖簾をくぐって中に入ると、そこは靴を脱がなくてもいいようになっていた。板張りの床の正面にカウンターがあり、アンセルと似たような衣装の男性が一人立っている。彼は丁寧なお辞儀をすると、二人を奥の方へと案内した。

宿と同じような丸い窓が付いた壁の向こうにテーブルと椅子がある。格子状の木組みに紙を貼った戸が開け放たれ、立派な庭園が見えた。背の低い針葉樹の松や、岩、それから池や石の灯篭が配置されているそこは、昨日見たブラックトン公爵家の庭とはまた趣が全く違っていた。

グレイスはレイエン風の装飾や建築に興味津々なようで、綺麗な灰色の瞳をくるくるさせ、全てを記憶しようと熱心に眺めていた。

「そういえば、君は何故東洋に興味を持つようになったんだ？」

そんな彼女をなんとか座らせたアンセルが、黒塗りのテーブルに料理が並ぶのを待って口を開いた。東洋で使われるカトラリーを辞退し、ナイフとフォークを取る彼とは対照的に、グレイスは器用に二本の棒を扱って、トレイにたくさん並ぶ皿の上から薄切りの魚を掬い取っている。

「節約術を学ぼうとしていたら行き着いたんです」

――……なんだって？

生姜や独特の調味料で甘辛く煮込み、飴色のソースが艶やかな魚料理を切り分けていたアンセルが驚いて顔を上げると、ちょうどグレイスが薄くカットした生魚を口にするところだった。

ふにゃあ、と顔全体で「美味しい」を表現し、周囲にほわほわ花を飛ばすような雰囲気の妻に、アンセルはふと、彼女が美味しそうに物を食べる姿が好きなんだと改めて思う。

食事だけでなく、素直に真っ直ぐに、隠し立てすることなく感情を表現するグレイスが、心の底から好きだ。

「美味しそうだな」

思わずそう呟くと、顔を上げたグレイスが「はい」と幸せそうに頷き、それからふとアンセルの皿に視線を落とした。少し眉間に皺を寄せる。

「……アンセル様は生のお魚は食べないのですか？」

ふっくらした白身の、普段とは少し違う味付けを噛み締めていたアンセルは、皿に残っている生魚を見て不服そうな顔をするグレイスに微笑んだ。

「こう見えてわたしも一応領主だからね。何かあっては困るからと、見慣れないものに率先して手を出すような軽率な振る舞いはしないように言われて育ってしまったからな」

その言葉に、グレイスははっと背筋を正した。彼は品行方正で、折り目正しく生きることを余儀なくされていた。公爵とはこうあるべき、というのが常に身に纏わりついていたのだろう。その中で、彼が先に考えるのは、自分に与えられた領地を護り、国のためにあらねばならないということだろう。

「……そうですね。私が食べてお腹を壊しても問題はありませんけど、アンセル様が高熱を出して寝込んだら大変ですものね」

神妙な顔でグレイスがそう告げる。せっかく楽しそうな彼女を見ていたのに、と内心大後悔しながら、アンセルは「違うんだ」と慌てて語を繋いだ。

「確かに得体のしれない物はあまり食べられないが……その……決して否定しているわけではなくて」

「いえ、いいんです！　そのお魚は私が責任をもって食べます！」

　ふと、彼女の手元を見れば、白身魚と赤身魚の薄切りが綺麗に姿を消していて。

「……グレイス」

「なんですか、アンセル様」

　ひょいっと皿を取り上げて自分の前に置く。再び魚の薄切りを持ち上げるグレイスにアンセルが笑いを噛み殺しながら告げた。

「…………ただ単に、食べたいだけではないのかな？」

　辛みが強い香辛料と薄い茶色のソースにそれをくぐらせていたグレイスが、ぎくりと身体を強張(こわば)らせた。見ればアンセルが額を押さえて俯(うつむ)き、必死に笑いを堪(こら)えていた。

「ち、違いますよ、アンセル様！　私は、アンセル様の身に何かあってからでは遅いなとそう思ったから……でも捨てるのはもったいないお化けが出ますので、やっぱりいけないかな～って」

「そういえば、さっきの節約術とは？」

　もったいないお化け発言が出たところで遮るようにそう尋ねると、グレイスが目を瞬(しばた)いた。

「レイエン国では物の再利用が盛んだと、そう書物で読んだのです」

　一番は紙の再利用。それから堆肥や長く使った物には不思議な力が宿るといった考え方。

「たくさんの物が発明されて、便利なものが増える一方で、こうやって何かを大事に使う考え方が素敵だな～って」

　そこから気付いたらこの国に興味を持つようになっていた。

「アンセル様が領地のために、あまり軽率な真似ができないのと同じように、私も自分の領地を護るために、できることはたくさんやりました」

そういった中で、彼の国の文化や使えるものは直して使う精神が身についたのだという。

「まあ、そこからちょっと我が国にない雰囲気とかこういう文化とかが気に入ってしまったんですけどね」

笑いながらそう告げるグレイスに、アンセルは目を細めた。

「君は好きな物には本当に貪欲なんだな」

「……今更ですよ、アンセル様」

じっとグレイスを見つめるアンセルに笑いかけ、それからいたずらっぽく片目を瞑ってみせる。

「そうじゃなきゃ、囮になって捕まえてやろうなんて思いません」

堂々と胸を張るグレイスに、確かにそうだなと納得してしまう。あんな話を聞いて、傷ついて引っ込むのかと思いきや、彼女は犯人を捕まえてアンセルの前に突き出そうと、それだけを考えたのだ。

「わたしの奥さんは本当に……わたしの理想だよ」

言いながら、アンセルはグレイスの皿からフォークを使って器用に白身魚を掬い上げる。

「！」

「いただきます」

「ア、アンセル様！　いらないって言ったのに！」

「いらないとは言ってない。食べるかどうしようか迷っていただけだ」

「でも！」

「君がなんでもなさそうだからな。わたしも食べることにした」

「人を毒見に使わないでください！」

あーでもない、こーでもない、これは美味しい、これは好きじゃないと楽しくお昼を過ごした二人は、最後にグリーンティとデザートを食べて外に出た。

結構な時間が経っていたのか、山に日が隠れるのが早いのか、外は夕暮れのような雰囲気を醸し出していた。

「この通りは灯りがつくとより綺麗だというが」

そのまま散策するか？　と差し出すアンセルの手を取り、グレイスは全力で頷く。

「はい！　私、どうしても見たいものがあって。レイエンの英雄の工芸品なんですけど、どうやら願掛けするもののようで――」

そのグレイスの台詞は最後まで続かなかった。

何故なら。

「アンセル様！」

背後から、今一番聞きたくない声がしたからである。

振り返ると、暮れ行く通りを背景に、デイドレスにボンネットの令嬢とクラバットにトップハットの紳士の集団が立っていた。

（民族大移動！）

見た瞬間、グレイスから飛び出してきたのは正直すぎる感想だった。

中央に立つのはもちろん、プリンセスだ。楚々とした表情をしているが、どこか威圧的な……決然とした……とにかく人を追い落とそうとする意気込みみたいなものが感じられた。

その両脇を固めるよう、一歩下がった後ろに令嬢二人と日傘の君、洒落(しゃれ)男、移り気男爵がいる。

令嬢は皆つんと顎を上げて澄ました表情だし、紳士達はどこか冷ややかな眼差(まなざ)しでグレイスを見つめている。唯一申し訳なさそうな顔をしているのは、更にその後ろにいるベネディクトと、無表情の付添人(シャペロン)のナンシーだ。

(なんか……敵視されてる?)

彼らからひしひしと感じる空気に、思わず隣を仰ぎ見たグレイスは後悔した。心の底から。

(うぅ……わぁ……)

アンセルは激怒していた。

彼が心の底から怒っているシーンに直面したのは今までで二回ほどあった。

一回目は対ウォルター戦。もう一回は対カムデン戦だ。いやまあ、カムデンとは戦っていないし、むしろ怒りの原因の半分以上はグレイスなのだが。

(にしてもやりすぎです……)

アンセルが今回激怒している相手は、目の前で強気な態度を崩さないプリンセス・コーデリアだ。

そうプリンセス。姫君だ。……しかも十八歳の。

大人げない、という単語が脳裏に閃(ひらめ)くが、大移動してきた民族を真顔の無表情で睨むアンセルを宥(なだ)める言葉が出てこない。よって、グレイスは「今すぐ目の前から消えろ」と周囲の気圧と温度を下げそうな声で夫が警告する前にと割って入った。

「ご、ごきげんよう、プリンセス。あの……どうしてこちらまで?」

夫の前に出るようにしてそう告げれば、アンセルからの回答を待っていたらしいコーデリアが、ちらっとその視線をグレイスに寄越した。紫の瞳がひんやりしている。

「それは貴女が一番ご存じなのではありませんか？」

高圧的な一言に、グレイスは目を瞬いた。

「え？　まさかプリンセスも湖に落ちたのですか⁉」

最初に脳裏に浮かんだのは、自分達がここに来た「理由」だ。それと同じだというのなら、彼女も湖に落ちたことになる。

だとしたら随分ときっちりドレスを着ているよなぁ、と彼女の格好をしげしげ見つめていると「違います！」と苛立(いらだ)った金切り声が飛んできた。

「あ、ですよね」

「そうではありません！　……貴女、ご自分がなさったことをお忘れになったの？」

え？　私がやったこと？

グレイスは考えた。五秒ほど考えた。大長考だ。

「……もしかして、あの花瓶についていた紐を引っ張ったことですか？」

あれはグレイスのせいだ。テーブルが壊れ、ベネディクトが大被害を受けた。そのこととコーデリアがここに来ることに何か繋がりが――。

と、ここではたとグレイスは気が付いた。

もしかしなくても、大事に抱えて死守した花瓶に、ヒビやら亀裂やらが入っていたのだろうか？

それを弁償しろと、そういうことなのか⁉

「だとしたら、申し訳ありません。あの花瓶はきっちり弁償させていただきます。こちらの特産品のようでしたので、工房をお教えいただければ即刻職人さんと打ち合わせを」

「そうでは！　ありませんッ！」

「へ？」

地団太を踏みそうな勢いで告げられて、更にグレイスの目が点になる。あと……自分がやったことって何かあっただろうか？

「そういうもったいぶった言い回しはわたしは好かないな」

不意にアンセルが、自分の前に立っていたグレイスをぐいっと引き寄せて、その腰をそっと支える。彼は相手を凍り付かせるような眼差しを送った。気怠そうに首筋に掌を当ててるおまけつきだ。

「で？　徒党を組んでこんなところまで我々を追いかけてきた理由を、今すぐ、はっきりと、お教え願えませんかね」

きっぱりと告げて、一同を絶対零度の眼差しで見下ろすアンセルに、全員が青ざめ後退る。

びくり、とコーデリアも身体を強張らせるが、怯むまいとぎゅっと両手を握り締め、それからぐっと胸を張った。

「それをこの場でお伝えしてよろしいのですか？　公爵夫人の――」

紫の瞳がグレイスに向く。

「恥になりませんか？」

ふっと憐れむように目尻と眉を下げるコーデリアに、アンセルの怒りが沸騰するのがグレイスにはわかった。なので、咄嗟に水を差す。

「恥になるようなことは何もありませんから、構いませんよ」

「グレイス！」

何を言い出すんだ、とこちらを見つめるアンセルに笑みを返し、グレイスは自分の腰に回されている彼の手をそっと取った。それから身体を離して手をぎゅっと握り締める。

「それで」

こちらもぐいっと顎を上げて胸を張り、コーデリアに対抗するように堂々とした、公爵夫人らしい態度を取った。そう見えているかは謎だが。

「わたくしが一体何をしたとおっしゃいますの？」

できるだけそれっぽい口調で尋ねてみると、やや気圧（けお）されたように身体を仰（の）け反（ぞ）らせたコーデリアが、ぎゅっと唇を噛み、真っ直ぐにグレイスを見た。

「わたくしの……貴重なレイドリートクリスタルを返していただけませんか？　貴女が、どさくさに紛れて、わたくしから盗ったブローチを」

最後の単語の辺りで、コーデリアの言葉はやや震えていた。だが、内容はきちんと聞き取れた。聞き取れたが……。

「――――――え？」

意味がわからない。

くっきりと眉間に皺を寄せ、言葉の意味を反芻（はんすう）する。

「私が…………レイドリートクリスタルを盗んだ？」

確かにそう聞こえた。だが……意味が不明だ。

「——え？　どういう意味ですか？」

思わずそう尋ねると、プリンセスが今にも泣き出しそうな顔になった。

「そのままの意味ですわ。わたくしの大切な……あの宝石を返してください」


その後の展開は地獄だった。

「グレイスが……なんだって？」

アンセルの身体が小刻みに震え、人一人殺しそうな眼差しでプリンセスを睨みつける。背後から立ち上るひんやり冷たく、だが白銀にぎらぎらと輝くオーラが見えるようだ。

そのまま一歩進み出るから、ベネディクトが大急ぎでプリンセスの前に出た。

「公爵閣下(ユアグレイス)」

庇(かば)うように手を広げる。

「ロード・ベネディクト」

そこを退(ど)けと無言で圧をかけるが、逆に彼は胸を張った。

「今は、近衛騎士隊長としてここにいますので」

彼女を護るためならなんでもするという決意が見て取れて、アンセルが奥歯を噛み締める。彼の強張った顎の辺りを見つめながら、グレイスはぐっとお腹に力を入れた。

ベネディクトにそっと視線をやる。

ほんの少し、彼の視線が動いてグレイスを映した。夕空を映して、普段よりもずっと赤く色づいた彼の瞳がほんの少し、「申し訳ありません」と訴えるのを見て、彼女は腹を決めた。

自分は宝石など盗んでいない。それがレイドリートクリスタルだとしたらなおさらだ。あれに良い思い出など一つもないのだから。では、彼女が何故そんなことを言うのか。

「プリンセス・コーデリア」

殺意に満ちた眼差しで二人を睨みつけるアンセルの腕にそっと手を置き、グレイスが前に出た。

「本当に、私が宝石を盗ったとお思いですの？」

じっと、ベネディクトの後ろに控えるプリンセスに視線を注ぐ。彼女はうろっと視線を泳がせた後、青ざめた顔を上げて、プリンセスらしからぬ行動をとった。グレイスに人差し指を突き付けたのである。

「貴女はわたくしのブローチを盗んだ、それ以外に考えられませんから間違いありませんわ！」

きっぱりと告げられたその台詞に一つ頷き、「では」とグレイスは更に一歩前に出た。

「わたくしの荷物を調べていただけませんか？」

「グレイスッ」

切羽詰まった声がする。肩を掴んだアンセルがグレイスを振り返らせて、ぎゅっとその両手を握り締めて瞳を覗き込んだ。

「そんな……公爵夫人たる君がそこまでする必要はない！」

「ありますわ」

「しかし」

「ですが！　条件があります」

青ざめていた頬をわずかに紅潮させて、やや口元が緩んでいるコーデリアに、グレイスは視線を定める。

「荷物を確認するのはアンセル様とロード・ベネディクトにお願いします」

コーデリアの息がかかっている人間は入れさせない、公平に物を見てくれる人間に確認させる。そんなグレイスの発言に、コーデリアはびくりと身体を強張らせた。だがすぐにぐいっと顎を上げると堂々と言い切った。

「ええ、それで構いませんわ」


「君は本当にグレイスがブローチを盗んだとそう思ってるのか？」

自分達の離れにベネディクトを案内してきたアンセルは、戸口に右肩をもたせかけ、長い脚を持て余すようにクロスして立っている。腕を組み、斜めに男を見下ろす表情は、格好こそレイエン風だが、怠惰で……だがどこか威圧的な貴族そのものだった。

そんな公爵をちらりと振り返り、ベネディクトは肩を竦めた。

「まさか。そんな風に思ってなどいませんよ」

「では早々に、あの我儘姫を諫めてくれないか」

気色ばんでそう告げるアンセルに、彼はひらひらと手を振る。

「それができれば苦労はしてませんよ」

部屋の隅に置かれているトランクに近寄りながら、ベネディクトはあからさまに舌打ちをした公爵を振り返る。

「もとはと言えば、公爵閣下（ユアグレイス）、貴方（あなた）がきちんとプリンセスを振ってくれないから」

腰に手を当ててこちらを睨みつける騎士に、アンセルが眉間に皺を刻んだ。

「振るも何も、昔プリンセスに『誰もお相手がいないのならわたくしが結婚してあげましてよ？』と言われて、子供だから無理だと断っている」

「なら大人になればオーケーだと考えたのでしょうね」

揚げ足を取られてうぐっと言葉に詰まる。

あの時はそれで十分だと思ったのだ。十五、六の少女がまさか二十五を超えた男相手に本気だなんて誰が考えるだろうか。そのうち自分に見合った青年に恋をするに決まっている。

だからこその台詞だったのだが。

「だからプリンセスは今でも諦めずに公爵閣下に突撃してるのかと思いますが」

自分のせいだと遠回しに言われて、更に返す言葉を思いつかない。確かにそうかもしれないと……そう思わないでもないがしかし。

「だからといって、最高位に近い身分の姫君が、格下の者に罪を着せようとするのは許されることではない」

王家の品格を疑われる、と渋面で告げるアンセルに「確かに」とベネディクトも苦々しい顔で答えた。

「それは姫を甘やかした殿下の問題でもありますが……まあ、それ以上に姫がバイタリティに溢れていたことに問題がありそうですね」

「それだけで片付けるつもりか？」

背筋を正して睨みつけると、トランクに手をかけて、囲炉裏の前に持ってきたベネディクトが目の前にそれを据えた。

「……公爵夫人のトランクを確認したいのですが、構いませんか？」

「構う」

即答だ。

冷ややかすぎる深い青の瞳に睨まれて、だがオレンジの瞳の男は「やれやれ」と首筋に左手を当てた。

「ではどうしますか？」

「よく考えろ、ロード・ベネディクト。わたしも君も、グレイスがブローチを盗んだとは一ミリも考えていない」

「はい」

「だがプリンセス・コーデリアはブローチが消えたと申し立てている」

「そうですね」

「ではブローチはどこだ？」

あの『公爵夫人湖転落事件』のさなかに、彼女の胸元からブローチを盗める人間がいるとは思えない。グレイスにぶつかった時に落とした、というのならまあ、考えられることだろう。それを拾った人間がもしかしたらいるのかもしれない。

だがそれをプリンセスが信じるだろうか。

「プリンセスは、ブローチが見つからない限りグレイスに付きまとうだろう」

「グレイス様というよりは、アンセル様に、でしょうね。彼女はどうしても貴方に突撃を繰り返したいようですから」

ほぼ感情の滲まない口調で言われて、アンセルは前髪に片手を突っ込むとぐしゃりと握りつぶした。

「わかったよ。その件についてはきちんと――彼女を振ると約束する」

自分の態度が煮え切らず、相手に望みを持たせてしまっているのだとしたら、それは相手にとっても不幸でしかない。きちんと折り合いをつけると約束し、殺伐とした眼差しをベネディクトに送る。

「あとは知らないからな。これ以上我が妻に迷惑をかけないよう、きちんと彼女の暴走を止めてくれ」

それがいかに難しいかは、アンセル自身よくわかっている。どこへでも、二本の足で歩いて行ってしまう妻がいるから余計にだ。

だがそれを心配するのは自分のやることではない。現在アンセルが考えるべきことは、どうやってコーデリアの意識をグレイスから引き離すか、だ。

ふむ、と考え込み、アンセルは室内をぐるりと見渡す。ふと、すりガラスの向こうの露天風呂に目を留め、そちらにつかつかと歩み寄った。引き戸を開け、岩に囲まれた浴槽と、そこに続く飛び石の通路をしげしげと見つめる。

「ロード・ベネディクト」

「はい」

「わたしは宝石を誰も盗んでいないと思っている」

　ベネディクトがなんとも言えない顔をする。彼自身、半信半疑というところなのだろう。だがアンセルは確信していた。あれはレイドリートクリスタルではないし、盗まれてもいない。

「わたしの勝手な憶測だが、一連の話はグレイスを貶(おとし)めるためだけにでっち上げられた狂言だと思っている」

「それは全て、閣下に取り入るためですか」

　そこには呆れや、自信過剰を揶揄(からか)うような色は一切なかった。淡々と事実だけを確認するようなそれに、振り返ったアンセルが一つ頷く。それから飛び石を取り囲むようにして敷かれている玉石の一つをひょいっと拾い上げてにやりと笑った。

「だとしたら、わたしが取れる最善の策は一つだけだ」

9　公爵の反撃

宿の中庭に据えられたベンチに腰を下ろしたグレイスは、プリンセスを取り巻く人々を再び遠くから観察していた。

外輪山に太陽は隠れてしまったが、空はまだオレンジ色で、ただ山の影に覆われているためにほんのり暗い。ちらほら灯り(あか)のともり出したそこで、唯一の味方であるベネディクトとアンセルが離れに行ってしまったため、グレイスはやはり一人ぽつねんと座ることになっている。

だが壁の花を極めた彼女としては特に、誰からも構われない、ぼっちという状態が苦になることもない。むしろ遠くから彼らを、客観的に確認できるのは歓迎すべきことでもあった。

(レディ達はプリンセスを慰めるのに心血注いでるし……日傘の君は、今度は甲斐甲斐(かいがい)しく飲み物なんか持ってきてお世話を焼いてるし……他の二人も完全なるイエスマンになってて、がっくがっく首を振ってるし)

そんな人々の中心で、コーデリアはハンカチをぎゅっと握り締めて俯き(うつむ)、更には目蓋を伏せている。儚(はかな)げで気苦労の所為でばったり倒れそうな雰囲気を醸し出しているが、なかなか侮れないとグレイスは勝手に思っていた。だってそうだろう。安易に人に宝石泥棒としての罪をなすりつけるくらいだ。

(でも……私が宝石を持っていないとして……あの場に泥棒をするような人間がいたかしら)

貴族連中がそんなことをするわけがないし、ゴンドラの船頭さんは恐れ多そうにプリンセスを遠巻きにしていた。グレイスが落ちた時に助けてくれたベネディクトさんが盗むとは考えられないし、となると、プリンセスに嫌がらせをしているという存在が盗ったということか。

（だとしたら犯人は身内にいるってことになるわね）

ブローチを盗んだ犯人、イコール、レイドリートクリスタルを奪おうとしてコーデリアに嫌がらせをしていた人間ということになる。

（でもそんな人間を傍に侍らせたままなんてことあるかしら……）

普通、嫌がらせが起きた際に傍にいる人間も調べるはずだ。相手は姫君なのだから、徹底した調査になるだろうし。それをクリアした人間だけが姫の傍にいると考えるのが自然だろう。

なのに事件は起きた。

（……ということは、今回ブローチを盗んだ犯人は嫌がらせをしてる犯人とは別人？）

例えば、取り巻きの誰かがレイドリートクリスタルだと知って、ブローチを盗んだ。でも嫌がらせをしていた犯人とは別人である……とか。

うむむ、と眉間に皺を寄せ、腕を組んで考え込んでいたグレイスは、ふと視線の先でナンシーがそわそわきょろきょろしているのに気が付いた。

（ん？）

何か気になる物でもあるのだろうか。

じーっと観察していると、彼女はしきりにグレイスとアンセルが泊まっている離れを気にしている。

見ていると、三十秒に一回くらいの割合で縁側の奥を眺めているではないか。

それだけプリンセスの名誉が気になるということか。

（まあ、そうか……付添人としてただでさえ大変なのに……）

プリンセスの持ち物が消えたとなれば、真っ先に疑われるのは自分だという自覚もあるのだろう。

(私の所になければ、彼女が盗ったと考えられても……オカシクないしね)

というか、消えたブローチは一体どこにあるのか……。

そう、再び思考の渦に消えそうになったグレイスは、不意にこちらを振り返ったナンシーと目が合った。だが、微かにグレイスが目を見開いた時には彼女はすかさず視線を逸らし、俯くコーデリアの手を取っている。

何か気になる点でもグレイスにあったのだろうか。

(はッ!?　もしかして貧乏伯爵令嬢だった過去から意地汚く、宝石の類を見つけると盗み出すトンデモナイ女なんですわよ！　なんていう誹謗中傷がそこで巻き起こって——いてもまあ、実害がなければいいかなぁ……)

などとくだらないことを考えている間に、どうやらグレイスの荷物チェックは終わりを迎えたらしい。

「お待たせいたしました」

そう言ってベネディクトが縁側の奥から姿を現す。そんな彼から三歩遅れてアンセルが到着した。彼はもう、レイエン風の衣装ではなく、普通に上着にウエストコート、スラックスという姿だ。なんだ残念、と見つめていると、彼はベネディクトの傍をさっさと離れて、持っていた革靴を縁側から下に落として履くと大股でグレイスに近寄ってきた。そのまま彼女が座るベンチに二人並んで腰かける。

「それで？　どうなりました？」

もちろん、グレイスのトランクからブローチが出てくることはない。絶対ない。だが、出てこないからグレイスが盗ってないという証明にはならない。何かにつけてコーデリアがこの場に残ることは容易に予想できた。それに対して何か策があるのかと問うグレイスに、アンセルがにんまり笑った。

「まあ、見ててくれ」

ぎゅっとアンセルがグレイスの手を握り締めるのと同時に、コーデリアとグレイスからほぼ同じ距離を取った位置に立つベネディクトがこほん、と咳払いをした。

「結論から言いますと、公爵夫人が盗んだというプリンセスの証言は半分正しく、半分間違っています」

「え⁉」

「なんですって⁉」

グレイスとコーデリアが同時に声を上げる。その二人を見渡し、ベネディクトはポケットからハンカチにくるまれた何かを取り出した。灯りを受けてきらりと光を弾く。

「まず、公爵夫人のお部屋を確認したところ、これがありました」

恭しく、緑と青の実用的な綿のハンカチを開き、ベネディクトは手袋をはめた手で何かを摘まみ上げる。

それは真っ白ですべすべした平たい石である。間違ってもコーデリアの胸元で輝いていた赤と紫の宝石ではない。ただしサイズがなんとなく似ている。

「公爵閣下にこちらのことをお伺いした際、よく見かける石だが、もしかしたらレイドリートクリスタルは変成するのかもしれないと」

「⁉」

　驚いて隣を振り返れば、彼は素知らぬ顔でベネディクトの持つ白い石を見つめている。というか、変成!?

　驚き、口をぱくぱくさせるグレイスを尻目に、アンセルが平然と告げた。

「普通、岩石がその性質を変えるためには高圧力、高熱が必要になる。だがレイドリートクリスタルは神秘の石だからね。そういった熱に代わるもの、圧に代わるものが何かははっきりしていないが、その影響で形を変えたのだろう」

(そんな話聞いたことないんですけど!?)

「だが妻は断じて、宝石を盗ったりしない。それに、プリンセスのレイドリートクリスタルはブローチに加工されていたがこれは裸石(ルース)の状態だ。ということは、わたしの見解では、何者かがブローチに加工されていたレイドリートクリスタルに我が妻の評判の低下を願った。その結果、プリンセスに疑われるという事態を引き起こし、願いを叶(かな)えたクリスタルは変成して全く別な石に変わり、装飾部分はその変性に巻き込まれて消失したと考える」

　あまりにも突拍子もない話に、グレイスが唖然(あぜん)とする。だがそれよりも唖然としていたのはプリンセスだ。

「そ……そ……そんな話、信じられませんわ！」

　思わず立ち上がってそう告げる。それからつかつかとベネディクトに近寄ると、彼が掲げる白い石を取り上げた。

「これがわたくしのレイドリートクリスタルですって!?　そんなわけありませんわ！　どこからどう見ても普通の石ではありませんか！」

振り返り、びしっとそれをアンセルに突きつける。

「そんな話で騙(だま)されるわけありませんわ！」

「だが妻は泥棒などしないし、この石は部屋にあった。わたしは過去に二度、レイドリートクリスタルの事件に巻き込まれたが、石が変成する可能性は十分にあると考える」

「では何故(なぜ)その石が公爵夫人のお部屋にあったのです⁉」

「妻を陥れることを考えている人間がいたと仮定するなら、それを妻の荷物に入れることくらいするだろうからな」

渋面で告げるアンセルの横で、グレイスは思わず半眼になった。

部屋にあった……石？

（――荷物から見つかった、とは言わなかったわ……）

それにアンセルは一言も、この裸石(ルース)がレイドリートクリスタルの変成した姿である、とは言っていない。

部屋に石があった。レイドリートクリスタルは変成するかもしれない。もし妻を陥れようと考えている人がいたら荷物に仕込むくらいはするかもな。

（――……どれも、「これが」とは言ってないわ……）

すました顔の夫が繰り広げる「政治家の答弁」のような受け答えに、グレイスは思わず呆(あき)れてしまった。確かにアンセルは議会で反対派議員をやり込めることがあるというが……なるほど、敵に回したくない。

「納得いきませんわ！　宝石はわたくしの胸元から消えたのですよ⁉」

「不可思議な石だからね。姫から取り上げた後、強力な願いを受けて転移でもしたのかもしれない」

絶対にあり得ない、とわなわなと震えるコーデリアの前に、立ち上がったアンセルが立ちふさがる。

「というわけで、プリンセス。部屋から出てきた石を貴女(あなた)にお渡しいたします。それがレイドリートクリスタルかどうかは、ご自分で検査なさってください。我々は義務を果たしましたので」

「それでは」

未(いま)だベンチに座り、なんとも言えない眼差(まなざ)しでこちらを見つめるグレイスの腕を取って引き上げる。

そのままアンセルはグレイスを連れて離れに帰ろうとする。

「これはレイドリートクリスタルではありませんわ！」

その後ろ姿にコーデリアが声を張り上げた。

「絶対に違います！」

「何故ですか？」

間髪入れずに、振り返ったアンセルが尋ねる。

「検査もしてないのに、何故言い切れますか？」

「それは…………勘ですわ」

「でしたらまず、王都に戻ってこの石の成分を調べてください」

運が良ければ変成した痕が見つかるかもしれませんね。

あっさり告げて、再びアンセルが歩き出す。恐らく、アンセルはレイドリートクリスタルをコーデリアが持っていると踏んでいるのだろう。だが彼女は、「それは偽物で本物はこっちですわ」と言い出せない。そんなことをしたら、ブローチが盗まれていないことになってしまう。

憤りに身体を震わせるコーデリアを振り返り、グレイスはプリンセスに同情してしまった。

確かに彼女のやり方は褒められたものではなかった。だが精一杯、グレイスと張り合おうとしたのだろう。テーブル崩壊と湖転落がどこまで仕組まれたことなのかわからないし、コーデリアが「嫌がらせがあった」というからには本当にレイドリートクリスタルを狙う何者かがいるのかもしれない。

まあ、グレイスも「いない」方に考えをシフトしたくなっているが。

（まあ……仕方ないことなのよね……）

自分だってアンセルを他人に渡すことなどできない。向こうがかかってくるのなら戦うまでだ。そう、真っ向から勝負を挑まれたらそれはそれで……。

そんなことを考えていたら、ぱしり、と何かがグレイスの長いたもとに当たり、思わず彼女は振り返った。

見れば、短く刈られた芝の上にレースの白い手袋が落ちている。片方だけ。

それにグレイスは目を見開いた。

これって……もしかして……!?

「決闘ですわ！」

凛とした声がその場に響き渡り、グレイスが弾かれたように顔を上げ、手袋に注いでいた視線を戻した。綺麗な柳眉を逆立てて、もうだいぶ暗い空と、オレンジ色に輝く灯篭の光の下で、プリンセスが顎を上げて堂々と立っている。

「け……っとう？」

思わずオウム返しすると、きっと眦を決したコーデリアが感情の滲んだ、高い声ではっきり告げた。

「ええ！　わたくしと勝負なさい！　貴女が宝石を盗んだり、ゴンドラで注目を集めたり、テーブル倒壊を演出したり……もううんざりですわ！」

それに、とびしいっと人差し指をアンセルに向ける。

「アンセル様の手助けばかりを期待して、自らに有利な証言をさせるなんて！」

「はあ!?」

思わず下町の女将のような声が喉から出てしまった。だが、それくらい、グレイスはカチンときた。

アンセル様の手助けばかり期待するって……どういう意味だ！

「とにかく明日！　わたくしと決闘なさい！　ああいう茶番を抜きにして、一対一で！」

それがどれだけの我儘なのか、このプリンセスは理解しているのだろうか、とグレイスは呆れてしまった。言ってることが支離滅裂すぎる。

それを指摘しようとして……やめた。

どの事件も彼女が主犯だと考えると……なるほど、何ひとつうまくいかなかった彼女の怒りの理由がわかる気がする。だがそれを指摘したところで、何かが解決するとは思えない。向こうは昨日からの事件は、グレイスが悪いからだという論調だし。

だが、売られたのが喧嘩でも、言い値で買うつもりは一切ないのがグレイスだ。元貧乏伯爵令嬢のお買い物テクニックをなめてはいけない。

「わかりました」

「グレイス!?」

　また何を言い出すのやら、と呆れ返っていた夫を尻目に、グレイスは一歩前に出る。投げつけられた手袋を拾い、その冬の空のような綺麗な灰色の、澄んだ瞳をきらりと輝かせた。

「ですが、決闘は申し込まれた方が条件を決めてよかったはずです」

　ぐいっと胸を張る。

　アンセルが止める間もなく、彼女は両足を肩幅に開いて仁王立ちする。びしいっと人差し指をコーデリアに突きつけ、きっぱりと言い切った。

「わたくしの方で条件を決めて、ロード・ベネディクトにお伝えしますので、首を洗って待ってらっしゃい！」

　グレイスううううう！　という無言の絶叫を聞いた気がしたが、グレイスは綺麗に無視をした。

　何故なら、びしいっと決めた自分、かっこよくない!?　と自画自賛するのに忙しかったからである。

(なんということだ。レイドリートクリスタルが既にその効力を失っているとは)

　目の前で繰り広げられた公爵夫人とプリンセスのやり取りは、もう耳に入っていなかった。

　てっきり公爵夫人が己の望みを叶えるために石を盗ったのだとばかり思っていたが……。

　石には夫人を陥れようと考えた何者かの手によって、願いを込められて夫人の元に渡った。そして役目を終えて効力を失ったという。

　そう……もうなんの力も持っていない……。

その事実ばかりが脳内を巡り、決闘、という単語が聞こえはしたが、その意味まで脳に浸透してこない。

(なんとかしてあれを……元に戻すには……)

ふと公爵が、レイドリートクリスタルを鑑定に回せと言っていたことを思い出す。

本当に別物と化してしまったのなら、もうその石に自分の願いを叶える力はないだろう。だが、わずかにでもレイドリートクリスタルとしての資質を残しているとしたら？

(ほんの少しの可能性があれば……)

現在、自分にとって状況はまだ有利だ。二人の間に決定的な何かがあるような雰囲気ではない。

プリンセスは夫に連れ去られていく公爵夫人を睨んでいるし、その後ろでレイドリートクリスタルを持ったベネディクトがやれやれと肩を落としている。

その光景をじっと両目に映しながら、その人物は一歩前に進み出た。

「あの……もしよろしければそれを」

「それを寄越しなさい、ベネディクト」

と、唐突に振り返ったプリンセスが、未だ捧げ持っていた石をひったくるようにして取り上げた。

それからしげしげと石を見つめて唇を噛む。

「これはわたくしが……責任をもって宝石に戻しますわ」

(！)

プリンセスの台詞に、その人物は目を見張った。

「そんなことが可能で？」

尋ねるベネディクトの前で、プリンセスがつんと顎を上げて言い切った。

「当然ですわ。わたくしを誰だと思ってらっしゃるの」

その瞬間、自分の心臓が跳ね上がるのを感じ、その人物は必死に足に力を入れた。

プリンセスの言葉が本当かどうかはわからない。だが、もし本当に宝石に戻ったら――

（どうしても欲しい……）

行きますわよ、と自分が泊まる部屋へと歩き始めるプリンセスを追って、再び一同が移動する。その中に紛れ込みながら、ぎゅっと両手を握り締めた。

なんとしてもあれを……どうにかしてあれを……手に入れなければ。

もう自分にはそれしか願いを……想(おも)いを叶える方法はないのだから。

◇◆◇

「決闘だなんて絶対に認めないからな、グレイス」

「アンセル様こそ、よくあんな大嘘(うそ)吐けましたね」

戻るなり、グレイスは部屋を横切ると、がらりと色ガラスのはまった浴室への扉を開いた。さあっと冷たい風と温泉の香りが流れ込んでくる。引き戸の傍と、奥の岩の間に置かれた、鉄とガラスでできた丸いランプに照らされた露天風呂は、オレンジ色の光に揺らめき綺麗だ。

浴槽へと続く飛び石を取り囲むように、白い石が敷き詰められていて、グレイスはその一つを取り上げた。それから、同じような丸いランプが照らす室内を振り返り、腰に手を当ててその石を掲げてみせる。

「これですね？　部屋にあった石っていうのは」

むーっと唇をへの字に結ぶグレイスに、アンセルは腕を組んでそっぽを向く。

「そうだったかな？」

「全くもう！　プリンセスの胸元から消えた宝石が、私の荷物に紛れ込むなんて……そんなイリュージョンあるわけないじゃないですか！」

「だが、プリンセスはその点を掘り下げなかった。いつ、誰が、どうやって彼女の胸元から宝石を盗んだのかをね。そこを追及せずに、君への決闘に話をすり替えた。ということは、宝石は盗まれてもいないしずっと彼女が持っていることになる」

言いながら、アンセルは窓際に積まれていた平べったいクッションを一つ取り上げると囲炉裏端に置き、その上に胡坐をかいて座る。上着を脱いでシャツのボタンを外す夫の、一挙手一投足を見つめながら、グレイスはふうっと溜息を吐いた。

くつろごうとしてるだけの夫を、ジーっと見つめる癖を直したいが……。

(ああいうのが好きなのよね……)

夫の『なんでもない日常の動作』が好きだなんてどうかしていると思いながらも、彼女もクッション（確か座布団だと教わった）を取り上げて彼の隣に座る。正座だ。

「いいかい、グレイス。恐らく明日にはコーデリアが例の変わった色の宝石を胸元につけて現れる。そして、石が本物だったとかなんとかわたしの言に乗っかって来るだろう。そうなった時こそ、彼女の虚言が発覚する時で」

「もうそれはいいんです、アンセル様」

妻の手を取り、ぎゅっと握り締める彼にグレイスは首を振った。

「いや、良くない！　君は泥棒だと思われているんだぞ⁉」

「本気でそう思ってる人なんかいませんよ」

「いるだろ！　例えばあの、取り巻きの三人組だとか」

「あの人たちにどう思われようと、痛くもかゆくもありませんよ。それより」

妻にはもうどんな噂（うわさ）も悪評もついてほしくない、というのがアンセルの望みだが、グレイスはそんなことなどどこ吹く風だ。

「もっと大事なことがあります」

言い切り、グレイスはアンセルから己の手を取り返すと板の間を滑るようにして腕の長さ分、彼から距離を取った。

それから。

「どうか、今からベネディクトさんと打ち合わせに行くのを許してください、お願いしますッ」

夫相手に土下座を披露した。

「グ、グレイス⁉」

彼女の渾身（こんしん）の土下座にアンセルがぎょっとして目を見張る。その彼にがばっと頭を上げたグレイスが真剣な眼差しを向けた。

「プリンセスがこんな……苦しい茶番を続けるのは、アンセル様への恋心を諦めきれないからだと思うんです」

きっぱり告げるグレイスの言葉に、アンセルがはっと身を強張らせる。先ほどベネディクトから言われたことが脳裏を過る。

きちんと振っていないからだと……そう言われたばかりだ。

黙り込む夫を前に、グレイスは更に言葉を重ねる。

「何故彼女が諦めきれないのか……それは私が相応しくないからです」

「そんなことない！」

大急ぎでそう告げて、アンセルがグレイスとの距離を詰めようとする。その彼を止めるよう片手を突き出し、グレイスはふるっと首を振った。

「わかってます。アンセル様にとって私が……あの……一番だっていうのは」

でもそうじゃないのだと、彼女は続ける。

「今回、私は結構失敗してます。きちんと礼節に則り、社交界のルールに従って対応しようと思いました。でも」

必死に褒めようとして労働者階級の人間と比べてみたり、倒れたテーブルを前にあわあわしたり。もっと気品に満ちて、落ち着いて……世間が認めるような公爵夫人として振る舞えれば良かったのだ。

「私にはそれができませんでした」

「グレイス……」

そんな行動・発言の数々が許されたのは、隣にいる夫が「そんなグレイスが一番だ」と温かい笑顔で見つめてくれていたからだ。もし、自分が元のハートウェル伯爵令嬢だったら、きっとつまはじきにされて終わりだっただろう。

それが痛いほどわかる。

「君は変わらなくていい。そのままの君がいいんだ」

そうじゃない君なんて、わたしの妻じゃない。

今度こそ距離を詰め、アンセルは柔らかな妻の身体をそっと抱き締めた。その温かな腕の中で、グレイスはそっと目を閉じる。

「でもそれが、アンセル様の公爵としての立ち居振る舞いに影響を及ぼします」

「言いたい奴には言わせておけばいい」

「そうかもしれませんけど！」

ぐいっとアンセルの胸元を押し、グレイスは顔を上げた。

「私も、この世界のためにやらなくちゃ」

ぐいっと顎を上げ、オレンジの光を弾いてきらきら輝くグレイスの瞳を、アンセルはじっと覗き込んだ。

それはアンセルが一番恐れていることだ。

グレイスが変わってしまう。この……自分が幼い頃から身を投じている世界に染まって、彼女が規格通りの公爵夫人になってしまう。それはグレイスの心を蝕み、押し込み、きっと殺してしまう。

（そんなのは絶対にダメだ！）

「グレイス」

やめてくれと、変わらないでくれ、君は君のままでとそう告げようとした、その瞬間。

「なので、今回の決闘で私は私らしい公爵夫人を貫きたいと思います！」

——なんですと？

「………それは……どういう？」

「公爵夫人としての私が認められないのは、私の振る舞いが社交界に相応しくないからです。でも、私の振る舞いが社交界に相応しいものとして認められれば変わります。私の丸ごと全部、プリンセスに認めさせて、そして社交界を変えてみせます！」

ぐっと両手を握り締めて、ゆくゆくは女性が率先して領地管理をしたり、会社を経営したり、それこそ自由に振る舞える社会を目指します！　などと話し続けるので。

「——まったく……君という人は……」

「ア、アンセル様!?」

背中に腕を回し、アンセルがふわりと床にグレイスを押し倒す。それから鼻の頭や頬、首筋などにキスを落としていく。

「あ、あの！　アンセル様！」

この女性(ひと)は、自分が変わるのではなく、世界を変えるとそういうのだ。なるほど、あまりにも傲慢で、物凄(ものすご)い我儘だと思う。だが、何故かアンセルは彼女ならそれを成し遂げることができると思ってしまうのだ。

「君が変わるという選択肢はないんだな？」

そっと唇を触れ合わせ、そのまま低く囁(ささや)く。唇に感じる柔らかな振動にふるっと身体を震わせながら、グレイスがそっとアンセルのキスに応えるように唇を押し付けた。

「私はもう、変われません。無理だと悟りました」

眉尻を下げてそう告げる妻に、アンセルは我慢ができず笑い出す。

「アンセル様！」

「いいよ、グレイス。わたしはどこまでも君についていく。君の前に立ちふさがる者はなんでも薙（な）ぎ倒していく。恐らく、そのためにわたしは公爵として生まれたんだと思うよ」

「それはさすがに言いすぎです！」

赤くなりながら告げるグレイスの身体に、そっと手を這（は）わせ、指先で彼女の柔らかさを確かめながらアンセルが「それで？」と甘く促した。

「君は何で戦うのかな？」

その言葉に、グレイスはにんまり笑うとイタズラっぽく囁いた。

「それを打ち合わせに行きたいんです」

宿の一室を食堂として貸し切り、晩餐（ばんさん）の用意を整えさせていたコーデリアは、人々がくつろげるように用意されたサロンで口々に慰めの言葉を貰（もら）い、己の心を癒（いや）そうとしていた。レイエン風に障子に板の間の部屋だが、ソファとローテーブル、暖炉と本棚が置かれ自国と他国の文化が混ざって不思議な空間になっていた。

（まさかあんな展開になるなんて……）

人々が違う話をし始めたところで、コーデリアはふっと視線を天井に向けた。むき出しの重そうな梁が交差するように組まれたそこを睨みつけながら、彼女は苛立たしげに拳を握り締める。

盗まれた宝石をグレイスの部屋から見つかるように、荷物の検査を申し出るのは自分のはずだった。それがあれよあれよとオカシナ展開になった。結果的に宝石の件は回避できそうだが、売り言葉に買い言葉で決闘をする羽目になっている。

(でもこれで勝てれば……)

「プリンセス」

一体あの破天荒な公爵夫人が何を言い出すのだろうかと、一人考え込んでいたコーデリアは隣に座った存在に顔を上げた。

冷ややかなオレンジ色の瞳と、ランプの光に煌めく栗色の髪。

「いや、コーデリア」

その口調は、今までずっと近衛騎士として姫を護る任についていた彼のものとは違い、幼い頃、この地で出会った幼馴染みと同じだった。

「な……なんですの?」

迫力のある怖い顔を前に思わずソファの上で仰け反る。反射的に逃げようとするコーデリアの手首を、ベネディクトがはしっと掴んだ。

「俺にはわかるぞ、コーデリア。君はどうにか自分の思い通りにことを運ぼうとして、ドツボにはまっている」

「そ、そんなこと」

「あるね。君は昔からそうだ。自分を大きく見せようとして失敗する」

まるで小さな子供にでも言うような台詞に、コーデリアはカチンときた。

「随分と失礼な物言いですわね、ベネディクト・スタッズ。わたくしが誰かお忘れですか？」

思わずすごんでそう告げると、ずいっと顔を寄せたベネディクトがコーデリアの紫の瞳を真っ直ぐに覗き込んだ。

「わかってますよ、王女殿下。だがさすがに今回の我儘は見過ごせない」

うっとコーデリアが言葉に詰まる。構わず、ベネディクトが恐ろしいほど静かに続けた。

「君は、自分の我儘から一人の人間の人生を狂わせかねない真似をしている」

「そんなこと」

「あるね。レディ・グレイスがいい意味で普通のご婦人ではなく、また夫のオーデル公爵も寛容だったからあの場はあれで終わらせることができたが、公爵夫妻を捕まえて、証拠も何もないのに泥棒呼ばわりするなんてとんでもない」

きっと怖い顔で睨まれて、コーデリアは思わず唇をへの字に結んだ。それからふいっとそっぽを向く。

「そうはなりませんでしたわ。それに実際に」

「実際に、あのブローチがレイドリートクリスタルで、確かに公爵大人に盗まれたんだと、そう言うんですか？」

（うるさいわね……）

もちろん違う。違うが、それを知っているのはコーデリアとミレーネだけだ。

ここで嘘を吐きとおすか。それとも真実を話すか。

「まあ、百歩譲って公爵夫人がブローチを盗んだとしても、オーデル公爵が彼女を見捨てたり離縁を切り出したりはしないでしょうけどね」

その一言に、コーデリアの心がかちんと凍り付く。

「……それは……どういう意味ですの、ベネディクト」

「そのままの意味ですよ、コーデリア。二人の仲を裂くものなんか何もない」

だから諦めろと。そう言外に言われて、コーデリアは目の前が真っ赤になるような気がした。

真っ黒ではない。真っ赤だ。

諦める？

まさかそんな……そんなこと…………できるわけがない。

ぐっと奥歯を噛み締め、コーデリアは毅然と顎を上げた。膝の上に揃えておいた掌をきつく握り締める。

「……馬鹿を言わないでください、ベネディクト」

押し殺したような声が、噛み締めた奥歯の間から漏れ聞こえてくる。

「わたくしが……アンセル様を……諦めるですって？」

ランプの光のせいか、赤く煌めく眼差しを近衛騎士に向けて、振り絞るようにコーデリアが続ける。

「そんなことできるわけがないでしょう？」

「コーデリア」

「わたくしは……わたくしは……」

「コーデリア。これ以上は君の評判に響く」

「そんなことありませんわ」

　声を荒らげて立ち上がり、別の話題で談笑していた取り巻き達が、さっと姫君を振り返る。だが彼らを一瞥（いちべつ）することなく、コーデリアは真っ直ぐにベネディクトを見下ろしていた。

「わたくしが望むことはなんでも！　叶えられてしかるべきなのですわ！　それが！　わたくしがこの血筋に生まれた理由なのですから！」

「ではその血筋が本当に貴女の助けになるのか、白黒はっきりさせましょう」

　不意に響いた声に、コーデリアがはっとして振り返る。

　入り口に、今度はきちんとドレスを着たグレイスが立っていた。

「公爵夫人（ユアグレイス）……」

「決闘についてお話ししたいのですが、ロード・ベネディクト、よろしいですか？」

「……俺ですか？」

「はい」

　つかつかとサロンの中に進み出て、身体の前できちんと手を組み合わせたグレイスが近衛騎士隊長を見上げる。

「立会人として、お願いしたいのです」

「……わかりました」

　だが自分が公爵夫人と一対一で話すとなると問題が……。そう思って周囲を見渡せば、案の定不機嫌面の公爵がサロンの戸口に仁王立ちしている。

「――彼の見える所で、ということですか？」

思わずそう告げると、肩を落としたグレイスがふうっと溜息を零した。

「ええ。ですので、あちらの縁側でお話ししましょう」

サロンの奥には紙と色ガラスを張った障子があり、開けると灯篭の灯りが美しい庭と縁側が現れる。

すたすたとそちらに向かうグレイスと、渋面で彼女を見送るアンセルを見比べる。それから唇を噛んでこちらを睨むプリンセスも。

「……彼女は本気で、貴女と競うつもりですよ」

すとん、と縁側に腰を下ろすグレイスに、ベネディクトがそっと告げる。苦笑交じりのそれに、グレイスは「そうですね」と頷いた。

「でもそれは、私が不甲斐なく、アンセル様の妻として姫が納得できないからだと、そう思っております」

そんなことはない、と口を開くベネディクトに、グレイスはびしっと人差し指を突き付ける。

「言わなくても大丈夫です。誰がなんと言おうと、姫はそう思ってるはずですから」

それからグレイスはちらと後方を見た。めげないプリンセスが、いそいそと一人になったアンセルの元に歩み寄っている。物凄い塩対応をされているのに、全くめげないプリンセスを、半ば尊敬するような眼差しで見つめながら、グレイスは決意を固めた。

「なので、完膚なきまでに……彼女の希望をへし折ります」

「――それはまた物騒なお言葉で」

呆気にとられるベネディクトに、グレイスは「こんなことを頼むのは酷だとは思うのですが」と非常に言いにくそうに切り出した。

「私とコーデリア姫の決闘に……是非力を貸してください」

「それは……具体的にはどういう？」

目を瞬（しばたた）くベネディクトに、グレイスはきらりと瞳を輝かせてきっぱりと告げた。

「プリンセス拉致にご協力ください」

10　決戦

グレイスの考えた決闘方法は森林おもてなし対決だった。

自分とプリンセスとを比べた時、社交術では絶対に負ける。ダンスやピアノ、絵画、刺繍（ししゅう）、どれをとってもプリンセスに勝てる気がしない。

ではそれ以外ではどうだろうか。

お菓子作りとか、お料理とか、お裁縫とか……。なるほど、そう言ったものではグレイスにも勝てるチャンスがある。

それらを総合した結果。

「よしよし、準備万端ね」

現在グレイスは、ブラックトン公爵領にある、外輪山にほど近い森の中にいた。温泉街から馬車で一時間ほどの所で、一応、公爵家の敷地内である。

丸木を組んでできた狩猟小屋が森林おもてなしの舞台で、森での生活知識の多いグレイス的には易しい方だとそう思った。

秋は狩猟シーズンなので、猟場管理人が在中している。そのため、小屋には必要な物はほとんど揃（そろ）っているし、きちんと手入れと掃除もされている。薪（まき）もたっぷり詰まれているし、文句なしだ。

ただ、プリンセスが暮らしてきた環境と比べると——まあ、確かに質素な方だろう。

念願のレイエン風の宿に愛してる人と一緒に泊まる、というロマンチックな一夜を迎えたグレイスだったが、甘い雰囲気の何かが起きるのかと思ったら、ベッドに入るなり爆睡してしまった。

だがそれも無理もない話だ。

何せ昨日は早朝に求められ、次いで湖に落下。温泉地まで移動した挙句、決闘騒動だったのだ。思ったよりも疲弊していたらしい。心地よい、ふかふかの敷布に寝っ転がった途端、記憶を失くした。

アンセルがどう思ったかはわからないが、多分彼自身も疲れていたのだとそう思う。

こうして朝、日の光が差し込むのと同時にしゅばっと起き上がったグレイスは、眠そうなアンセルに「お散歩してきます」と笑顔で告げて外に出ると、ベネディクトに頼んで用意してもらった馬車に乗り、こうして公爵領の狩猟小屋へとやってきたのである。

ここを対決の場に借りてはどうかと申し出てくれたのはベネディクトである。

グレイス的には森に二人で置き去りにされて、そこから自力で下山しゴールの温泉街にたどり着いた方を勝ちというサバイバル方式にしようと考えていたのだが、それだとハードルが高すぎると言われてしまった。

なのでここにやってくるアンセル様を、森林サバイバル技術を使っておもてなししよう、という方向で落ち着いたのだ。置き手紙をしてきたので、それに気付いたアンセルがこの地にやってくるまでに、おもてなしの準備を終える、というのが主な対決方法だ。

早くもぐるっと周囲を歩き回り、近くに川が流れていることを発見したグレイスは、どこかに魚を取るための道具があるはずだと小屋の中を探索した。そうして納戸を開けて首を突っ込んでいる時に、馬のいななきと蹄の音を聞いて顔を上げた。

「もう来たのかしら」

どうやって姫を攫ってくるのか。グレイス様がお待ちです、とか言って馬車に乗せてくるのだと思ったが、車輪の音はなく、いななきだけなので馬で乗り付けたのだろうと悟った。

速度を重視したのかな、と小屋の前で仁王立ちして相手を待とうと決めていたグレイスは大急ぎで外に出た。そして秒で後悔した。

「グレイスッ！」

馬から飛び降りたのは、目も当てられない格好をした夫だった。

「…………アンセル様」

「君という人は……一体何を考えているんだ！」

息を切らし、大股で歩いてくる夫は、寝起きから全く身支度をしていないようで、どうにか着たシャツをズボンに押し込んでベルトを締めているという有様だ。髪は乱れまくり、前髪が目にかかっている。無精ひげはそのまま、ぜーぜーと肩で息をする様子からグレイスは目を離せなくなった。

ここまで乱れている姿は、昨日湖に落ちた時以来だ。

そんなことを考えてぽかんと見上げるグレイスに、つかつかと近づいたアンセルが、ぐいっと妻の腕を掴んだ。

「アンセル様……」

「見つけろというから見つけたぞ」

グレイスを掴んでいない方の手を持ち上げ、そこに握られたグレイスの置き手紙を振る。それに、グレイスは思わず舌打ちをしそうになった。明らかに「失敗」という顔をするグレイスにアンセルが眉を吊り上げる。

「グ～レ～イ～ス～ッ」

「アンセル様のポテンシャルが高すぎです！　どうしてこんなに早く私の居場所がわかったんですか？」

思わず唇を尖らせてそう尋ねると、夫は同然だとでも言いたげな様子でグレイスを覗き込んだ。

「君がいつまでたっても戻ってこない、テーブルの上には『プリンセスと決闘してきますので、アンセル様は場所を特定して来てくださいね』なんて書かれた手紙がある。君はベネディクトと決闘の打ち合わせをするというから、きっと奴が誰かに何かを頼んでいるはずだと当たりをつけた」

案の定、ベネディクトがブラックトン公爵家に使いを出しているのがわかった。

「あとは簡単だ。伝言を頼まれた従僕を特定し、狩猟小屋を借りたことを突き止めた」

「――それを……たった一時間で？」

「そうだ！」

この夫のポテンシャルは相当なものだと遅まきながらグレイスは気付いた。これくらいの雲隠れでは夫を誤魔化せない。間に誰かを挟んだのがいけなかった。これからお忍びで出かける際は忠実な侍女のミリィに協力を仰ごう……と、そんな物騒なことを考えていると、伸びてきた腕にぎゅうっと抱き締められた。

「なんだってこんな所で決闘をするんだ。ここには冬眠の準備を始めている熊や狼が山ほどいるんだぞ⁉」

馬を飛ばしながら、心配で気が気じゃなかったらしいアンセルに、グレイスがぽんぽんと夫の背中を叩いた。

「大丈夫ですよ。こう見えても私は森での経験が豊富なんですから」

「君は湖に落ちただろう⁉」

「なんでそれが出てくるんですか！」

「君は湖に落ちたし、テーブルが転倒したし、オカシナ宝石商には泥棒扱いされるし、イカレタ野郎に誘拐されかかるし……君は出会ってからトラブルに見舞われてばかりじゃないか！」

ぐうの音も出ない。

「目を離した隙に君が狼と遭遇する確率は、姉上が結婚する確率よりも高い！」

「それはお義姉(ねえ)様に失礼ですよ、アンセル様ッ！」

とにかく、アンセルのグレイス感知能力は尋常ではないことがわかった。それも、時を重ねることに色々学習してより高性能になっている。それは認める。

だが。

「決闘の決着ポイントはアンセル様が到着した時に、よりよいおもてなしの準備ができている方が勝ち、というルールだったんです！　なのに今到着しちゃったら意味がないじゃないですか！」

頬を膨らませて訴えるグレイスを腕から離し、アンセルが真剣な表情で妻を覗き込む。

「なら君の勝ちだ」

「アンセル様～」

「何故(なぜ)？　君はわたしが到着した時点でぴんぴんしてるし、目はキラキラ輝き頬はうっすらピンク色の健康そのもので」

唇は可愛(かわい)らしくベリー色。秋の風にちょっとひんやりした柔らかそうな頬。風に揺れる髪は綺麗(きれい)なミルクティ色で……。

　おもむろに掻き抱かれ、唐突に口付けが降ってくる。

　圧しかかられて背を反らせる。腰を抱く手に力がこもり、グレイスは全てを奪っていくキスにくらくらした。

「……帰ろう、グレイス。昨日はお互い疲れきっていて何もできなかったが、戻って宿で甘い一時を過ごそう」

　オレンジ色の灯火の下、仲睦まじく寄り添って互いの熱に溺れるのはとても……魅力的だしロマンチックだとそう思う。だが。

「ダメです」

「グレイス～」

　情けない声が耳元でするが、グレイスは首を振った。

　これだけは譲れない。

「私はきちんと、決着をつけたいんです。私自身がどういう人間なのか……本当の私を知ってもらわなくちゃ」

　何もプリンセス相手にそこまで頑なにならなくてもいいと、アンセルはそう思うのだが。

「──だって、コーデリア姫は本気だから」

「……え？」

　不意に遠くからガラガラと車輪の回る音がして、グレイスははっとして振り返った。猟場の入り口へと続く道を、一台の馬車が向かってくる。

「恐らくコーデリア姫だわ！　アンセル様は取り敢えず小屋の中に入って！」

「待て、グレイス。わたしがしっかり話を」

「ダメなんです！」

声を荒らげるアンセルの唇に両手を押し付け、グレイスはその、綺麗な灰色の瞳にしっかりと夫を映した。冬の空のような凛とした空気を含んだ彼女の眼差しに、アンセルが息を呑む。

「彼女は本気でアンセル様に恋をしてます。でも、アンセル様の恋人の座には一人しか座れません。どんなに望んでも……それは変わらない」

「……グレイス」

「諦めるしかないんです。諦めてもらうしか」

世の中にはどうにもならないことがある。どんなに切望しても、どんなにその未来を願っても。どうにもならないことがある。

「だったら、砕け散るまでとことん、付き合うのが私の役目です」

それを阻んでいる存在がいるとして、グレイスなら全力でぶつかるとそう思ったのだ。やらないで諦めるのはきっと禍根を残す。でも、やってからなら多少は納得できるはずだ。

「小屋の二階に隠れててください」

有無を言わさぬ静かな口調。それに、アンセルは三秒ほど考えた後、こっくりと頷いた。

「わかった。だが君が狼に食われそうになったら出ていくからな」

「いえ、ですからそういう状況には絶対にならない」

「君に関して、絶対はない！」

くわっと目を見開いて言われ、グレイスはきゅっと唇を閉じた。

「……了解しましたぁ」

こうしてアンセルが小屋の中に引っ込み、馬を隠さなくちゃとあわあわしているところに、ベネディクトが御者を務める馬車が到着した。

彼は外に立っている公爵夫人と、彼女が馬の手綱を握り締め、こちらを情けない顔で見上げているのを見て状況を察した。

思わずグレイスは、「言わないで！」と片手を振ってみせる。必死な公爵夫人の様子に、ベネディクトは無言で馬車を止め、御者台から降りると背筋を正すグレイスの元に近寄った。

「馬は俺がなんとかします。公爵夫人はドアを開けて、姫を降ろしてください」

「……プリンセスは貴方（あなた）が御者だと知ってるの？」

そっと尋ねると、ベネディクトはにやりと笑った。

「背後から布をかぶせて連れてきたので、多分知らないと思いますよ」

恐ろしい場面に遭遇した。

ロード・ベネディクトがプリンセスを拉致する場面だ。

何故彼がそんな真似（まね）を、と一瞬で混乱する。

だが、と必死に理由を考えて、ある可能性に気付いた。彼女の拉致に何か理由があるのだとしたら？

王家の恥を晒しかねない姫を、我慢できずに排除しようと考えたのだとしたら？

そう考えた時、不意に脳裏に何かが閃いた。

（……もしかしたら私の願いが届いたのかもしれない）

レイドリートクリスタルを切望する自分の、その強すぎる願いを彼の宝石が汲み取ってくれたのだとしたらどうだろう。

ベネディクトが自らコーデリアを排除するとは思えない。何か、彼を突き動かしている意志のようなものがあるに違いない。

レイドリートクリスタルは奇跡の宝石だ。より強い願いに呼応すると仮定したらどうだろう。

公爵夫人が湖に落ちたのも、もしかしたら私の願いを聞き入れたからかもしれない……そう思うと、どきどきと、心臓が早鐘のようになり始めた。

今あれはどこにあるのか。白いただの石になってしまったが、元に戻せるとプリンセスは言っていた。元に戻り、私の願いを拾い上げて、ロード・ベネディクトが姫を排除しようとしているのだとしたら？

（もし本物を手に入れて……直接願掛けをしたら……）

彼が振り向いてくれるかもしれない。私に微笑みかけてプロポーズしてくれるかもしれない。

心臓が痛いくらいに強く、大きく大きく高鳴りだす。

こうしてはいられない、と布をかぶせて姫を担ぎ上げて歩き出すベネディクトをこっそり追いかけ、やがて馬車に乗り込むのを見て息を呑んだ。

乗馬の経験はある。だが厩に取って返して、馬を調達するのは暇がかかるだろう。ならばと、彼らが走り去る方向を確認してから、宿の人間に話を聞くことにする。

「すみませんが」

大急ぎで宿に戻り、受付にいる人間に声をかける。

「今の馬車はどこの誰が手配したものでしょうか」

がちゃり、と音がして馬車の扉が開くのがわかった。

頭から袋をかぶせられ、馬車の中に放り込まれたコーデリアは、ここまでの一時間で怒り心頭に発していた。

（ベネディクトッ……）

グレイスが決めた決闘の条件を伝えに来たと彼は言った。一体何で対決するのか。歌だろうがダンスだろうが絵画だろうが、どれで挑んできても勝つ自信はある。そう胸を張ったコーデリアに、あの男はあろうことか布をかぶせて縛り上げ、馬車に放り込んだのだ。

（ただでは起きませんわ）

馬車の座席は広く、揺れても落ちることはなかったが、同じ体勢でいたために腕が痺れて痛い。こんな乱暴な真似をするなんて、絶対にお父様に訴えてクビにしなくてはと半ば本気で考えていたコーデリアは、扉が開いた後、馬車が微かに軋んで誰かが乗り込んできてもまだ、無言を貫いていた。

今ここで喚いても仕方ない。この拘束が取られた瞬間に喚き散らすに限る。身体を結んでいた紐が解け、緩くかぶせられていた布が取り払われる。

その瞬間、目に飛び込んできた相手に、コーデリアは怒鳴った。

「こんな真似をしてただで済むと思ってませんわよね!?」

明るい光が目を射り、眩しい。それでも喚いた後、馴染んだ視界にとらえた相手を見て、コーデリアはあんぐりと口を開けた。

「……ええそうね。私に喧嘩を売ったことを後悔してくださいな」

「こ……公爵夫人」

これだけ元気なら一人で降りられるわね、と零したグレイスがよいしょ、と馬車から降りる。その様子を唖然として見つめていたコーデリアは、慌てて身体を起こした。

唐突に血流が良くなり目が回る。咄嗟に視界を遮断して、ぐるぐる回るのが収まるのを待ってから、コーデリアはゆっくり立ち上がった。自分にかぶせてあったのはふわふわの毛布で、それが更にベネディクトへの苛立ちを募らせる。

足元がふらつくが、痺れは動けば解消される。むかっ腹を立てながら、コーデリアは馬車から飛び降りた。

ざわっと木々を揺らす風の音がし、森の香りが全身を包み込む。ぐるりと辺りを見渡して、コーデリアは眉間に皺を寄せた。

「……こんな山奥で一体何をするつもりですの？」

不審そうな顔でそう尋ねると、ツタの絡んだ丸太小屋の前で、公爵夫人が胸を張った。

「プリンセス・コーデリアにはアンセル様が私達を迎えに来るまでの間、この小屋で過ごしてもらいます」

「…………は？」

この小屋で過ごす、とはどういう意味だ。

眉間に作られた山脈を、更に更に高くするコーデリアに、公爵夫人がびしいっと人差し指を突きつけた。

「私が姫に申し込む決闘の内容は、森でのサバイバルおもてなし対決ですわ！」


「サバイバルだかおもてなしだか知りませんが、わたくしは何もしませんわよ」

こんなのは全くの茶番だと、コーデリアははなから取り合う気もなかった。なので、丸太小屋の中にあるであろう、ソファに座ってお茶でも飲みながらアンセル様が来るのを優雅に待つつもりだった。

胸を張り、小屋のドアを開ける姫に、しかしグレイスは澄ました顔で告げた。

「それなら別に構わないわよ。私は私で時間を過ごすし、アンセル様がいらしたらちゃんとおもてなしをしますから」

「おもてなし？」

振り返って尋ねるコーデリアに、「ええ」とグレイスはあっさり答える。

「さすがに狩猟シーズンとはいえ、雉（きじ）や鴨（かも）を獲ったりは難しいので、魚を捕まえてスープとパイ包みでも作ります」

「……スープにパイ……？」

コーデリアが呆れたように告げる。だが、グレイスは至極真面目に頷いてみせた。

「そうよ。裏に川があるもの。早速魚釣りに行ってきますね。あ、お茶でも飲んで優雅に過ごしたいというのなら、そこの鉄製のストーブでお湯を沸かして勝手にくつろいでくださいね」

「え!?」

言われてから初めて、コーデリアは室内を見渡した。硬そうな木の椅子が二脚と四角い重そうなテーブルが一台。煮炊き用のストーブと暖炉、棚の付いたタイル張りのシンクしか部屋の中にはない。くつろげるソファや本棚、観賞用の絵画などそういったものは一切、置いていなかった。

「ここでくつろげって言うんですの!?」

「ええそうね、頑張って」

本当は二階へと上がる梯子があり、ベッドルームへと繋がっているのだが、それは外してある。何故なら二階にはアンセルが潜んでいるからだ。

こんな場所でどうやってくつろぐのかと、本気で眼を丸くしているコーデリアを他所に、グレイスはちらりと天井を見上げた。入り口の跳ね上げ戸が少し開いている。恐らくそこからアンセルが様子をうかがっているのだろう。

（もしくはベネディクトさんと一緒に）

馬車はそのままあるし、馬もそのまま繋いである。ということは、コーデリアと対面するためにグレイスが馬車に乗り込んだ際に、彼も小屋に向かったということだ。

（バレると物凄い茶番感が溢れるけど……）

致し方ない。

あれだけの情報であっさりこの場所を特定するアンセルが悪いのだ。

「とにかく、私は魚を釣ってきますので、悪しからず」

奥の納戸を開ければ、様々な道具が仕舞われている。中から釣竿とバケツを取り出したグレイスは、クッションもない……膝掛けもない……と呟くコーデリアに肩を竦めた。

「ここに帆布なら入ってるけど、クッションに仕立てるならお好きにどうぞ」

「仕立てるですって⁉」

思わず振り返って声を荒らげる。その彼女は自分が見たものにぎょっとした。ボンネットをかぶり、若草色のデイドレスを着たグレイスが、釣竿を肩に担いでいるのだ。

思わず絶句するコーデリアとは対照的に、グレイスは非常に楽しそうに「さ、かな、釣り、さ、かな、釣り」と鼻歌を歌っている。

「じゃ、解散！」

片手を上げてそう告げると、「お、お待ちなさい！」とコーデリアが声を上げた。

「わ……わたくしも魚釣りにまいりますわ！」


「火を熾すのを諦めたのか……」

「潔さがプリンセスの取り柄ですから」

グレイスが読んだ通り、跳ね上げ戸を少し開けて下を覗き込んでいたアンセルとベネディクトは、無事に二人が部屋から出て行った後、大急ぎで二階から降りた。

「君は帰っていいぞ、ロード・ベネディクト。あとはわたしがもてなされればいいだけだ」

丸太小屋の二階には窓があり、そこから梯子をかけて降りれば、彼女達の様子を中から探りながらも、訪ねてきた風を装える。降りるのに使った梯子を持って外に回り、見えない位置に隠しながらそう告げるも、ベネディクトは首を振った。

「プリンセスの警護が俺の役目ですからね。謹んで、二人の決闘を見守らせていただきます」

きっぱり告げられてアンセルは舌打ちする。だがベネディクトはどこ吹く風だ。

「他の連中はどうした？　プリンセスが消えて大騒ぎしてるんじゃないのか？」

彼女達が消えた川とやらに向かって、慎重に森の中を進みながら聞けば、ベネディクトは「連中にはちゃんと説明してきましたから」とあっさり答える。

「説明？」

「ええ。プリンセスは公爵夫人との対決のために宿を出られましたと」

「……それで連中は納得したのか？」

「納得しようがしまいが関係ありませんね。彼らについてこられては面倒事が増えるだけです」

公爵家でお待ちくださいと伝えましたよ。

前を向いたままそう告げる男に、アンセルは彼が将軍のごとく命令をし、一切貴族連中の話を聞かなかったのだなと当たりを付けた。護衛隊を結成した時もそうだが、やはり集団を統率する術をこの男は持っている。

卿の身分であり、そしてプリンセスと幼馴染みだというこの男は、一体どこで騎士としての道を選んだのだろうか。

「近衛騎士になるには、普通の騎士団の中でも選抜されたメンバーが選ばれると聞くが、君は何故その道を選んだ？」

クロック伯爵家で兄を支えて生きていくという道もあったはずだ。

公爵からのその問いに、微かにベネディクトの身が強張る。答えるかどうしようか、迷うような時間が流れ、もう答えないのだろうなと思った時に、不意に彼は口を開いた。

「プリンセス・コーデリアがいたからですよ。彼女は寄宿学校を卒業したのち、王城に戻られる。その時に、傍にいる必要があると感じたからです」

「え？」

その言葉に、アンセルが驚いて目を見張る。

それってつまり……？

「幼少の頃の彼女はお転婆で聞かなくて、この森の中を自由に駆け回る野生児でした」

「……え？」

「すぐに脱走をするので、部屋に閉じ込められることもしょっちゅうで。学院の塀に鉄条網をつけることでなんとか彼女の脱走を食い止めました」

「――鉄条網？」

「ええ。でも大きくなると知恵が回るようになり、今度は下に脱走用の穴を掘り始めました」

ある日突然、学院の傍にあったベネディクトの実家屋敷に彼女が現れ、泥まみれで胸を張って脱出を宣言した際、彼の心は決まったのだという。

「脱走する彼女を捕まえるのが俺の仕事でした。しかも無傷であることが条件です」

脱走し「ベネディクト！　あそびましょ！」と言われて仕方なく幼い彼女と遊んでから学院に返す。そんな日々が延々と続くのだと思っていた。だが。

「彼女が十三歳くらいの時にそれは唐突に終わりました」

言葉を切り、ベネディクトがゆっくりとアンセルを見上げる。

「貴方に恋をしたんですよ」

その台詞は、ただ受け流すには重く、だが受け止めるわけにはいかない言葉になった。

歩く二人の間を沈黙が埋めていく。

風が揺らす木々の葉擦れの音。近づく川のせせらぎ。二人が歩く、小枝を踏み締める音。そして甲高い悲鳴…………………悲鳴？

「きゃあああああああ」

「!?」

物思いに沈んでいた二人の思考を切り裂いて再び響いたその声に、反射的に走り出す。

あれはグレイスだろうか、とアンセルは焦りの中で考えた。グレイスがまた、コーデリアに川に突き落とされたのだろうか。ああもしそうだとしたら、今の話で感じた余韻全部吹っ飛ばして、コーデリアを非難しそうだ。

ようやく滑りやすい斜面をどうにか辿り、二人がいると思しき場所の頭上付近に出た際に、はしゃいで飛び跳ねるグレイスが目に飛び込んできた。

「また釣れたわ！　今日は大漁ね」

いやっふー、と踊るグレイスに、ぎりぃと歯噛(はが)みするコーデリア。悔しそうな顔がよく見えて、アンセルは慌ててその場にしゃがみ込んだ。

「いちいち声を上げないでくださいます!?　そのように大騒ぎをされてはわたくしの魚が逃げてしまいますわ！」

「あら、それはごめんなさい。プリンセスは……」

言いながら彼女の持っているバケツの中を覗き込み、うふふ、と笑い声を漏らしてしまう。

「まだ釣れてませんのね」

「こんな所では釣れるものも釣れませんわ！　場所を移動します！」

「あまり遠くに行かないでくださいね～。貴女(あなた)をお護(まも)りする護衛は誰一人いないんですから」

「自分の身くらい自分で護れますわ！」

むきーと地団駄を踏む勢いで言い返し、コーデリアが大股で上流へと歩いていく。その後ろ姿に微かに目を見張ったベネディクトがそっと後を追うように動き出した。

「ロード・ベネディクト」

その後ろ姿に思わず声をかける。

「……なんですか？」

「君は……その……コーデリアを愛してるのか？」

自分もグレイスの癖が移ってしまったかなと、そう心の中で思いながらも、ド直球で聞いてみる。

それに、振り返ったベネディクトは真顔で切り返した。

「どちらかというと妹的な感じですね」

——これまた予想外なコメントで。

「彼女とは腐れ縁です。多少、おしとやかになって戻ってきましたが、御覧の通りですよ。彼女のぼろが出ないようにフォローするのが俺の務めです」

「……それは愛とか恋ではない？」

「……俺が好ましいと感じた女性は公爵夫人です」

にやりと笑って告げられ、アンセルは凄みのある笑顔を見せた。

「今ここで死にたいようだな」

一礼し、悠々と去っていくベネディクトの背中を見つめ、アンセルは呻く。もっと厄介ではないか。

切り替えるように頭を振り、アンセルはグレイスに視線をやった。切り立った崖の間を流れる川を前に、突出した岩に座った彼女がのんびりと釣り糸を垂れている。

若草色のドレスに、編み上げブーツ、更にはボンネットをかぶった彼女の表情は見えない。だが楽しそうに足をぶらぶらさせている様子から、きっと幸せそうな顔をしているのだろうなとそう思った。

(飾らない……変わらない……ありのままの彼女)

思ったことがすぐ口に出て、猪突猛進で。自分でなんとかしてきた過去が、彼女の今を作っている。それを否定する気もないし、変わってほしいとも思わない。

(違うな……)

彼女は野生児ではないのだ。そうやって普通の公爵夫人とは違う部分を持ちながらも、ちゃんと社交界に馴染もうとする。精一杯頑張る。マズかったことには反省するし、至らぬ部分は変えようと努力する。だから好ましいのだ。

何にも染まらない強さがあるから、何にでもなれる。

自分にはないものだ。

だから魅かれる。

(公爵として社交界の手本となるように生きなければと、そう思っていた)

でも、彼女の破天荒さを愛しいと思える心の余裕が、まだ、自分にはあった。それが誇らしい。

「グレイス」

のんびり足をぶらぶらさせる妻に、アンセルは背後から声をかけた。

ぱっと振り返り、ボンネットの下で眼を丸くする彼女に一足飛びで近づく。

「アンセル様!?　だ、駄目ですよ、出てきたら！　アンセル様をおもてなしするのが我々の決闘の中核」

「グレイス」

身体を引き寄せてぎゅうっと抱き締める。彼女はいつでも日向の香りがする。子供の頃に感じた、明るい夏の日差しの香りだ。

「君はそのままでいてくれ」

「ええ？　……でもちょっとこのままというのもなんか私的に問題があるような気がするんですよね」

「その時は、わたしがフォローするから」

「それでもいいんでしょうけど、一人になった時にちゃんとこう……公爵夫人として振る舞えるようにスキルアップを……って、アンセル様邪魔です！」

「邪魔!?」

ぐいっと彼の腕を振り払い、グレイスが立ち上がる。

「引いてます!」

うっひょー、また釣れた! グレイスさん天才!

自作の魚釣りの歌を歌いながら、糸を手繰り寄せるグレイスに、アンセルは思わず笑ってしまう。

「君はそんなにたくさん釣ってどうする気だ? ディナーに呼ばれているのはわたしだけなのだろう?」

それに、グレイスは胸を張った。

「そうですね。じゃあ、今日はこれくらいにしておきます」

釣れたのはアユが三匹に、ヤマメが二匹というところか。

貴族のご夫人とは思えない手さばきで魚を針から外して、バケツに入れる。

「もういいのかな?」

邪魔と言われて大人しく待っていたアンセルが、確認と同時に彼女を後ろから抱き締める。今日の夫は随分甘えただなと思いながらも、彼女はそっと寄りかかった。

なんでもない時間が流れていく。

「……アンセル様」

ぼうっと木々の切れ目から覗く、青い初秋の空を見上げていたグレイスがふと口を開いた。

「……こんな私を愛してくれてありがとうございます」

そっと身を離して振り返り、ぺこりと頭を下げる。その姿に、驚くと同時に可愛いなぁと目を細めたアンセルも、前に進み出ると膝を突いて恭しく彼女の手を取った。

「こちらこそ、わたしの傍にいてくれてありがとう」

見上げるサファイアブルーの瞳と、見下ろす透明な灰色の瞳が交じり合う。そっと手を伸ばしたアンセルに、しゃがんだグレイスが身を寄せて、どちらからともなくキスをする。

「まだ決闘を続けるのか？　わたしとしてはこのまま宿に戻りたいんだが」

柔らかな彼女の唇に軽く噛みつきながら囁(ささや)くと、冷たい指先をアンセルの耳元に伸ばしたグレイスが掠(かす)れた声で答える。

「釣った魚は食べないと」

命は無駄にできません。

きっぱりと告げられ、甘い雰囲気の中の甘くない台詞に、アンセルはとうとう笑い出してしまうのだった。

「上流の方には幻の魚のイワナがいるかもしれませんね」

「昔釣ったことがあるわ」

「そうでした」

一人勇ましく上流を目指して河原を歩いていたプリンセスは、唐突に横から現れたベネディクトに特に驚きもしなかった。彼はいつでも、陰に日向に自分に付き従っている。

「今日の貴女は殺気立ってますからね。そんなんじゃ釣れるものも釣れませんよ」

「無心になれと言いますの⁉」

川がカーブしている所の、より深い位置を見つけて立ち止まり、釣り糸を投げ込みながら、コーデリアは渋面でベネディクトを見上げた。

「そう教えましたよね」

だいぶ昔ですが。

腕を組んでそう告げる幼馴染みを振り返り、コーデリアは口をへの字に結んだ。

「愚かで……子供だった頃の話ですわね」

「子供でしたが愚かではなかったですよ」

澄まして告げるベネディクトの、その含みのある言葉にコーデリアが苛立つ。

「どういう意味ですの？」

「今の方がよっぽど愚かだと申し上げているのです」

グレイスを蹴落とそうとして行った、数々の嫌がらせ。それを指摘されているとわかり、更に彼女は苛立った。

「愚かではありませんわ。当然の報いです」

「そうかもしれないですね。お陰でお二人の絆(きずな)は強固なものになっていますし」

「何が言いたいんですの、ベネディクト！　そもそもわたくしをあんなに乱暴に馬車に放り込んだりしなくても、ここまで来るくらいの心づもりはありましたわ」

くるっと振り返ってそう告げる姫に、彼は肩を竦めた。

「それはとんだご無礼を。ですが、お願いしてお連れするとしたら、貴女はまた、余計な策を練りそうでしたので」

「当然ですわ」

胸を張って告げ、それから彼女は再び川に向き合った。

「どのような出来事にも策と、根回しは必要ですわ」

「今回は通用してませんけどね」

「しつこいですわよ、ベネディクト！　あなたは誰の味方ですの!?」

声を荒らげたせいで、釣り針に寄ってきていた魚がついっと逃げていく。見つめていた水面から魚影が消えたことにもコーデリアは苛立つ。

全てがうまく行かない。

自分はアンセルと結婚することだけを考えて学院での生活を続けてきた。おしとやかに気品と知性に満ち溢れた大人の女性になるべく、精進してきた。子供の自分を捨てて、年齢を理由に選ばれないことなどないように努力してきた。

それなのに、何故。

「なんとしても幻のイワナを釣って、あの女の鼻をあかしてみせますわ。ベネディクト！　貴方、子供の頃は釣りが得意だったでしょう!?　極意を教えなさい！」

声を張り上げるコーデリアに、数度目を瞬（しばた）いた後、ベネディクトは吹き出しそうになるのを堪（こら）えた。

なんだかんだ言っても結局、この姫君はルールに従うのだ。

「俺に釣れとは言わないんですね」

前に進み出て、彼女が握る釣竿にそっと手を乗せれば、コーデリアが「馬鹿にしないで」と煮えたぎる紫色の瞳を見せてきた。

「そこまでわたくしは落ちぶれてはいませんわ」

あの女が四匹も釣って、わたくしが釣れないなんてことはありませんわ。

背筋を正し、コーデリアが朗々と告げる。

「絶対にあの女を倒してみせますわ」

綺麗な柳眉に皺を寄せてそう告げる姫君に、ベネディクトは思わず笑ってしまう。

「では五匹は釣らないといけませんね」

「当然ですわ」

絶対に負けない。なんとしてでも勝ってやる。こんなに長い間彼を思ってきたわたくしを出し抜いて、あっさり結婚するような女に負けるもんですか。

そう、気合を入れ直し、素直にベネディクトのアドバイスを聞いて真剣に魚釣りを再開したのだが。

「プリンセス・コーデリア！」

不意に山間に響き渡った名前を呼ぶ声に、コーデリアははっと顔を上げた。ちょうど一匹、魚が寄ってきたところなのに。

一体何事かと振り返れば、よろけるようにして山の斜面を降りてくる人物が目に飛び込んできた。

「……貴方が決闘の場所に来るのは、あの女から頼まれたからだと理解できますが、他の人間が来るとはどういうことですか？」

思わず半眼で隣に立つベネディクトに尋ねれば、彼は肩を竦めてみせた。

「それはやっぱり……彼女にも仕事があるからじゃないんですか？」

河原に降り立った人物がぜいぜいと肩で息をしている。ボンネットから乱れて溢れる髪を押し込み、どうにか体裁を整えようとするその人に、コーデリアは引きつった笑顔を見せた。

「ごきげんよう、ナンシー」

「探しましたよ……まったく！　ロード・ベネディクトと一緒だからといって、私に何も知らせないのはどういうことですか」

「それは悪かったわね」

釣竿を持ったままコーデリアは素直に謝る。それから怪訝そうに尋ねた。

「それで？　こんな場所まで何をしにいらしたのかしら？」

11　異変

意気揚々とバケツを持って先に小屋に戻ったグレイスは、あとはもうこの魚を調理するだけだからアンセルには薪置き場に隠れていてくれとお願いした。本人はもう決闘など意味がないから一緒にいると言い張ったが、体裁だけは取っておきたい。

（一応私が初めて仕切ったイベントだし）

地下にある食糧庫からバターと小麦粉、ミルクを拝借してきたグレイスは、魚のパイとスープにしようと決めた。

鼻歌交じりで包丁を取り出し、いそいそと捌いていく。貧乏伯爵家で学んだお料理術だ。

塩水に捌いた魚を漬けながら、今度はパイ生地を作っていく。ちょうど良く寒いので手間があまりかからないなぁ、と生地をボウルの中で混ぜ合わせていると扉が開いた。

「オーデル公爵夫人、御覧になって！　わたくしの釣果を！」

きらきらした笑顔と泥にまみれたブーツとドレスの裾のまま飛び込んできたのはコーデリアと。

「ナンシーさん……」

やや疲れた表情の彼女がおざなりに膝を折って会釈する。だがこちらは猟場管理人が使っていたと思しきエプロンをした、なんともへんてこな格好だ。礼を取られてもと苦笑いで会釈し、何気なく尋ねる。

「一体どうやってこちらに……？」

その台詞に、ナンシーはびくりと身体を震わせて、それからゆっくりとグレイスを見た。真っ黒な瞳にくっきりとグレイスが映る。

「プリンセスが心配で……聞き込みをしました」

なんとなく虚ろに見える眼差しに、やや警戒しつつグレイスは曖昧に頷いた。まあ、アンセルがあっという間にここにたどり着いたのだから、それなりに時間があれば追跡できるということか。

と、そんな風に考え込むグレイスを他所に、プリンセスがどやっと胸を張った。

「それよりどうです？　わたくしは貴女と違って幻の魚を釣ってまいりましたのよ！」

声高に笑ってみせるコーデリアがブリキのバケツを掲げる。歩み寄ってその中を覗き、綺麗な琥珀色の縞が入った魚にグレイスは目を見張った。たしかに、これは上流でしか釣れないイワナだ。

「随分上まで登ったんですね」

グレイスの感心したような言葉に、コーデリアの高かった鼻が更に高くなった気がする。

「これくらい、わたくしにとってはどうってことありませんわ」

「プリンセスも魚釣りのご経験が？」

「当然ですわ」

顎を上げ、自慢げな様子の彼女に「では」とグレイスは先を続けた。

「そちらをどう料理するのか楽しみですね」

にっこり笑って先制攻撃をかまし、グレイスがさっさとボウルの方に戻る。

「――……料理？」

「はい」

「――……わたくしが？」

「そうですね。アンセル様のおもてなしがメインですので」

「……」

ぴちぴち跳ねる魚を掴んでバケツに放り込むことはできた。子供の頃に取った杵柄だ。だが料理に関しては学院でも習っていない。ちらと隣に立つナンシーを見れば、彼女はぶんぶんと首を振った。

「仕方ありませんわね」

一人零し、コーデリアはそのままくるりと方向転換をして扉から外へと向かう。

「どうするおつもりですか？」

半分戸口を振り返ってグレイスが尋ねると、一瞬だけぎくりとコーデリアの肩が強張った。

「外で……炭火焼きにします」

（ベネディクトに助けを求める気ね）

外のどの辺りにベネディクトが控えているのかはわからない。同じく外で待機中のアンセルが見つかる可能性があるが、そこはうまくやるだろう。

（あまり厳しくしても意味がないですしね）

ベネディクトに助けを求めたことが、彼女のプライドに少なからず影響を与えると思うし。

うんうん、と一人頷きながら、ふとナンシーが居間に残って佇んでいるのに驚いた。

「あなたは行かなくていいのですか？」

思わずそう尋ねると、室内を見渡していた彼女がはっと我に返る。それから真っ黒な瞳でじいっとグレイスのことを見た。

「ええ……私にはやることがありますので」

「……やること？」

「はい……」

それからうろうろと小屋の中を歩き出し、あちこちひっくり返して何かをチェックし始める。

（コーデリアから何か言われてるのかしら）

例えば室内をもっと居心地よくしておいてちょうだい、とか。アンセル様をおもてなしするのに相応しいカトラリーを探しておきなさいとか。

だとしたらそんなものは特にないと伝えた方が良いだろうか。

再びシンクに向き直り、グレイスは材料を手早く混ぜながら「お節介かもしれませんが」とのんびり切り出した。

「探したところで何も出てきませんよ」

出てくるとしたら木製の皿と鉄製のスプーンとかそういう感じだろう。お城で出すような銀器は絶対にない。

そんな思いを込めて告げただけなのだが。

「…………何も出てこない？」

不意に低すぎる声が耳を打ち、「え？」とグレイスが目を瞬く。

「何も……出てこないですって？」

更に地を這うような言葉に、ぞくりと腹の奥が震える。なんとなくだが……グレイスの深い所にある危機意識を刺激する。

「ええ……ここには何もありませんけど」

　ゆっくりと振り返りながらそう告げれば、目をまん丸に見開いたナンシーが、じっとこちらを見つめていた。今にも目玉が零れ落ちそうな様子に、ざわっと全身が総毛立つ。ぎゅっと後ろ手にシンクの縁を握り締め、グレイスは跳ね上がる心臓を宥(なだ)めるように深呼吸をした。

「何もない？」

　かくん、と片方に首を傾(かし)げて、瞬(まばた)き一つせずにナンシーがこちらを見ている。

　その様子を……グレイスは見飽きるほどに見てきたような気がした。

　あれは港の倉庫で。

　あれは潜入した屋敷で。

（もしかして……）

「何もないなんて……嘘(うそ)ですよね？　そんなこと、あるわけないですよね」

　ゆっくりと近寄りながら、両手を前に出すナンシーに、グレイスは思わず傍(そば)のボウルに入っていたアユを掴むと彼女の顔面に向かって思いっきり投げつけた。

「!?」

「後で食べますから！」

　誰に言うでもない自分に言って、グレイスはナンシーの横をすり抜ける。その手首を、はっしと彼女が掴んだ。力一杯握り締められて、骨が軋(きし)む。

「ッ」

「公爵夫人(ユアグレイス)……貴女が持っているのではないのですか？　望みを叶(かな)えてくれる……あの宝石を……」

（ああもうなんだってほんと、厄介事しか生まないわね）

手首を取り返すべく、肘を折って腕を自分の方に引き寄せながら、グレイスはあの宝石を手に入れたいと願うだけでこんなにおかしくなるものなのかと考える。

だってそうではないか。

コーデリアが指し示したブローチは恐らく偽物で――……ここでふと、彼女は気付いた。

あれがもし、本物だったとしたら……？

「離しなさい、ナンシー！　ここにあの石はないわ！」

「ではプリンセスがお持ちなんですね……」

凄(すご)い力でグレイスの腕を掴んだまま、足を引きずるようにしてナンシーが歩き出す。

どうにか拘束から逃れようと手を振るが、万力のように締め付けてくる細い指は外れない。このまま真っ直(す)ぐ進んで小屋を出て、人目に付きやすい場所になんか出たら……。

（絶対だめッ）

コーデリアに被害が……とかそういう問題ではない。もしも万が一、アンセルがグレイスを引っ張るナンシーを見たら一体何が起きるのか。

（絶ッッッ対ダメッッッ！）

ぐっと足を踏ん張り、必殺、散歩から帰るの拒否犬を発動する。ぐぎぎぎぎ、と奥歯を噛(か)んで耐えながら、グレイスは声を張り上げた。

「あの石はここにはないけど！　ある場所なら知ってるから！」

途端、こちらを引っ張る力が緩んだ。

「本当ですか」

ずいっと顔を寄せるナンシーの目の奥は真っ暗で、底が見えない。冷たい汗が吹き上がってくるが、それを必死に堪えながら、グレイスはがくがくと首を振った。

「ええもちろん」

「それはどこに」

脳内をフル回転させ、グレイスは咄嗟に上を見た。

「に……二階の……」

途端、彼女は室内を見渡し、梯子を探し始める。だがそれはどうやらここにはないらしく、血走った目をこちらに向けた。

「どうやって二階に上がるっていうの⁉」

（えぇっと……アンセル様は梯子をどうしたのか……）

「そ、それはもちろん、なかなか上がれないようになってるわよ。何せ……だ、大事な宝石を仕舞ってあるのだから」

澄まして答えると、なんてこと、とナンシーが声を荒らげて地団太を踏む。それからくるっと踵を返すと小屋のドアから外へと飛び出していく。

「あ」

これでは取り逃がす……と思ったが、彼女は単に奇行に走っているだけで害はないのでは？　という考えが一瞬だけ頭を過った。だが改めて思い返せば、テーブルが壊れたのも蛙がゴンドラに現れて湖に落ちたのも、彼女が原因かもしれない。

「ま、待って」

慌てて外に出て追いかける。と、火を熾していたらしいプリンセスが、驚いた顔でナンシーを見つめていた。視線の先でナンシーは小屋の周りをうろうろと歩き、何かを探している。

「プリンセス！」

グレイスは大急ぎでコーデリアの元に駆け寄り、掌を出した。

「早く！　あのブローチを！」

「え？」

半歩下がる彼女の肩を両手で掴む。

「ナンシーが血相を変えて探してるの。貴女のブローチを！」

途端、さっとコーデリアの顔が青ざめた。だが次の間には意固地になるようにぎゅっと唇を結ぶ。

「な……なんのことかさっぱりわかりませんわ」

「いいから早く！　ブローチを出して！」

「あ、あれは……ち、チカラを使い切ってただの石に……」

「いい加減にしてッ！」

まだ語を繋ごうとするコーデリアに、グレイスはぴしゃりと言った。

「貴女の企てた計画で、私はドレスを汚して湖に落ちました。でも私はそれを水に流して決闘に応じることにしたのよ！　このサバイバル料理対決で決着をつけると決めた！　それは貴女の計画を全部なかったことにしてあげようってことなの！」

ぐいっと顔を寄せて、グレイスは動揺に揺れる紫の瞳をじっと覗き込んだ。

「その対決と、ブローチは関係ない。この件については何も聞かないし追及しない。だから、出して」

全てはこのお料理対決で決着をつける。それ以外は関係ないと訴えるグレイスに、コーデリアは迷ったように視線をうろつかせて……それから真剣な表情に押され、自分のドレスのポケットからそっとブローチを取り出した。

「ありがとう」

その彼女をぎゅうっと抱き締めて、グレイスは小屋の周りを歩くナンシーに向き直った。

「ナンシー・ベルネス！」

それから声を張り上げる。木の陰や薪置き場に身を潜めていたアンセルとベネディクトにも届くよう、心の底から祈って。

二階に上る道具を探し、あちこちひっくり返していたナンシーがゆっくりと振り返った。

その彼女に、グレイスは手にしていたブローチを掲げてみせた。

「ここに、貴女の探している宝石があるわ」

途端、ナンシーの瞳がぎらぎらと輝き出す。

「それは……それはそれはそれは……ッ」

日差しを受けてきらきらと光を弾く、バイカラーの宝石。それを手にしたまま、グレイスがぐいっと顎を上げた。

「いいこと、ナンシー。これがレイドリートクリスタルではないことを、ここに証明してみせるわ」

物騒な台詞に、さっと彼女の顔色が変わる。

「何を……」

　喉の奥から振り絞られたその声を聞きながら、グレイスはぎゅっと宝石を握り締めると、声高に叫んだ。

「今から私の夫、アンセル・ラングドンは私のことが嫌いになり、絶対に触りたくなくなるでしょう！」

　朗々と響いたその言葉に、一同が呆気にとられたように目を見開いた。

　グレイスの台詞の、最後の余韻が森に消えたところで、ナンシーとグレイスの間を風が吹き抜けていく。

「…………え？」

　今のは何？　と引きつった顔を見せるナンシーに、グレイスは胸を張った。

「これでもし、この宝石がレイドリートクリスタルだとしたら、アンセル様は指一本、私に触れなくなるわ」

「…………それをどうやって証明――」

　ナンシーのその言葉が終わるか終わらないか。

　薪置き場から姿を現した、シャツにズボンというい出で立ちの男がつかつかとグレイスに歩み寄る。

　ぎょっと目を見張るコーデリアと、唖然とするナンシーの視線を一切気にせず、男は「全く」と苦々しく告げると、一、二の三、でグレイスの腰を掴んで引き上げて、その唇にキスをした。

外にいたせいか、それとも緊張のせいか、触れたグレイスの唇が冷たい。それを温めるように吸い上げて、合わせ目に舌を這わせる。

「んっ」

甘い声が彼女の喉から漏れ、それに吸い寄せられるように、アンセルが唇の奥に舌を差し込む。ゆっくりと開いたその先に、熱い舌が進んでいく。漏れる吐息も、感じる熱も、その全てを吸い込むように、身体を折り曲げてキスを続ける。

誘うようにあちこちを撫でていく舌に、そっと自らの舌を絡めて、グレイスが腕を持ち上げてアンセルのシャツを掴んだ。背伸びをするような彼女の腰を支え、更に深く口付けながら、アンセルはぐっと身体を押し付けた。

大きな乾いた夫の手が背中を撫で、とくとくと脈打つ首筋にたどり着く。指先に感じる鼓動が、自分のそれとシンクロしていくような気がしながら、アンセルは夢中で口付けを繰り返した。

しん、とその場に沈黙が落ち、風の音とせせらぎと、それから甘い吐息がその場を埋めていく。

やがてゆっくりと唇を離し、グレイスはそっとアンセルの胸を押して離れると、彼女はくるりとナンシーを振り返った。

落ちそうなくらい大きく瞳を見開いた彼女が、唖然とした表情でグレイスを見つめていた。

その彼女の元に、ゆっくりと歩み寄る。それからブローチを握り締めた拳を、ぽすんと彼女の胸に押し当てた。

「これで満足ですか?」

ナンシーが震える手を持ち上げて開く。その掌に、グレイスはぽとりとブローチを落とした。

「……これは、なんの効力もない、ただの宝石です。願いなんか叶わない」

軽く、なのに重い言葉が、どすん、とナンシーの胸を打つ。掌に落とされた宝石に視線を移し、穴が開くのでは？　と思うほどじいっと眺める。緊張をはらんだ沈黙が周囲を埋め、グレイスは彼女はもう諦めたのかな、その場を離れようとした。

「――――いいえ」

不意に、低すぎる声が耳朶を打つ。はっとして視線を戻せば、ぎゅうっと宝石を握り締めたナンシーが、目玉が零れ落ちそうなほど大きく眼を見開き、口の端をわなわなと震わせながらグレイスを見つめていた。

いや、グレイスを見てはいない。何かもっと別の……遠くにある物を見つめている。

「いいえ……いいえ、いいえ、いいえ……これは……これは願いを叶える宝石……だからきっと……私の願いは叶う……かなう……カナウ……」

何度も繰り返される妄言に、思わずグレイスが後退る。その彼女を護るように、アンセルが背中にそっと手を置いた。

「アンセル様」

「本当は君を抱き締めて、こんなオカシナ状況から遠い所に今すぐ攫っていきたいが、これは君が始めたことだからね」

最後まで、ちゃんと見たいんだろ？

そっと耳元で囁かれ、グレイスはまじまじと夫を見上げた。苦笑するアンセルが目に飛び込んでくる。どこまでもグレイスを理解してくれる、最高の旦那様。

「ありがとうございます」

そう、これはグレイスが始めたこと。ナンシーをけしかけたのは自分だ。なら落とし前をつけるべきはグレイスだ。この場の責任者は自分なのだ。ぐっと歯を食いしばり、グレイスは顔を上げる。

その冬空色の瞳に、ナンシーを映す。

「では貴女の願いは何？　今ここで、それを唱えればいい」

ぎょろり、と彼女の瞳が動き、グレイスをじっと見つめる。それから例の宝石を握り締めたまま、彼女はくるりと反対側を向いた。ひ、とコーデリアの唇から声が漏れ、ぎらぎらした眼差しを前に身体が強張る。

「下がって」

その前にベネディクトが進み出て庇うように片手を持ち上げた。

「ベネディクト」

「確かにこの状況を作り出したのは公爵夫人かもしれない。だが、こんな事態を引き起こしたのは貴女ですよ、コーデリア」

身体をふらつかせ「あ……ああ……」と声を漏らして、ナンシーが歩み寄ってくる。ぎゅっとコーデリアが唇を噛んだ。

「そ、そんなこと、あ」

「ありますよ。彼女があれだけ貴女のブローチに執着しているのは、あれが魔法の石だと言い続けた貴女の責任だ」

「……………そ……それは……」

「それでも俺は、任務なので貴女を護りますけどね」

いやいや言われて、思わずコーデリアはカチンときた。

「それは不敬罪なのでは、ベネディクト!?」

「敬意に値するとは思えないので罪にはなりませんね、プリンセス」

更に何か文句を言おうと口を開いた瞬間。

「何をこそこそ話している！」

悲鳴のような声が、ナンシーの喉から漏れた。はっと二つの視線が付添人に向いた。

「いつもそうだ……いつもいつもいつもいつも……貴方達は親しそうに……一度私はプリンセスに聞いた。貴女の想い人は彼なのかと。貴女は違うと言った。なのに……なのになのになのに」

血走った目をベネディクトに向け、ナンシーが震える声を上げる。

「私はずっと貴方をお慕いしておりました！　学院で教鞭をとりながら、ずっと……！　ああ、どうか……どうか私にも貴方のお心を……貴方の全てを……私に向けてはくれませんか!?　レイドリートクリスタルよ……どうかどうか……この方の愛を私に！」

訴える声が風に乗り、わあんと山間に響き渡る。

クリスタルを握り締めた手を組んで合わせ、ナンシーが祈りを捧げるようにベネディクトを見る。

唐突なそれに、彼のオレンジの瞳が大きくなる。

それからまじまじと彼女を見つめた後。

「断る」

はっきりすっぱり、切れ味鋭く、ベネディクトが告げた。

その瞬間、何故かその場の空気が凍りついた。

ぽかん、とした表情でナンシーがベネディクトを見上げている。その彼女に、騎士隊隊長は冷たすぎる眼差しを注ぎ。

「お前みたいな気持ち悪い迫り方をする人間を誰が受け入れる」

一刀両断した。

「……べ……ベネディクト……」

彼に庇われながらも、思わずコーデリアが声を上げた。だがそれに構わず、ベネディクトは淡々と続けた。

「俺が好きだというのなら、もうちょっと違うアプローチがあっただろう。そんな意味のわからない変な石に頼って、挙句気持ちを一方的に押し付けるような真似をして。知ってもらおうとする努力も、理解する努力もせずに自分の大きすぎる感情だけをぶつけようとするなんて、はっきり言って迷惑以外のなにものでもない」

「あ……あ……」

鋭すぎる一撃に、びくり、とナンシーの身体が震える。

「よく見ろ、ナンシー・ベルネス」

一歩前に進み出て、ベネディクトが後退るナンシーを見下ろす。

「この俺のどこに、君を好きになりそうな可能性が見て取れる？」

嫌悪感もあらわに自分を見つめるベネディクトに気付き、がたがたと彼女の身体が震え始めた。

「あ……ああ……あああ」

嗚咽にも似た声が喉から漏れ、更に一歩下がった彼女がバランスを崩してその場に頽れた。

「そんな……やめて……違う……私は……」

「好意の全てが良いもので、誰もが受け入れると思うな。大きければ大きいほど、それは嫌悪にもなり替わる」

静かに告げられた想い人からの言葉に、ナンシーの腕がだらりと落ちた。力なく開かれた掌からブローチが転げ落ちる。そして輝く宝石が全員が見ている前でぴきぴきと乾いた音を立ててひび割れ、ぱりんと砕け散った。

その瞬間、グレイスは辺り一面が光り輝き、目の前が真っ白になる気がした。思わず目を閉じれば、冷たく清涼な風がごうっと唸るように吹きつけ、慌てて腕を上げて顔を庇った。

身体を掬い上げるような突風はすぐに弱くなり、微風に変わる。ほっとして腕を下ろしたグレイスは、目に映る誰も彼もが一瞬前と変わらぬ態度でいることに驚いた。

（なんで……？　今のは……一体……？）

視線を転じれば、青ざめた顔で唇を噛み締めるコーデリアが見えた。握り締めた拳が白く震えている。不意に顔を上げた彼女と目が合い、グレイスははっとした。

紫水晶のような瞳がバラバラに砕け、途方に暮れた十八歳の少女がそこに見て取れた。

彼女は……変わった。

「プリンセス・コーデリア」

そっとアンセルの手から離れ、グレイスが一歩前に出た。灰色の瞳をしっかりと、神秘的な紫の瞳に注ぎながら、彼女は背筋を伸ばした。

「ナンシーさんをアンセル様とロード・ベネディクトにお願いして、おもてなしの続きをしましょう」

　厳かに言われた台詞に、びくりとナンシーの身体が震える。その様子に苦笑しながら、グレイスは「アンセル様」と夫を振り返った。

「ナンシーさんは男爵家のご出身です。ご実家はここから近いと思いますし、お送りしてあげてください。私は既婚者ですので、コーデリア姫の付添人の役は十分にできます」

　妻の物言いに、夫は一瞬反論しそうになった。それはベネディクトだけでいいだろうと。だが、こっぴどく振られた今、ナンシーをベネディクトと二人で馬車に押し込むのは確かに気が引けた。

「それで？　彼女を送り届けたら、どうする気なのかな？」

　距離を詰めて、アンセルがグレイスの額に額を押し当てる。ふっと長い睫毛(まつげ)を伏せ、ピンク色の頬のままグレイスが囁く。

「戻ってきて、ご飯にしましょう」

　おもてなし対決ですから。

「わかったよ」

　ちう、と頬にキスをして、アンセルがグレイスから離れる。

「ロード・ベネディクト。ナンシーのご実家はわかるな？」

「ええ」

「……レディ・ナンシー。お送りします」

　座り込み、俯(うつむ)く彼女の前に跪(ひざまず)いて、そっと掌を差し出せば、のろのろと彼女が顔を上げた。

「…………言うつもりは……なかったのです」

その手を取って立ち上がり、肩を落としたままナンシーが続ける。

「一生……言うつもりはなかったんです……」

目を合わせない彼女の前に、ベネディクトが立った。

「君の願いには応えられない」

微(かす)かに、ナンシーの身体が震える。その細い肩を見つめながら、彼がゆっくりと告げた。

「だが、気持ちはわかりましたよ」

その一言に、弾かれたようにナンシーが顔を上げた。瞳の奥に凝っていた黒い影がゆっくりとほどけていく。その様子にベネディクトがふっと表情を緩めると静かに言った。

「それに俺の好みはそこの公爵夫人なんでね」

ぶは、と盛大にむせる音がした。直後「ええ!?」とグレイスから素っ頓狂な声が上がる。

「正気ですか!?」

「正気ですね」

「絶対だめだッ！」

血相を変えたアンセルが、グレイスの視界に割り込む。それに、ベネディクトがあっさりと肩を竦(すく)めた。

「そうですね、人のものに手を出す趣味はありませんから。でも、お友達ならいいのでは？」

「ダメだッ！」

これ以上この男をここに残してはおけない。ナンシーの背中を押し、ベネディクトを従えながらアンセルが馬車に向かう。その後ろ姿に手を振りながら、グレイスはコーデリアを振り返った。

「ロード・ベネディクトは面白い人ですね。あんな風に言って場の空気を和ませるなんて」

「――和んだようには思えませんけど」

「え？　そう？」

噛みつくアンセルと、いなすベネディクト。その様子に、毒気を抜かれたナンシーが笑っている。

「やっぱり和んでるじゃない」

人間ができてる人は違うわ～、と零しながらグレイスは立ち尽くすコーデリアの手首を掴んだ。

「じゃ、料理再開ね」

「……い、いえ……わたくしの魚は……」

炭火焼にするべく串うちされたそれはだいぶ焦げている。じっとそれを見つめて、グレイスはあっけらかんと言う。

「じゃあ、あれは回収して私達で食べましょう。アンセル様とロード・ベネディクトには私が釣った魚でパイとスープにしましょう」

「え？」

驚いて目を見張る彼女に、グレイスが肩を竦める。

「ばらばらに調理する必要はないわよ。これは私が作りました、これはプリンセスが作りました、美味しいですか？　でいいじゃない」

そのままグレイスがすたすたと、小屋に向かって歩いていくから。

「それでは対決の意味がないのではありませんか？」

思わずコーデリアが声をかける。それに振り返ったグレイスがにんまりと笑ってみせた。

「あるわよ、対決の意味」

それから二人は宣言通りパイとスープを作った。どちらかがどちらかを作ればいいと公爵夫人は言っていたが、気付けばコーデリア一人で二品作り上げていた。

もちろん、あれこれ公爵夫人の手を借りることになったが。

山小屋の何もない所で、二人でクローゼットを開けてテーブルクロスを探し出し、デザートが欲しいわね、と森にベリーの木を探しに行った。花も摘んで帰ろうか、冠にしたらいいんじゃない？　ならこれをコサージュに、とひとしきり盛り上がり、素朴な装いでアンセルとベネディクトを迎えた。

これもこれも全部、プリンセスが作ったんですよ？　と笑顔で告げるグレイスに、アンセルは酷く嬉しそうだった。

よく作られましたね、と驚いた顔で言われ、更には微笑まれて、戻ってきて初めてコーデリアはアンセルの本当の感情に触れることができたと、そう感じたのだ。

今、彼女はごとごとと揺れる馬車に乗ってブラックトン公爵家の屋敷に向かっていた。太陽はそろそろ山の端にかかり、これからあっという間に暗くなる。ふかふかのソファに座り込んでいたコーデリアが、向かいに座るベネディクトにぽつりと零した。

「わたくしはどうすればよかったのでしょうか」

窓の外を眺めながら、そう尋ねる姫に、ベネディクトは「そうですね」と短く答える。

「素直にオーデル公爵夫妻のご結婚をお祝いすればよかったのでは？」

その言葉に、コーデリアは胸の奥がずきりと痛むのを感じた。

脳裏をナンシーの姿が掠める。

髪を振り乱し、なりふり構わずベネディクトに詰め寄る彼女は酷く……醜かった。

あんな表情で、あんなに狂気じみた眼差しで想い人を見つめたところで、相手からは嫌悪しか引き出せないだろう。

――好意の全てが良いもので、誰もが受け入れると思うな。大きければ大きいほど、それは嫌悪にもなり替わる――

そう、ベネディクトに言われた瞬間、彼女は力なくその場に座り込んだ。

彼女の手から転がり落ちたブローチがぱりん、と鈴が鳴るような凛とした音を立てて割れ、見つめていたコーデリアは白光が弾けて目が眩むのを覚えた。ごうっと音を立てて突風が身体を攫い、何もかもを吹き飛ばす。

やがて風が収まり、目を開けたコーデリアは、光の破片が散り、透明に見える世界を前に目を瞬く。

こちらを見返す公爵夫人と目が合い、何かが……変わったように感じた。

（わたくしも……あんな風に見られていた……）

卒業パーティで再会してから一度も、アンセルが「昔のように」自分を見たことがなかった。

最初から、彼は気怠そうな雰囲気に、笑顔を張り付けた態度でいた。それからはずっと、終始苛立ったように眉間に皺が寄っていた。それをどうにか払しょくしたくて、甘えるような態度から自分の凄さをアピールするような真似を繰り返していた。

だが、その全てが、ベネディクトの言うように迷惑な好意なのだと悟ったのだ。

馬車の窓の向こう、暮れる空に混じる深い藍色が、アンセルの氷のような眼差しと重なる。

(アンセル様の目にわたくしは……あのナンシーのように映っていたのかしら……)

「料理対決なんかで褒められて、プリンセスは屈辱を感じたのではないのですか?」

物思いに沈んでいたコーデリアは、にやにやしているのがわかる口調で言われてふっと顔を上げる。

「まさか。わたくしのマルチな才能が溢れ出る良き日でしたわ」

つん、と顎を上げて言えば、ベネディクトが思わず吹き出した。

「マルチな才能ですか」

「ええ」

自分が作ったものが美味しいのかどうなのか。固唾をのんで待つコーデリアに、アンセルは「美味しかったですよ、プリンセス。ありがとうございます」と言ってくれた。

向けられた笑顔は、氷のようなそれではなく、温かく心待ちにしていたものだった。

それはもう目蓋の裏に保存した。目を閉じれば思い出せる。

「それで? 諦めはついたのですか?」

ソファに背を凭れさせ、プリンセスが顔を上げる。視線の先にベネディクトをとらえながら、彼女は肩を竦めた。

「わたくし、既婚者には興味ありませんの」

勝てないと素直に思った。

自分に向けられる眼差しは、いわゆる「保護対象」としてのそれだった。だが公爵夫人に向けられるアンセルの視線は愛しさばかりが溢れていたのだ。

「では、正気に戻ったところで、あのうんざりするような取り巻き連中をどうにかして、更にブラックトン公爵夫妻、レディ・ミレーネにきちんと謝ってくださいね」

しっかり釘を刺され、コーデリアは閉口する。

恋は盲目。だが、わたくしの目は節穴ではないと知った。

なら、その目を見開いて、今後のことを考えなくては。

「わかりました」

そう言うには勇気が必要だった。欲しくて欲しくて仕方ないものを諦めるなんてこと、自分の人生にはなかった。だがそう言った瞬間、世界が百八十度回転し、すっと心が軽くなった。

（さよなら、ね）

子供っぽさから卒業し、大人になるんだとコーデリアはひそかに誓う。レディ・グレイスのように振る舞うことは許されないが、それでもこれから、自分らしさを追求しよう。

茜色に染まっていく空を見つめ、コーデリアは知らずに微笑んだ。

さっきは言えなかったごめんなさいと、ありがとうと、おめでとう。

それを今は面と向かって言えなかったが、手紙にして送ろう。そしていつか、許してもらえるのなら会いに行こう。

そうしよう。ここからがスタートだ。

終章　これからも変わる、きっと進む

「諦めてくれてよかったです」

「そうだね」

「それもこれも、アンセル様があそこにいてくれたからで」

「うんうん」

「そして何より気になるのが、全員の前で砕けたあのブローチですけど、もしかして本当にレイドリートクリスタル」

「ちょっと黙って」

言いながら、ベッドの上で横向きに抱いているグレイスにアンセルがキスを落とす。濡れた音を立てて吸い付き、軽く下唇を噛む。

レイエン風の宿に戻ってきたグレイスとアンセルは、例の細い隙間から向こうの寝室の、ベッドの上に座り込んでいた。奥にある障子は開け放たれ、部屋付きのお風呂から見えるのと同じ景色が広がっていた。やや斜めに傾いだ太陽の光が差し込み、風に揺れる木々が垣根越しに見える。いくらかひんやりした風がふわりと吹き込んでくる中、シャツにズボンという格好のアンセルが、レイエンの衣装を着たグレイスの帯を妖しく撫でた。

「今は決闘の商品を君に受け渡す、大事な儀式の途中なんだから」

言いながらちうちうと耳元や首筋にキスを繰り返す。くすぐったさに笑いながら、グレイスは夫の

頬の辺りに掠めるようなキスを落とした。

「決闘の様相を呈してませんでしたけどね」

単なる和やかなお食事会だった。……というか、正しくは初めて作った料理を披露する生徒と先生、という気分だった。

「凄く公爵夫人らしかったよ」

耳元でくすくす笑われて、グレイスは閉口する。まさかプリンセスに魚の捌き方を教える日が来るとは思わなかった。だが自分ができないと思っていたことができるようになるのが楽しいらしく、プリンセスは見る見るうちに上達していった。

「……公爵夫人らしい、というよりも……プリンセスは昔……こういったことをやられたのではないのでしょうか」

疑問を口にするグレイスに、アンセルはベネディクトの話を思い出す。森で一緒に遊んでいたと、そう言っていた。

「そうかな？　君が教えるのが上手だったんじゃないのかな」

だがその事実を隠してアンセルが告げる。それにグレイスがふにゃりと嬉しそうに微笑んだ。

「では、私の隠れた才能が花開いたことにしておきます」

結局二人の対決は、食事を提供し、美味しかったですよ、とアンセルが笑って答え、それにコーデリアが真っ赤になるという謎の終わり方をしていた。だがそれが一番らしい終わり方でもあった。

ありがとう、とプリンセスの手を取って、その甲に口付けるアンセルに、彼女は寂しそうな顔をしていた。どこかが痛むような、そんな顔だった。だがグレイスが何かを思うより先に、彼女はぐいっと顎を上げ、それから一歩下がると紫の瞳に二人を映してこう言ったのだ。

　またお会いしましょう、と。

　思い出してなんとも言えない顔をする彼女を、アンセルは掬（すく）い上げるように抱き寄せて、それからゆっくりと押し倒した。

「では、わたしにも色々教えてもらおうかな？」

　伸ばした指でくすぐるように彼女の顎の下辺りに触れる。くすぐったさに笑いながら身を捩（よじ）り、グレイスは愛（いと）しそうに眼を細めた。

「教えていただきたいのは私の方ですわ、公爵様」

「おや、そうなのか？」

「はい」

　喉を通り、やや開けた胸元の合わせへとアンセルが指先を滑らせていく。明るい室内で、更には知らない場所でいちゃいちゃするのは、不思議と気分が違った。

「どうかしたのかな？」

　見上げる天井が大木の梁（はり）で、そんなものは普段の寝室では見ない物だなと考えていたグレイスは、ゆっくりと肩から衣を脱がされながら小さく笑った。

「立派な梁だなって思ってました」

　妻の余裕がありすぎる発言に、思わず片眉を上げる。

「この状況で君はそんなことを考えてたのか？」

「ええ……あとはあの部屋の隅の紙貼りの灯（あか）りが気になるな、とか……これから冬になって雪が降ったら外のお風呂はどうなるのかな……とか」

「なんてことだ」

妻の興味がある点を聞きながら、アンセルは呻くと天井を見上げた。

「信じられない。わたしに迫られながら別のことを考えるなんて！　こうなったらベッドを共にしている時は、わたしのことしか考えられなくなるよう、教えなければ」

その言葉に、思わずグレイスは笑ってしまう。

「もう、今はたまたま普段と違うから違う所に目が行くのであって、決してアンセル様の努力が足りないとかそういうことでは――」

言ってる最中から、夫はグレイスの衣の帯を解きにかかる。しゅるしゅると衣擦れの音を立てて帯が解かれ、グレイスが何か言おうとする度に口付けが降ってくる。優しく撫でるように舌先が触れたかと思うと、食らうように深くなったりする。

それに答えようと夢中でキスを返していると、アンセルが低い声で笑いながら、その両腕できゅっとグレイスを抱き締めた。

「わたしの生徒は教えることがなさそうだ」

「そんなことありません」

掠れた声で告げて、うっとりした眼差しいっぱいにアンセルを映す。

「アンセル様……この先はどうするのですか？」

首を傾げてみせるグレイスに、官能的な笑みを浮かべ、夫は「そうだな」と目尻にキスをした。

「まずは」

言いながら、彼女の身体の形を確かめるように手を滑らせ、優しく押してうつ伏せにする。

「今日は後ろからしてみようかな？」

どきり、とグレイスの心臓が跳ね上がる。背中にアンセルが身を寄せると、後ろから手を回して二つの柔らかな乳房をそっと持ち上げた。重さを計るように両掌で揉みながら、何故か上の方に逃れようとするグレイスを抱き締めた。

「こらこら、どこに行く？」

「な……なんとなく……」

正面から抱き合っているわけではないため、どこを触られるのか予想しづらい。身体の奥が震えるような、正面から抱き合う時とは少し違う快感に思わず身体が逃れようとするのだ。

それを長い腕に巻き取りながら、アンセルは無防備にさらけ出されている首筋に噛みついた。

「んっ」

甘い声が彼女の喉から漏れる。ゆっくりと柔らかな果実を揉みしだき、時折尖った先端に指を這わせる。

「ふあ」

鼻にかかった官能的な吐息が溢れ、自然とグレイスの身体が丸まった。脚を広げたいような……恥かしくて無理なような。そんな葛藤に彼女の腰が揺れ、アンセルは低く笑うと、火傷しそうなほど熱い唇でそっとグレイスの耳殻を食んだ。

「そのまま腰を上げて、可愛い生徒さん」

「あ」

ぞわぞわと甘い痺れが腰から頭に向かって走り抜ける。胸をいたずらしていた手がそっと彼女の身体を伝い、背中を覆うように落ちる衣の生地の奥へと這わせた。蜜を含んで濡れた脚の間に掌を当て、アンセルはゆっくりとグレイスの身体を持ち上げる。

「んっ」

腰を上げるように促されて、グレイスは耳まで赤くなりながらそれに従った。

あまり後ろからされたことはない。ベッドに備え付けの枕をそっとお腹の辺りに押し込まれ、グレイスが頬をシーツに押し付ける。高く持ち上がった腰に、アンセルが手を滑らせ、丸いお尻をゆっくりと撫でられて、彼女はくすぐったさと羞恥、それから甘い疼きにオカシクなりそうだった。

「あ……アンセル様……もう……」

「ん～……」

切羽詰まって懇願するも、アンセルから返ってくるのは気のない返事だ。だが、グレイスはそれが一種のアンセルの駆け引きで、本当は今にもグレイスを追い詰めたく思っているのだと確信していた。

何故なら、お尻に触れる昂ぶりが酷く……硬いのが今ここでもわかるから。

「アンセル様……」

意地悪しないで欲しいと、持ち上げた腰をそっと揺らせば、びくりとアンセルが身を強張らせるのがわかった。

「ダメだよ、グレイス……先に動くの禁止」

最近、それで何やらオカシナ目に遭っているのだ。ぐっと彼女の腰に両手を当てて動きを封じれば、「あん」と甘い声がグレイスの喉から漏れた。

「あ……やだ……だめ……」

「ダメだ。まだだよ」

身体を倒し、アンセルが耳元にかじりつく。再び柔らか胸に掌を滑り込ませ、ゆっくり揉みしだく。お尻の丸い部分に腰の昂ぶりを押し当てながら、疑似的に行為の動きを真似されて、グレイスは自分の身体が溶け、奥が切なく疼くのを感じた。

「アンセル様……アンセル様」

顔が見えないのが不安を煽る。だが、その不安が、更に脚の間を熱く、痛くさせるのだ。

「お願い……挿入て……」

半分だけ首を捻ってそう頼めば、胸の柔らかな果実を堪能していた手がゆっくりと腰の辺りまで戻った。背中を覆っていた温かさが消え、代わりに更に高く腰を突き上げるよう、優しく促される。

「ここに欲しいのかな？」

不意に信じられないほど熱く、硬い物を太腿の裏に感じ、びくりとグレイスの身体が震えた。そのままゆっくりとこすりつけられて、彼女は目蓋の裏に星が飛ぶような気がする。

「あっあ……やだ……アンセル様……！」

そこではない。そこではない場所で、その昂ぶりを感じたい。

鼻にかかった喘ぎ声を漏らしながら、グレイスは熱く滾る楔に濡れた秘所を押し当てようと腰を捻った。だが、それはやんわりとアンセルの手に拒否されるのだ。

「ダメだ。まだもうちょっと……」

腰に据えられている手が、再び脚の間に戻り、柔らかく揉むと、濡れてとろとろと蜜を零す蜜壺につぷりと指を沈めた。

「ああっ」

喉を反らしたグレイスから甘い嬌声が漏れる。

「グレイス」

耳から吐息を吹き込み、もう片方の手で乳房を、もう片方で蜜壺を攻めながら、アンセルは徐々に衣がずり落ちていく背中にキスの雨を降らせた。

「あっあっあ……」

リズミカルに胸と蜜壺を刺激され、お腹の奥の空洞が存在を主張し始める。花芽を弄られ、尖った先端を摘ままれ、とうとうグレイスの身体が強張った。

「んあああああっ」

喉を反らして悲鳴を上げる彼女を、十分に追い詰めた後、アンセルは蜜を零し、濡れて開いた花弁の間に、ゆっくりと切っ先を当てた。

「っ」

指とは比べ物にならない質量が、蜜口に触れてグレイスがふるっと身体を震わせた。この体勢だと、普段は届かない場所にまで快感が押し寄せる……だがいつもそれは、散々身体を馴染まされた後のことで。

「愛してるよ、グレイス」

熔け、夫を求めて疼く膣内に、アンセルがゆっくりと……だが一気に奥まで楔を打ち込んだ。

「ああああああ」

オクターブ跳ね上がった声が、彼女の喉から漏れる。膣内が勝手に締まり、吸い付くようにアンセルの楔を歓迎するから、夫が背後で甘く声を漏らすのがわかった。

それがどうしようもなく、グレイスの官能を煽った。

「アンセル……アンセル様」

「なんだ……？」

挿入ただけで達してしまっては格好がつかない、とアンセルは必死に奥歯を噛み締めた。今すぐ最奥を穿ちたくなる衝動と戦っていると、グレイスがはふっと熱い吐息を漏らした。

「奥まで……いっぱいで……」

ぐいっと腰を動かし、中で存在を主張するアンセルの楔の形を確かめようとする。

「こんなの……こんなのって……」

あんっ

喉を反らし、甘い声で啼く妻に、アンセルの理性があっという間に焼き切れた。

後ろから力強く穿たれて、ひあっとグレイスの唇から嬌声が漏れる。奥まで深く貫かれる感触に、心臓が鼓動を強め、グレイスは見えない相手に犯される感触に、不安が混じる。目の前に相手がいない、不安。

だがそれが、グレイスの知らなかった背徳感のようなものを煽るのだ。

乱れる自分を誰かにつぶさに見られているような、でも自分も相手の顔が全く見えないので、普段よりももっと奔放になれるような、そんな感触。

「あっあっあっあ」

喉を反らし、グレイスは知らずに声を上げる。後ろから乱暴なほど強く暴かれ、身体がその識(し)らない感触を求めて開いていく。

「グレイス」

低い声が上から降ってきて、グレイスの中がきゅうっと締まった。

愛してる人が、切羽詰まった声で自分の名前を呼ぶ。彼が埋めようと躍起になる渇望を、満たすことができるのはグレイスだけなのだ。それがたまらない。

腰を大きな乾いた手が移動し、上から彼女を包み込むようにアンセルが身体を倒す。冷たい背中に熱い身体が覆いかぶさり、その熱量にグレイスの喉から溜息(ためいき)のように声が漏れた。

お腹を辿(たど)って胸の果実へとたどり着いたアンセルの手が、ゆっくりと柔らかなそれを揉みしだく。

「気持ち良い？」

甘えた声が吹き込まれ、ぶるっとグレイスの身体が震えた。

「ああ……キスがしたい」

そっと囁(ささや)かれたアンセルの台詞に、グレイスが後ろを振り返る。熱すぎる唇が、グレイスのそれを塞ぎ、舌が絡まる。再び膣内(なか)で律動が始まるが、アンセルはゆっくりとグレイスを抱き上げて、身体を繋(つな)げたままベッドに座り込んだ。

「ん……ふ……あ……」

唇から漏れる吐息の全てを、自ら押し付けた唇で受け止めながら、アンセルが下からグレイスを突き上げる。その感触が心地よく、甘く、鋭い刺激になってグレイスの理性を焼き払っていった。

何度も何度も貫かれ、じわじわと腰から、痺れるような快感が積み重なっていく。それを夢中で受け止めながら、グレイスはすりっと彼の首筋に頬を擦り寄せた。

「アンセル様」

濡れた音を立てて、蜜壺が掻き回された。せり上がり、高みを目指す快感の中で、グレイスはアンセルの頬に手を当てて、強請るように囁いた。

「抱き合いたいです」

このまま果てるのも悪くはないと思う。でも……。

「そうだね」

笑みを含んだ声が告げ、グレイスの中から濡れた音を立てて楔を引き抜く。寂しさに身体の奥が疼くが、再びベッドに仰向けに押し倒され、あっという間に開いた脚の間に先ほどの楔が打ち込まれた。

「あんっ」

「グレイス……好きだ……」

腕を回し、離さないとばかりにキツク抱き締めて、温かく濡れた身体を追い上げていく。激しく求める彼に応えるよう、腰に踵を押し付けながら、グレイスはちかちかする視界いっぱいにアンセルを映した。

熱に浮かされた顔が見える。

きゅっと寄った眉と、熱い吐息の漏れる唇が、グレイスの唇を求めて降ってくる。甘い愛撫にうっとりしながら、彼女は夫の身体を掻き抱いた。

打ち付ける腰の律動が速くなり、グレイスもまた、合わせるように身体を動かす。

言葉は消え、ただそれとは別の感覚が二人を繋いでいく。触れた手の温度と感じる汗。内側を暴く硬く熱い楔。身体を合わせるようにすれば、二人の心臓の鼓動がシンクロして溶けていく。

やがてひときわ大きく中を抉られて、グレイスは脳内が真っ白になる気がした。

ぎりぎりまで巻き上げられていた快感が爆発する。震え、伸ばした手を掴んで引き寄せ、アンセルが身体を震わせた。

奥に感じる熱が、心臓と背筋、そして頭のてっぺんを震わせてグレイスは目を閉じた。

言葉の不要な強烈な快感の後の、温かな余韻がいつまでも続けばいいのにと、ぼんやりと考えながら。

温泉街には四角い街灯が点々と並び、オレンジの光が幻想的に揺れている。木材が主体の建物が多く、様々な色に染めた暖簾が夜風に吹かれて揺れていた。

石畳の上を歩きながら、グレイスはくつろいだ格好の夫を見上げた。異国情緒溢れる場所で、普段と違う格好をして歩くというのは、一種仮面舞踏会に参加しているようなものだった。アンセルと腕を組んで歩きながら、グレイスは今日も色々大変だったなと思い出した。

「そういえばあの砕けたブローチは、本当にただのサファイアだったのでしょうか」

ふと先ほど流された件を尋ね直せば、きらきらした光を映す小川に視線を注いでいたアンセルが「うん」と気のない返事をした。

「どうだろうね。一応、ベネディクトに言って回収はしたが」

研究施設に持っていくとは言っていたよ。

夫の言葉について考えながら、グレイスは眉間に皺を寄せた。あの宝石に振り回されるのはこれで三回目だ。カムデンの事件でも思ったがそう簡単に街で流通するような代物なのだろうか。

「というか、グレイス」

うむむ、と難しい顔で考え込む妻の、その頬にそっと触れてこちらに向くように促し、見上げる彼女にアンセルはにっこり笑う。例の――笑ってるのに笑ってない笑顔だ。

「前回もそうだが、面倒事に首を突っ込むその癖を直してはもらえないだろうか」

口調は軽く、優しさに満ち溢れているが芯が冷えている。心の底からグレイスが事件を巻き起こすのを良く思っていない証拠だ。だが、グレイスの言い分は違う。

「失礼な。私は好きで巻き込まれているわけではありません」

ぷいっと反対側を向くレイエン衣装の妻を抱き寄せて、よく見える首筋に唇を寄せる。

「ア、アンセル様!?」

「誰も見てないよ」

「っ」

温泉街の名物である眼鏡橋で歩を止める。その上にはかなりの人がいて、彼らは小川の先にある人工的に作った丸い池のような所を見つめていた。周囲に灯が並ぶそこで、ライトアップした噴水のショーが行われるという。

最新技術を駆使した、大きな照明器具が用いられるというので、是非見たいとグレイスが熱望したのだ。ほとんどの人がそれに注視しているか、隣にいる家族や恋人、友人を見ている。

仄暗いオレンジの灯りの中、首筋を吸い上げられ、これは絶対赤い華が咲いたとグレイスは閉口した。その彼女を満足そうに見下ろし、アンセルがダメ押しのようにおでこにキスをした。

「これはそう……お守りだな。君がオカシナ事件に巻き込まれないように。毎日つけなければ」

全くこの旦那様は。

にこにこ笑うアンセルに、グレイスは頬を膨らませた。

「何度も言ってますけど、私は自ら巻き込まれに行ったわけでもないですし、そもそもアンセル様と結婚する前はそんなに……厄介事に……まきこまれ……」

どんどん語尾が小さくなるそのグレイスに、アンセルが笑い出した。

「まったく。君にはわたしが必要だとよくわかった」

「ち、違います！」

「違わない。君には……わたしが必要だったんだよ」

そっと身体を寄せ、アンセルがグレイスに腕を回して抱き締めた。

「あの日、わたしが君に一目惚れ(ひとめぼ)したのは、運命だったんだよ」

ケーキを捨てた若い貴族を、烈火のごとく怒っていた彼女は確かに、もう既に厄介事に巻き込まれていた。

「アンセル様」

そんなんじゃないと言いかけた瞬間、わあっと周囲から歓声が上がった。

はっと視線を転じると、夜空にライトアップされた噴水が吹き上がるのが見えた。

色のついたすりガラスをはめ込んでいるのか、緑や青、赤に輝くそれにグレイスが目を輝かせる。

「綺麗(きれい)ですね」

「そうだね」

「…………噴水観てます？」

「え？　ああ、噴水ね。噴水も綺麗だね」

真っ赤になって黙り込む妻の、いい香りを胸いっぱいに吸い込みながらアンセルは一番綺麗だと思うもの視線を注いだ。

この幸せが永遠に続きますように。

だが数分後、その願いはなかなか叶わないものだと二人は知った。

何故なら噴水のノズルが壊れて周囲が水浸しの大惨事になり、例によってびしょ濡れになったグレイスがお腹を抱えて笑い転げることになったからである。

華麗なる脱出

カロニアから戻ってきたグレイスは、屋敷の使用人たち一人一人にお土産を買ってきていた。

「わぁ、とっても素敵です、奥様！」

受け取った綺麗な髪飾りに、ミリィが目を輝かせる。

主であるグレイスは、今回の旅行に出る際にミリィにも休暇を出した。自分達も遊びに行くようなものだから、あなたもたまには実家に帰ってご両親に元気な姿を見せてきなさいと。

主の帰還と同時に戻ってきたミリィは、普段使うような櫛型のものとは違い、一本の長い棒の先に花を模した装飾と、光を弾く赤いガラス玉が揺れるそれをうっとりと眺めている。

「それ一本で髪を留めることができるらしいの」

言いながら、グレイスは手帳にメモしてきたやり方をミリィに見せる。受け取った彼女は真剣な表情でそれを検討し始めた。主の髪を結ったり、ドレスの用意をしたりするのがミリィの仕事だ。

「なんとかマスターして、奥様の髪をレイエン風にできるようになりますね」

メモから目を離さず、真剣な表情で告げる彼女に、グレイスはちょっと失敗したかなと苦笑した。ミリィのために買ってきたのであって、仕事の延長にしてほしくはなかったのだ。だが、こちらから言わなければ休暇を取らないような彼女の、それが良いところでもあるなと思い直し、グレイスは弾んだ声で告げた。

「なら一緒に練習しましょう！　私も自分でできるようになりたいし！」

胸を張るグレイスに、ミリィが「はい！」とほかほかの笑顔を返した。

「……以上が本日のご予定になっております」

執事のバートが銀のお盆に入れた手紙類と共にアンセルの仕事内容を伝達する。執務室でそれを受け取り、開封用のペーパーナイフを探していると、バートが胸ポケットから自身のものを取り出した。先に出されたそれを受け取り、ふとアンセルはその形状に目を見開く。

「これは……？」

「恐れ多くも奥様から頂いたものでございます」

ああ、とアンセルが短く答えた。グレイスが使用人全員にお土産を買っていたのを知っている。レイエン風の刀身が細く長い剣を模したそれに、目を細める。

「早速役に立っているようだな」

「それはもう、使用人一同頂いたものは死ぬまで大切に扱わせていただく所存です」

「いや、そこまで大袈裟(おおげさ)なものでもないだろう」

思わず苦笑し、それからアンセルは妻が買ったお土産品の数々を思い返した。

女性陣には髪飾りや綺麗な織物でできた口がきゅっと絞れるレティキュールを。男性陣にはペーパーナイフや木製のからくり箱なんかを購入していた。

ケインとメレディスに至っては、それらの他にも魔よけにと鈴を買っていた。

天板に肘をついて顎を乗せ、幸せそうに微笑(ほほえ)んでいたアンセルは、大事そうにペーパーナイフを胸ポケットにしまう執事に何気なく切り出した。

「それで？　わたしの妻は今日は何を？」

彼女の行動を制限するつもりはないが、自分が仕事をしている間にどこにいるのか気にするくらいは良いだろう。レディ・シャーロットやアマンダとの仕事も一段落ついているし、のんびり自由にしているのだろうか。

「奥様は最近親しくされているナザレ伯爵夫人と慈善活動の打ち合わせに出かけてらっしゃいます」

確かに貴族である自分達は、その特権を領民達を護（まも）っていく方向に使う責務がある。その一つが慈善活動だ。

「例の鳥のぬいぐるみか」

グレイスと伯爵夫人が所属する婦人会が発足したのは、伯爵夫人が市で売られていた鳥のぬいぐるみをとても気に入ったことに端を発している。そのぬいぐるみを作っていたのが、何を隠そうハートウェル領の村の雑貨店だったのだ。

彼女は是非、このぬいぐるみの販売を慈善活動の一環にしたいとグレイスに申し出た。

ただ単に作って売るのではなく、その利益の一部を教会や孤児院に寄付をし、更にぬいぐるみの縫製には何らかの事情で働くことができない人や、孫にお小遣いを上げたい、現役をリタイアしたご老人たちに担ってもらいたいとそう告げたのだ。

高齢化や、度重なる重労働で身体（からだ）を壊した人、稼ぎ手を失った一家、明日食べるものにも困っている人……そんな人達に仕事を斡旋（あっせん）し、生活の向上を図るのは、実家の領地のあり様や借金だらけの生活を経験しているグレイスにとって身近な問題の解決策だった。

「他にもお菓子や生活用品、果てはアマンダ様やシャーロット様を巻き込んで色々手広くやろうとなさってらっしゃいます」

さすが、オーデルの公爵夫人です、と胸を張るバートに、最大出資者であるアンセルも嬉しそうに微笑む。

「そうだな。わたしのグレイスは止まることを知らないからな」

実家で収入の足しになればと、売っていたという樹液キャンディもそこで売られることになるのだろうか。そういえばオーデル公爵領の樹液キャンディも作りたいと言っていた。だとしたらやはりラベルはグレイスの肖像画にした方がいいのではないだろうか。そう……グレイス印の樹液キャンディとして王都で有名に……。

老若男女がグレイス印のキャンディ缶を持って歩く様子を想像していたアンセルは、ふとそれらを販売する店がまだ決まっていなかったことを思い出した。

「収支報告書から商品準備が着々と進んでいることは知っているが、店舗の方はどうなった？　賃料についての交渉や契約はまだ未完だったと思うが……」

それに、バートが嬉しそうに微笑むと一枚の名刺を恭しく差し出した。

「その件ですが、王都にあるこちらの雑貨店が奥様へ協力を申し出てくれたと聞いております」

「…………雑貨店？」

名刺を受け取り、店名と住所を確認したアンセルの脳裏にあまり好ましくないイメージが過る。

確かに……確かにグレイスが売ろうとしている商品のカテゴリーは「生活雑貨」だ。

だが……いや……まさか……。

「……それは」

思わず半眼になる。脳裏に浮かぶのは妄想し続け、完成された一つの姿。

「麦わら帽子に吊りバンド、ブーツにズボンの農民風の装いが似合う、二十六歳好青年が店主の雑貨店か？」

唐突に主から具体例を出されて、バートが目を丸くする。それから困惑したように告げた。

「申し訳ありません、御前。そこまで詳しくは聞いておりませんが、きちんとした雑貨店だと奥様は胸を張っておられました」

「そうか」

「はい。身元をこっそりミスター・コークスに調べていただき、奥様の幼馴染みが店主だと回答をいただいております。本日の打ち合わせもそちらで」

その瞬間、光の速さで椅子から立ち上がった公爵が、名刺を握り締め、物凄い速度で執務室を飛び出していく。後に残されたバートはそのあまりの出来事にしばし立ち尽くしてしまったのであった。

「焚きつけには松ぼっくりがいいですよ、よく燃えますから」

「そうなのね。この間の対決の時に火熾しで手間取ったから、先に知りたかったわ」

「このレイエン製の煮炊きグリルならすぐですよ。といいますか、とても良い品ですね」

言いながら、麦わら帽子の青年が感心したように、珪藻土でできた筒状のグリルを眺める。しゃがんだままの彼が、中の炭が真っ赤に熾るのを確認してから立ち上がった。

「これで大丈夫だと思いますよ」

「ありがとう」

にっこり笑って、グレイスは持っていた金網を丸いグリルの上に置いた。

「それで……このグリルを使って何を作られるのですか？」

興味津々と言った風体で彼はグレイスの手元を覗き込む。それに彼女はにんまりと笑った。


「グレイス様、それは？」

雑貨店に皆で集まってひとしきり打ち合わせをした後、「ちょっと用意するものがあるので」と姿を消していたグレイスが、裏庭に用意されたお茶会テーブルに戻ってくる。その手に持っている銀のお盆を見てシャーロットが興味深そうに尋ねた。

彼女の他にアマンダとナザレ伯爵夫人がいて、二人も興味津々といった顔をしている。

銀髪に銀色の目を持つ伯爵夫人はその外見通りに、氷のような冷たい雰囲気をまとっている。だが最近仲良くなったグレイスは、彼女が本当はとても優しく、単に笑うのが苦手な人だと知っていた。

そんな三人の眼差しに胸を張りながら、グレイスはお盆をテーブルの上に置く。

「皆さんにカロニアのお土産をお渡ししましたけど、これもその一つなんです」

「これは……？」

「食べ物……ですか？」

アマンダが目を丸くし、伯爵夫人が首を傾げる。

そこには不格好な形に膨らんだ白い物体が乗っていて、底には綺麗な焼き目が付いている。香ばしい香りがするそれを、自分の席に着いたグレイスがいそいそとフォークで突き刺した。

「これは、穀物を蒸したものを潰して作った食べ物なんです。クッキーやスコーンなんかとはちょっと違うんですけど、美味しいんですよ」

言いながら、彼女は一緒に用意されていた小皿の、薄茶色のソースにそれをつけた。そうして三人が見ている前でぱくりと齧りつく。それからにまっと笑うと、フォークを引っ張って見せた。

「あ！」

溶けたチーズのように伸びるそれに、シャーロットが息を呑む。その反応に笑いながら、なんとか噛み切り、もぐもぐするグレイスは「もちもちしてて美味しいんですよ」と告げた。

行儀が悪いが、どうせここにはそれをとやかく言う年嵩のレディはいない。

「確かに……これはパンやクッキーとはまるで違うな」

アマングが目を輝かせて同じようにフォークを取り上げる。もきゅもきゅするグレイスを熱心に観察していたシャーロットも慌てて同じようにフォークを掴んだ。

「是非とも食感が知りたいですッ」

「でもこれ……とても弾力がありますから、あまりたくさん口にすると……」

ナザレ伯爵夫人がフォークの先端で固さを確認しながらそう告げて顔を上げる。

「ふえ？」

そこには結構な量を口に詰め込んだグレイスが……——。

「の、喉に詰まりますよ、グレイス様⁉」

大急ぎでお茶を用意したり、しっかり噛んで、とか貴女は本当に面白い人だな、とか笑いごとじゃありません、とか普通の貴婦人のお茶会では考えられない喧騒が飛ぶ。そんな彼女達の様子をそっと眺めていた青年が、周囲から怒られてしょんぼりする公爵夫人を確認して店の中に戻った。

相変わらずだな、とそう思うと笑いがこみ上げてくる。

それから彼は仕入れに向かうべく店を出て、近づいてくる一台の馬車に気が付いた。扉に刻まれているのはオーデル公爵家の紋章。それを見た彼は、足早にその場から離れたのだった。

（ついに王都にまで進出してきたか、二十六歳農民風好青年ッ）

名前がわからないからそんな俗称を勝手に付けているアンセルは、グレイスの幼馴染みだという彼が気になって仕方ない。頭の中での彼は麦わら帽子に顔が隠れており、素顔がわからない。だが今日こそはその実態を掴んでやると、御者が扉を開けるより先に馬車を飛び降りた。

大股で歩き出し、数段の石の階段を駆け上がる。ガラスに金字で店名が書かれた扉を押し開くと、軽やかなドアベルが鳴り、アンセルはぐいっと顎を上げて辺りを見渡した。

「いらっしゃいませ」

いくつもの棚が並ぶ店内の、入り口にほど近い場所から声がかかり、振り返ったアンセルはそこに笑顔で立つ青年に目を見張った。

金髪に大きい青い目が特徴的な、少し童顔の青年。年の頃はグレイスと同じくらいか、少し年下だろうか。威圧感のない、こういった雑貨店に相応しい様相の彼はシャツにウエストコートというきちんとしたいでたちだった。

（ついに……ついにッ！）

　顔がわかった。

　にこにこ笑う様子は確かにイケメンだ。だが、容姿には一応自分も自信がある。それに、グレイスと一緒に過ごした年数は彼よりは劣るかもしれないが、心の中に抱えている想いの強さで言えば絶対に自分の方が上だ。

「今日、ここに私の妻が来てると思うのだが、どこにいるのかな？」

　鷹揚な、貴族然とした態度で、更には特定部分を強調して尋ねれば、「ああ」と青年が目を見張った。

「これは失礼いたしました、オーデル公爵様。ただいまご案内いたします」

　心なしかぴしっと背筋を伸ばした青年がアンセルを案内する。奥の扉から中に進めば、こぢんまりとした居間とそれから台所が続き、裏口の戸を開けるとそこにお茶会のテーブルが見えた。

　柔らかな秋の風の中、談笑する妻が見える。

「――――時に」

　さあどうぞ、と道を開ける青年の真正面に立ち、アンセルがごほん、と咳払いをした。大きな青い瞳が持ち上がる。それを冷ややかに見下ろしながら、アンセルがきっぱりと告げた。

「わたしは妻であるグレイスを心から愛している。誰よりも大事にしているし、彼女の行く手に待ち受けているであろう厄介事の全てから彼女を護るつもりだ」

「……はあ」

「君が！　幼馴染みとして妻を心配する気持ちは十分にわかる。恐らく、幼い頃のグレイスは活発で率先していたずらをするような子供だったのだろう。そんな彼女と一緒にいて心配になる気持ちはよくわかるが、それはわたしの役目になった。だから安心して、この店を護ることだけを考えて、決っっっして！　我が妻グレイスにッ！　良からぬことを考えないよう！　厳命する！」

最終的には命令口調になってしまったが、言いたいことは言った。見れば、幼馴染みの青年が呆気(あっけ)にとられた様子でアンセルを見つめている。

我ながら大人げなかったかなと、一秒だけ反省したアンセルは次に笑顔を見せた。

「驚かせてすまないが、わたしは妻のことになると途端に狭量になるようでね。理解いただけるとありがたい」

そう告げて、颯爽(さっそう)と彼に背中を向けて大股で歩き出す。

「グレイス」

声をかければ顔を上げた妻がぱっと顔を輝かせた。その隣にいる宝石店店主がげんなりした顔をするのと、アンセルの弟に懸想する伯爵令嬢がきらりと目を輝かせて手帳を取り上げるのと、冷たすぎる表情でこちらを見やる伯爵夫人を認めて笑顔で会釈をし、真っ直ぐにグレイスの元に近寄った。

「アンセル様。どうしてこちらに？」

見上げる彼女の額に、腰をかがめてキスをする。

「君の事業がうまく回っているか見に来たんだよ。先ほど店主にも挨拶したし」

一方的な宣戦布告だったがそれは言わない。そんなアンセルの台詞(せりふ)に、グレイスは目を瞬いた。

「じゃあ、彼に会えたんですね？」

「ああ」

ちらりと後方を振り返り、にっこりと微笑む。

「彼が君の幼馴染みなんだろう？」

それに、同じく建物の方を振り返ったグレイスが、笑顔で立つ青年に再び目を瞬かせる。

「違いますよ」

「そう違……違う!?」

「彼は店員のマークさんです。店主は仕入れに行くって言ってたから、多分すれ違ったんでしょうね」

なんだと!?

「じゃあ……じゃあ、あのやり取りは!?　わたしの心を込めた宣言は!?」

「よくわかりませんけど……人違いですね」

「！」


またしても！　出会えなかった！

そんな絶叫が裏庭に響き渡り、風がさらったその声は、アンセルの来店を察知して、楽しそうに雑貨店から見事「脱出」した二十六歳農民風雑貨店店主幼馴染み青年の耳に届くことなく、秋の空に溶けていくのであった。

文庫版書き下ろし番外編

公爵とウサギと魚

グレイスは自分が突拍子もない方だという自覚はある。

だが最近では夫の方が問題行動を起こすことが多いと思っていたりする。

グレイスが大人しく、粛々と夜会や舞踏会に参加するかたわら、常に隣で片時も離れず手を取り続け、他を牽制しまくる公爵、なんて迷惑以外の何者でもないだろう。礼儀もへったくれもなく、その場を中座し、帰りたい時に帰ってしまう。グレイスにしてみれば、そんなアンセルの行動だって十分にいただけないと思うのだ。

そんな似たもの夫婦だが、今回もアンセルの「突拍子もなさ」にグレイスは目を剥いていた。

「……ハートウェルの秋祭りに参加したいと言うから、てっきりお祭りの雰囲気を楽しむだけだと思ってたんですけど……」

グレイスの実家である伯爵家の領地、ハートウェル。その街の中央広場には、秋の収穫祭を祝う屋台がずらりと立ち並び、教会の敷地にできた祭壇にはたくさんの果物、野菜、パン、クッキー、パイなどが積まれ、楽しげな雰囲気が満ちている。

グレイス達の慈善事業を後押ししてくれている例の幼馴染みも祭りに出店するのだが、彼女はその応援に来たわけではなかった。

幼馴染みのスペースの正面に設置された屋台の前。困惑するグレイスをよそに、夫のアンセルがてきぱきと業者に指示を出していた。

「まさかアンセル様がお店を出すなんて……」

そう。どういうわけか自分の夫は、今回の秋祭りに『出店』する形で参加を表明したのだ。

「たまにはこういうのもいいだろう。領主として領民の生活を感じるのは悪いことじゃない」

木製の椅子やテーブルを並べ、屋台を組み上げる作業員の動きを監督しながら、ファイルを持ったアンセルが隣のグレイスに視線を落とした。そのままちう、と額にキスをされ、彼女はちょっと赤くなりながらもふうっと溜息を吐いた。

「アンセル様はオーデル公爵領の領主様で、ハートウェルの領主ではありませんよ？」

腰に手を当てて睨むようにして訴えれば、彼は肩を竦める。

「硬いことを言うな。ここは君の実家の領地なんだし、実質領主だったのは君だろう？　なら君の夫であるわたしがハートウェル伯爵領の秋祭りに出店したところで何も問題はない」

胸を張るアンセルに、グレイスは三段跳びな理論だと懐疑的な眼差しになった。

「アンセル様が『領民に』指示を出すのならわかりますが、ぜ～んぶご自分で用意されて、言ってみればオーデル公爵家のお店が出てることになってるんですけど」

数日前、「ハートウェルの秋祭りに参加する。場所はここで、店の内容はこう、すでに料理人や使用人は手配済みだ」とすました顔で告げられて、グレイスは驚いた。一体全体どうしてそんなことをする気になったのか。

祭りの開催日である今日まで散々尋ねたが、返ってくるのは「楽しそうだから」の一点張りだ。

(楽しそう、だけでアンセル様がこんなことするかしら……)

そもそも彼が秋祭りのスペースに店を出して切り盛りすることを「楽しい」と考えるタイプだったろうか？

(ん～……でも私もアンセル様の全てを知ってるわけじゃないし……)

一目惚れから紆余曲折。いろんなことに巻き込まれ、その際に感じた夫の趣味といえば。

――君を甘やかすことだよ。

耳元で囁かれた言葉を思い出し、かあっと首まで赤くなる。ぱたぱたと自分自身を扇ぎながら、再び業者に指示を出しに行くアンセルを見て半眼になった。

（そんな趣味の持ち主がどうして急にお店を出そうと思ったのかしら……）

首を傾げて考え込んでいると、不意にぽんと肩を叩かれてグレイスは振り返った。

「あ、皆さん。ようこそハートウェルへ！」

そこにいたのは慈善事業で力を貸してくれる、いつものメンバーだ。

「何やら張り切ってるようだな、アンセルは」

アマンダがグレイスの肩越しに働く公爵を見てにやにや笑う。

その隣で、いつものように手帳（段々大きくなっている気がする）に何かをメモするシャーロット。その横にはナザレ伯爵夫人ことレナ・クランツが扇で口元を隠したまま鋭い眼差しで作業員達を眺めていた。

「普段、こういったことを率先して行うのは公爵夫人の方だと思ったのですが……」

レナからちらりと冷静な銀色の眼差しを向けられて、グレイスは「ですよねぇ」と後頭部に手を当てて笑う。

「でも今回は残念ながら計画から実行までアンセル様なんです。しかも熱伝導がいい鉄鍋を新たに試作して、それも売り出す予定だったりするんですよ」

「そこまで用意周到に計画したのか？」

驚くアマンダにグレイスはこっくりと頷いた。

「でも……」

シャーロットがクエスチョンマークを頭上にでかでかと閃かせながら首を傾げた。

「なんのために？」

うーん、と四人揃って考え込む。レナの言う通り、こういったことに率先して手を挙げるのはグレイスの方で、どちらかというとアンセルはその後ろでにこにこしている方が多いのだ。だが今回は何故か張り切って全ての準備を整えている。

「まあ、何か思惑があるんだろうが……」

腕を組んだアマンダが胡散臭そうな眼差しでアンセルを見た後、周囲を見渡した。広場には次々と屋台が建ち、領民達が楽しそうに間を行き来している。祭りは夕方から始まり、深夜０時には中央で煌々とかがり火が焚かれ、ダンスが始まる。その準備の様子にアマンダが目元を和ませた。

「ま、考えても仕方ない。グレイス様から招待されたわけだし今日はわれわれも楽しもう」

自分達の階級の催し物とは違う、規則もマナーも存在しない祭りに皆で参加できたらと、声をかけたのだが、楽しそうな友人を見てグレイスは胸を撫でおろした。とりあえず……夫の奇行は置いておこう。自分の企画の時もアンセルはそっとしておいてくれるし、それなら自分もそうするまでだ。

「そうですね！　楽しんだもの勝ちです！　じゃあ私、あそこのりんご飴を買ってきます！」

にこにこ笑ってそう告げ、いそいそと向かいのスペースに歩いていくグレイスに他の三人が何かに気付いたように固まった。

アマンダが呻くように告げる。

「……向かいのスペースって――」

シャーロットが呻き声と共に呟きながら天を仰ぐ。

「……もしかしなくても雑貨店でしょうか？」

「……ハートウェルの雑貨店といえばグレイス様の幼馴染みで、二十六歳好青年、我々に出資してくださってる方が店主……でしたわよね？」

レナが遠い目をした。

グレイスの幼馴染みにただならぬ様子を見せるアンセルが、彼の出店した店の真向かいに自分の店を出す……。

グレイスだけが気付いていない、アンセルの思惑。わかりやすすぎるそれに思い当たった三人は後ろを振り返り、不敵な笑みで着々と準備を進める公爵の姿に完全に事態を把握したのであった。

祭りの開催を知らせる教会の鐘の音が、秋の夕暮れに響き渡る。あちこちに吊るされた提灯がオレンジの光を放ち、にぎやかな通りにはハートウェルの領民が溢れていた。その中で、暗がりに紛れるように紺色のコートを着てフードを被った女性が足早に歩いていく。首筋から艶やかな鋼色の髪が覗き、編んだその先端がぴょこぴょこと跳ねている。

一心不乱に歩く彼女は、周囲の人々の動向に目を配る余裕がない。誰かとぶつかりそうになる度に、影のように付き従っていた男が弾丸のような彼女の軌道を修正する。

「ちゃんと周りを見て歩いてください、コーデリア」

はしゃぐ子供の群れに突進しそうになった彼女を押しとどめ、付き従う男が溜息を吐く。

「わ、わかってますわ！　でも……早く行かないと王都で大人気のふわふわプレミアムドーナツが売り切れてしまいます！」

ぐっと拳を握り締め、自分の肩を掴む男――ベネディクトにそう告げる。はあっと深い溜息を吐く彼をよそに、再びハートウェル領の目当ての出店へとコーデリアは突進した。

今までの自由を制限された生活から一変し、王都の人気店を巡り歩く楽しさを覚えたコーデリアには行きたい店があった。王都で二時間待ちのドーナツ店だ。自分としては二時間くらい並んでも平気なのだが、両親と国王陛下、そして何より自分の護衛が良い顔をせず、かといって店の人間を王宮に招待しようにも、身元調査に始まり、材料の品質チェック、更には出来上がったものを毒見から提供なので、揚げたてを食するにはハードルが高すぎる。

店の人気は衰えを知らず、自分が食べられるのはいつなのかとがっかりしていた矢先、ハートウェル伯爵領の祭りにふわふわドーナツが特別出店するという情報を侍女からゲットしたのだ。

気持ちが逸りつんのめるようにして進むプリンセスに、護衛のベネディクトはげんなりした。

ドーナツなんて揚げた小麦の塊だろう、くらいの認識しかないため並々ならぬ情熱を燃やして突っ込んでいく姫の気が知れない。それと同時に大人気の店が、一日の営業が終わった後にハートウェルまでやってきて店を開くのは何故なのかと疑問に思ってもいた。

どうしてこの……森と山しかなさそうな領地の秋祭りに出店するのか……。

と、その時、猪突猛進していたコーデリアの足がぴたりと止まり、ぶつかりかかったベネディクトが目を見張る。何事だ、と固まる姫を見れば、彼女は口をぽかんと開けて一点を見つめていた。

「どうかしましたか、コーデリア？　幽霊でも見たような顔で……」

そこでベネディクトは彼女が見つめているものが何か、気が付いた。人で賑わうドーナツ店の正面、やってくる人からよく見えるテーブルに堂々と座る人物が。

周囲を圧倒するオーラを出して、それでも訪れるお客さんに気さくな笑顔を見せるオーデル公爵にベネディクトは確信した。この人気店出店の裏にはアンセルと……そしてグレイスがいるのだと。

対してプリンセスは困惑と同時にむうっと唇を尖(とが)らせる。まさかここでもこの夫妻が出てくるとは思っていなかったのだ。

「――すべてはレディ・グレイスの企(たくら)みということかしら……」

どことなく悔しそうに呟くコーデリアに、ベネディクトはこつん、と拳にした指の背を彼女の後頭部にぶつけた。

「コーデリア」

「わ、わかってますわ！　お二人の邪魔をしたりはしませんし、大人な対応を心がけます」

きっぱり告げると、彼女はプリンセスらしくすっと背筋を伸ばし、アンセルが座る席へとゆっくりと歩み寄った。

「お久しぶりです。公爵閣下(ユアグレイス)」

「プリンセ…………ミス・コーデリア！　……どうしてここに？」

驚いて立ち上がるアンセルにつんと顎を上げてコーデリアが続ける。

「王都で評判のドーナツ店がこちらで特別営業をするとお聞きしましたの。それで参りました。アンセル様は……どうしてこちらに？」

平静を装ってそう聞けば、アンセルが一瞬だけ考え込むような様子を見せた後、非の打ちどころのない笑顔を見せた。

「何故って、妻の領地に貢献しに来たんですよ」

紙袋いっぱいのドーナツを抱えて戻ってきたグレイスは、夫が周囲にきらきら眩しい笑顔を振りまいているのを見て眉間に皺を寄せた。遠巻きに見つめる領地の女性達から、声にならない黄色い歓声が聞こえてくるようで、グレイスは複雑な顔をする。

「自分の旦那が他の女性に愛想を振りまくのを見るのは地獄、という顔をしているな」

隣に立ってくすくす笑うアマンダの台詞に、グレイスは頬を膨らませた。リスのようなそれを突っつかれて、グレイスは仕方なく口を開く。

「……別に地獄というわけでは……」

唇を尖らせて零し、友人達を見れば、同じようにドーナツを買って、テーブルに戻ろうとしていた彼女達は三者三様の複雑な顔をしていた。

溜息を吐き、グレイスは「彼は私の夫です」を証明するために大股でアンセルの傍へと歩み寄った。そうして、彼の前に立っていたフードを被った小柄な女性が誰かを目の当たりにして衝撃を受けた。

「プリンセ――……ええっと……ミス・コーデリア」

慌てて言い直せば、ちらりと視線を寄越した彼女が優雅にお辞儀をする。

「こんにちは、レディ・グレイス」

つん、と顎を上げる姫君とその後ろでにこにこ笑うベネディクトを交互に見やり、グレイスは小声で切り出した。

「あの……これは……？」

「王都で評判のドーナツを買いに来たそうだよ」

夫の説明に「ああ」と一つ頷く。なるほど、有名なドーナツを買いにわざわざやってきたということか。

「レディ・グレイスも……たくさん買われたようですわね」

ちらりと紙袋の中を覗き込むコーデリアに慌ててグレイスが一つを取り出した。

「よかったら、おひとつ……」

「いいえ、自分で買ってまいります」

ぐっと拳を握り締め「では」と一礼するとコーデリアが再び大股で屋台へと突進していく。その様子に、ベネディクトが呆（あき）れたように肩を竦めた。

「自分で買うことに意義があるようで」

「気軽に出歩ける身分ではないからな。楽しめる時はとことん楽しみたいんだろう」

ゆっくりと告げるアンセルに、グレイスは思わず苦笑した。

自分の行動がコーデリアのように制限されたら……まず間違いなく窒息するだろう。

「それにしても、お二人は自由すぎやしませんか？　他の領地の公爵閣下が出張ってくるなんて」

出かけていた皆がそれぞれテーブルにつく中で、同じように座るベネディクトが不思議そうに尋ねる。その意見に大きく頷き、グレイスもアンセルを見た。

「そうですよね、普通。でも……アンセル様がどうしてもって……」

「いいじゃないか。領民はみな楽しんでいるし、ミス・コーデリアのように遠方から聞きつけて買いに来る人もいる。大盛況だ」

確かにそうなのだ。これ以上ないほど領地の祭りは盛り上がっている。ただ、アンセルの狙いがそれだけだとはどうしても思えない。何か他に考えがあるような気がするのだ。

むーっと眉間に皺を寄せていると、通りの向こうからケインが歩いてくるのが見えた。

「兄さん、どうやら向こうの店主……」

言いかけて、そこにグレイスがいるのを見て慌てて口をつぐんだ。

「……向こう？」

思わず半眼で問えば、役者が揃うテーブルの前で彼が誤魔化すように笑った。

「いや……向こうの店も繁盛してるようだよって……」

無言で見つめれば彼は視線を逸らし、そそくさとアンセルの隣の空いた席に腰を下ろした。

「といいますか、ケイン様はケイン様であちこちうろうろされてますし、そうかと思ったらアンセル様はずーっとこの席に座ったままお茶ばっかり飲んでるし……一体何をしてるんですか？」

ずいっと身を乗り出して尋ねれば、一人は気まずげに視線を逸らし、シャーロットの前に置かれた紙袋からドーナツを取り上げ（シャーロットが真っ赤になってあわあわしていた）、一人は涼しい顔で何杯目になるかわからない紅茶をポットから注いでいる。

どうも怪しい、と二人を交互に見やれば、にやにや笑ったアマンダが切り出した。

「アンセルが何をしているのかというとだな、レディ・グレイス。彼は待ってるんだよ」

彼女の一言に、シャーロットもレナも得心顔でうんうん頷いた。グレイスだけが首を傾げる。

「待っているって……何をですか？」

「アマンダ」

苦々しい声でアンセルが制止するが、お構いなしに彼女は続けた。

「何って、毎回毎回探し回るが出会えない、顔も知らない自分のライバルに、今日こそは出会わざるを得ない状況を作り出して遭遇すること、だよ」

な？　と綺麗な笑顔で付け加えるアマンダに、アンセルは無言を貫く。その二人の様子に、グレイスはますます困惑した。

「探し回るけど出会えないライバルって……政敵とか、商売敵とか祖先の怨恨とかですか？」

そんな話聞いたことがない、と難しい顔をするグレイスの肘を、左隣に座るシャーロットが突っついた。

「いえいえ、そうじゃなくて……もっと身近な」

「身近？」

まさにその瞬間。

「こんばんは、公爵閣下、夫人」

背後からのその声に、一同が顔を上げる。そして……目の前に現れた存在に衝撃を受けたのである。

「こんばんは、公爵閣下、夫人」

その声を聞いた瞬間、アンセルは己の勝利を確信した。

（ここに座ること三時間……とうとう奴を捕まえた！）

おそらく十五杯は紅茶を飲んだと思うが、この際それはどうでもいい。

アンセルは今までに、グレイスの幼馴染みで好青年の二十六歳雑貨店店主と一度だけ遭遇したことがある。だがその時もそれ以降も本来の彼と話をすることができずにいた。

今日こそは……今日こそは！　奴の姿をはっきりと拝んでやる！　と勢いよく振り返ったアンセルは、目の前にいるクリーム色の巨大なウサギの着ぐるみに別の意味で衝撃を受けた。

「変装だと!?」

ぎょっとして立ち上がるアンセルをよそに、例の幼馴染み……と思しき存在は優雅にお辞儀をした。ぐらぐらと不安定に頭部が揺れる。

「変装ではありませんよ、公爵閣下。これは俺なりの集客のためのパフォーマンスです」

胸を張って告げ、彼はドーナツを目当てに集まった人々を相手に、さっと両手を広げた。

「ここにお集まりの皆々様、これよりこのウサギが素晴らしい特技をご覧にいれましょう！」

朗々たる彼の声が響き渡り、視線が一斉にウサギに向く。彼は大股で広い通りへと出ると合図を出し、向かいの出店スペースから軽快なピアノ曲が流れ出した。それに乗ってウサギがくるりとターンし、従業員から渡される瓶を次々に高く放り投げるとジャグリングを始めた。

「な」

唖然とするアンセルをよそに、グレイスがはしゃいだ声を上げる。

「凄い！　いつの間に練習したのかしら！」

瓶を落とすことなく回しながら、合間にターンしたり後ろ手にしたり、やがて曲の終わりと同時に素早く、落とすことなく全ての瓶を用意されたテーブルに置いた。

終演を示すように両手を広げてお辞儀をするクリーム色のウサギに、拍手喝さいが起きた。

例に漏れず、グレイスも惜しみない拍手を送り、やがて戻ってきたウサギのもっふりした両手を握り締めてきらきらした眼差しを着ぐるみに向けた。

「びっくりしたわ！　いつも仕事で忙しそうなのにいつの間に！」

そんな彼女の賛辞に、クリーム色のウサギの見えない視線がアンセルに向く。

「見せない、陰の努力がかっこいいんですよね、公爵閣下」

静かに告げられた台詞に、ぴりっと二人の間に静電気のようなものが走った。

「確かにそうかもしれないが、わたしとグレイスの間には当てはまらないな。二人の間に秘密はなしだからね」

さりげなく彼女の肩を抱いて告げれば、「そうですね」と顔を上げたグレイスが無邪気に笑った。

「でも、突然私の知らない、カッコいいアンセル様が現れたらそれはそれでときめきますよ？　知らない一面があったんだ～って」

にこにこ笑うグレイスのその台詞に、アンセルが固まる。

「そ……そうか!?　そうなのか、グレイス!?　ならわたしもジャグリングを……」

「ジャグリングを練習するって宣言しちゃったら意味ないじゃないですか～」

笑うグレイスにウサギががくがくと頭部を揺らして頷いた。

「公爵閣下は公爵閣下のひそかな特技で勝負してください」

勝負。その単語にはっとアンセルが目を見開く。今日、紅茶を十五杯飲んだのは今この瞬間のためだ。

「勝負はともかく、君。グレイスの幼馴染みの二十六歳雑貨店店主だと思うが、違うかな？」

改めてそう聞けば、ウサギがぴたりとその動きを止めた。それからぴしりと背筋を正す。

「ええ、そうです」

「あ、そうだ。アンセル様、彼は――」

続けるグレイスを制し、アンセルは綺麗な藍色の瞳でじっとウサギを見据えた。

「是非一度、きちんと、顔を合わせて挨拶したいんだが」

冷ややかな声でそう告げれば、三秒ほどの沈黙の後にウサギが肩を竦めた。

「もちろん……そうしたいのはやまやまなのですが――……無理ですね」

「何故!?」

「何故って……」

彼が振り返れば、通りにウサギを眺めて目をキラキラさせる子供達の姿が。彼らはウ、サ、ギ、がパフォーマンスをしたことに感動し、次は何をしてくれるのだろうと待ち構えている。彼らが手にしているのは雑貨店が売っているりんご飴だ。

「俺は今、ウサギですから」

告げてウサギはその場でバク転をすると歓声に応えるように自分の出店スペースに戻っていく。

アンセルはぐっと唇を引き結び、喉元まで出かかった言葉を飲み込んだ。確かに……子供達の夢を壊してはいけない。いけないが……。

「さりげなくこちらの客まで連れ去り……正体を明かさず……それでこの結果とは納得いかないっ」

ぐっと拳を握り締めて訴えるアンセルにグレイスがやっと気が付いた。

「もしかして……待ってたのって彼ですか？」

「――……奴は……君の幼馴染みだからな。どんな人間なのか……知る権利がある」

「でも、一度会ってますよね？」

「顔を知らない」

今日こそ彼の容姿を確認するチャンスだったのに、と呻くように呟けば、「なんだぁ」とグレイスがけらけらと笑い出した。こんなことに嫉妬するなんて意外だ、という心境なのだろう。

「なら教えてあげますよ。私、最近シャーロットと一緒に絵を描くことが多くて」

成り行きを見守っていたシャーロットから紙とペンを借りると、グレイスはアンセルのために幼馴染みの似顔絵を描いた。心を込めて、とても真剣に。その手元を全員が覗き込み…………。

無事にドーナツを山盛りに買って戻ってきたコーデリアが固まる一同を見渡しひょいっと肩越しにグレイスの絵を見た。

「これは……何の絵ですの？　魚？」

その瞬間、グレイスとアンセルは悟った。互いの意外な、知らない一面はたとえ互いに秘密を持っていなくてもどこにでも普通にあるものだ……と。

肩を震わせ、笑いをこらえるアンセル他一同を見渡し、グレイスは口の端を下げ、両手を握り締めて訴えた。

「これはッ！　私の幼馴染みなんです！」

あとがき

こんにちは、千石（せんごく）かのんです！　このたびは『一目惚れと言われたのに実は囮だと知った伯爵令嬢の三日間』の3をお手に取って頂き、誠にありがとうございます！
アンセル様から「二本の足がある限り、どこへでも歩いて行ってしまう妻」認定されたグレイスさんが、すたすた歩いて行った先で騒動に巻き込まれたり騒動を巻き起こしたりする今回。お楽しみ頂けましたでしょうか。

新キャラであるコーデリア姫にいろいろ振り回されつつ、その中で改めて自分と相手に向き合うことができたアンセルとグレイス。そんな彼がグレイスのことを放っておいて安心できる日がきっとく――……来ない気がする（笑）

そして、今回も八美（はちび）☆わん先生には素晴らしいイラストを、このどんどこ歩いて行くグレイスさんの大活躍（笑）のコミカライズを藤谷陽子（ふじたにようこ）先生にして頂いております。

コミカライズ新章、是非ゼロサムオンラインでチェックしてみてください。

最後に、ここまで読んでくださった読者の皆様、ご心配おかけしまくりだった担当様、コミカライズ含めた編集部の皆様、それとチーム・にーべこ（笑）、本当にありがとうございました！　またどこかでお目にかかれることを祈りつつ……。

一目惚れと言われたのに実は囮だと知った伯爵令嬢の三日間3

千石かのん

2023年10月5日　初版発行

著者　千石かのん

発行者　野内雅宏

発行所　株式会社一迅社
〒160-0022 東京都新宿区新宿3-1-13 京王新宿追分ビル5F
電話 03-5312-7432(編集)
電話 03-5312-6150(販売)
発売元：株式会社講談社(講談社・一迅社)

印刷・製本　大日本印刷株式会社

DTP　株式会社三協美術

装丁　AFTERGLOW

ISBN978-4-7580-9583-9

●本書は「ムーンライトノベルズ」(https://mnlt.syosetu.com/)に
掲載されていたものを改稿の上書籍化したものです。
●この作品はフィクションです。実際の人物・団体・事件などには関係ありません。